Die Barmherzigkeitsfalle

Paul E. H. David

Die Barmherzigkeitsfalle

Rauben uns korrupte Politiker unsere Sicherheit und Freiheit, unser Geld und Lebensglück?

Politischer Roman

Bibliografische Information der Deutschen Nationalbibliothek
Die Deutsche Nationalbibliothek verzeichnet diese Publikation in der
Deutschen Nationalbibliografie; detaillierte bibliografische Daten sind im
Internet über http://dnb.dnb.de abrufbar.

© 2016 **Paul E. H. David**
Satz, Umschlaggestaltung, Herstellung und Verlag: BoD – Books on Demand
ISBN 978-3-7412-1416-5

Johann Wolfgang von Goethe hatte richtige Worte gefunden, die losgelöst von der erzählten Geschichte treffend in unsere Zeit passen:

Erhebt euch denn und stellt euch neben mich,
Ins Chor der Treuen, die an meiner Seite
Das Rechte, das Beständige beschützen.

O diese Zeit hat fürchterliche Zeichen:
Das Niedere schwillt, das Hohe senkt sich nieder,
Als könnte jeder nur am Platz des anderen
Befriedigung verworrner Wünsche finden,
Nur dann sich glücklich fühlen, wenn nichts mehr
Zu unterscheiden wäre, wenn wir alle,
Von einem Strom vermischt dahin gerissen,
Im Ozean uns unbemerkt verlören.

O laßt uns widerstehen, laßt uns tapfer,
Was uns und unser Volk erhalten kann,
Mit doppelt neu vereinter Kraft erhalten!

(aus: Die natürliche Tochter)

Hintergrund zum Buch

Der politische Roman ‚**Die Barmherzigkeitsfalle**' entstand vor folgendem Hintergrund:

- Unsere Kinder sind den Altparteien CDU/CSU, SPD, FDP, Die Grünen und Die Linken nicht so willkommen wie Ausländer, mit denen die Altparteien Deutschland ‚fluten'. Hierfür steht Geld ‚ohne Obergrenze' zur Verfügung.

- In ihrer ‚**Kultur des Todes**' (Papst Johannes Paul II), finanzierten die Altparteien die bestialische Tötung und Verbrennung von Millionen unserer ungeborenen Kinder bei Abtreibung. Menschlichkeit wird verweigert. An jedem Werktag werden Hunderte Kinder vernichtet.

- Die Altparteien grenzen Mitglieder von Lebensschutzorganisationen aus und finanzieren die Organisationen nicht, deren Mitglieder zwar mit Menschlichkeit und Kinderliebe Tausende Tötungen unschuldiger Kinder im Leib der eigenen Mutter verhindert haben, aber die Unterstützung des Tötens ablehnen, **sie helfen statt töten**.

- Mächtige der Altparteien verhöhnten Mütter in Deutschland und beuten sie sozialrassistisch aus. Für soziale Gerechtigkeit den Müttern gegenüber steht kein Geld zur Verfügung.

- In wirtschaftlich wenig entwickelten Regionen der Welt vermehren sich Menschen sehr stark (Papst Franziskus: ‚wie Karnickel').

- In solchen Regionen ist korrupte Clan-Herrschaft verbreitet, häufig haben Wohlhabende mehrere Frauen. Der durch Vermehrung und Ausgrenzung ausgelöste permanente Neid der ‚Zaungäste' führt, von religiösen Eiferern angeheizt, zu blutigen Kämpfen, Bürgerkrieg und vielerorts zu hoher Kriminalität.

- Dies schafft Hunderte Millionen Verlierer, vor allem Männer. Die privilegierte Smartphone-Generation von ihnen will nicht mit eigener Anstrengung ihr Land aufbauen, sondern ihr schnelles Glück in Europa suchen.

- Mit der Einladungspolitik der Altparteien und **Willkommensrufen** an alle Verlierer und Glücksritter dieser Welt, verbunden mit 'unbegrenzten' Geldausgaben, haben die Altparteien unkontrollierte Ströme von Menschen aus den wenig entwickelten Gebieten nach Europa und speziell nach Deutschland ausgelöst. Identität, Kultur, Freiheit und Sicherheit werden hier zerstört.

- Der Integrationsdruck von christlich liberalen Politikern auf die eingewanderten Muslime führt zu deren Besinnung auf ihre kulturellen Wurzeln. Freiwillige Abgrenzung und Neid auf Einheimische radikalisieren die nachwachsende Jugend. Mehr Einwanderer und mehr Polizisten heizen den **Terror** und die **Kriminalität** an.

- Bei **deutschem Kriegsterror** und Waffenlieferungen in Spannungsgebiete kennen die führenden deutschen Politiker keine Menschlichkeit. Hunderte deutsche Soldaten wurden verwundet oder sind sogar gefallen, Tausende Bürger der überfallenen Länder wurden getötet, verletzt, ihrer Habe beraubt und Millionen von ihnen vertrieben.

- Regierungsparteien **setzen die Geheimdienste** zur Erhaltung ihrer Macht ein. Das 'Parteiwohl' wird über das 'Volkswohl' gestellt.

- Mehr als drei Millionen Menschen sind ohne Arbeit und noch einmal sechs Millionen Menschen ohne ausreichende Arbeit in

Deutschland. Eine steigende Zahl von Bürgern ist arm, besonders altersarm und obdachlos. Die zunehmende Automation bedroht die Hälfte insbesondere der einfach strukturierten Arbeitsplätze.

- Die EU wird permanent von wirtschaftlichen und finanziellen Krisen erschüttert.

- Die herrschenden Politiker der Altparteien brechen ständig und massiv ihren Verfassungseid zum Schaden für das deutsche Volk, das ihnen in Wahlen die Macht verliehen hat.

Einleitung

Im politischen Roman fragen sich viele Bürger von Menistan:

„Werden wir nur noch von Heuchlern, Lügnern, Betrügern, Korrupten und den Regisseuren der Geheimdienste beherrscht? Warum haben wir zugeschaut, wie die Politiker uns unser Lebensglück, unsere Wohnbereiche und unser Geld weggenommen haben? Wir haben uns doch so gerne gefreut, haben gelacht, gefeiert, gesungen und getanzt. Warum wollen die herrschenden Politiker nur Schuld, Sühne, Schande, Tod, Tristesse anstatt Sonne, Leben, Liebe, kulturelle Gemeinschaft, Zuversicht und Glück, glückliche Erwachsene und glückliche Kinder?

Habt ihr schon einmal gehört, dass die herrschenden Politiker unseres Landes unseren Kindern, besonders unseren ungeborenen Kindern, 'Willkommen' zugerufen haben? Warum helfen sie unseren schwangeren Frauen in Not nicht so großzügig wie sie den sanftmütigen Tieren helfen, insbesondere den Häschen aus den Gehegen, die in unsere Städte drängen? Wollen die Politiker unsere Kinder nicht, weil sie ihre Tötung im Leib der eigenen Mutter und die Verbrennung in Müllverbrennungsanlagen finanzieren, dafür aber uns und unseren Kindern mit der steigenden Invasion der sanftmütigen Tiere unsere Sicherheit, unsere Kultur und unseren Frieden zerstören, unsere Freiheit wegnehmen, unser ganzes Volk auflösen? Die Politiker sprechen doch immer von Barmherzigkeit, Menschlichkeit und Nächstenliebe, meinen sie damit auch die Finanzierung der vielen millionenfachen Tötung unserer Kinder, ihrer ‚Kultur des Todes'? An jedem Werktag werden Hunderte unserer Kinder auf Kosten des Staates abgetrieben und verbrannt.

Die Menschenlebensschützer haben den Politikern doch gezeigt, wie man unseren ungeborenen Kindern das Leben retten und den Frauen das traumatische Erlebnis der Tötung ihres Kindes im eigenen Leib ersparen kann. Offensichtlich reichte es, den werdenden Müttern in Not zu helfen und ihnen eine Perspektive für ihr Leben mit ihrem Kind zu geben. Warum machten und machen das unsere Politiker den Menschenlebensschützern nicht nach? Die Politiker haben uns sehr hohe Steuern abgenommen, da wären sie doch in der Lage gewesen, den werdenden Müttern mit ihren Kindern noch wesentlich besser zu helfen, als das die Menschenlebensschützer mit ihren geringen Spendenmitteln tun konnten. Verhöhnen die Politiker die Menschenlebensschützer und verweigern sie ihnen politische Ämter, weil die das Leben unserer Kinder erhalten wollen, und sie selbst nicht?

Ist nicht schon unterlassene Hilfestellung bei der Tötung von Menschen ein Verbrechen? Was ist dann die vorsätzlich angeordnete Finanzierung der Tötung von Millionen unschuldiger wehrloser Kinder? Sind unsere ach ‚so menschlich edlen' Politiker in ihrer ‚Kultur des Todes' Massenverbrecher?

Zurzeit sind die Politiker, Raffer, Medienbarone, Kirchenfürsten und die Menschen mit Helfer-Syndrom in Panik geraten, da sie erkennen, dass sich die sanftmütigen Tiere, die Häschen, Schafe, Ziegen und Schweine in den Gehegen sehr schnell vermehren und Hunderte Millionen versuchen, ein Loch in den Zäunen zu finden, um in unsere Städte einzudringen. Warum sprechen die Politiker und die Medienmacher von Krise, sie haben mit ihrer ‚Willkommenskultur' das Chaos gewollt, organisiert und mit unserem Geld finanziert.

Dabei kennen wir unsere Politiker ganz anders. Sind nicht in ihren Kriegen unsere Soldaten gefallen, haben sie nicht den Soldaten befohlen, im Ernstfall als Erste zu schießen, in Massakern Hunderte Menschen getötet und verletzt, Länder zerstört und Millionen Menschen zur Flucht getrieben? Setzen sie nicht ihre Geheimdienste ein, um alle Einwohner zu bespitzeln, hinterlistig, im Finstern verdeckt die Bürger mit Schmierereien, scheußlichen Aufmärschen, Provokationen und Staatsterror zu provozieren, um mit Fälschungen die Schuld an diesem Terror der außerparlamentarischen Opposition anzuhaften. Wollen sie mit ihren Geheimdienstaktionen die Bürger stigmatisieren und so die Opposition auslöschen?

Sind sie nicht korrupt und erpresserisch, sogar anderen Völkern gegenüber? Haben sie nicht schon weitgehend unsere Demokratie zerstört? Was veranlasste sie jetzt, viele Milliarden Taler aufzuwenden, um die sanftmütigen Tiere in unsere Städte zu locken?

Einige Menistaner meinen, die Exzesse der Politiker, Medienbarone, Kirchen und Raffer bei der Invasion der Tiere habe nichts mit Barmherzigkeit zu tun, sondern mit kalter Vernichtungswut. Sie sagen: 'Nicht an ihren Worten, an den Früchten ihrer Taten werdet ihr sie erkennen.' Wenn man die Kinder eines Volkes mit einer ‚Kultur des Todes' nicht willkommen heißt und die Tötung von Kindern finanziert, Mütter verhöhnt, anstatt ihnen Gerechtigkeit zuteil werden zu lassen, dann wollen diese Macher das Volk zerstören. Wenn man Millionen sanftmütige Tiere in die Städte und Dörfer lockt, um die Bürger aus ihren Lebensbereichen zu verdrängen, ihnen ihre Kultur, ihre Freiheit, ihre Sicherheit und ihren Wohlstand nimmt, dann wollen die Macher den Prozess der Auflösung des Volkes noch beschleunigen. Haben diese Menistaner recht?

Erobern die sich kanickelartig vermehrenden, streitsüchtigen, unproduktiven und aggressiven Tiere mit Unterstützung unserer Politiker das Land der fleißigen, friedliebenden und barmherzigen Menschen?

Einige Menistaner haben einen Aufruf an die Bürger ihres Landes verfasst, insbesondere an die Beamten des Landes, die Richter, die Soldaten, die Polizisten, die Geheimdienstmitarbeiter und die Mitarbeiter in den Ministerien und natürlich auch an die normalen Parteimitglieder der Altparteien.

Lesen Sie im politischen Roman, wie Menistan zu Karnikistan wurde.

Schönes Menistan

Im schönen Menistan lebte Familie Seitz am Rand des Stadtparks der Hauptstadt in einem Einfamilienhaus mit großem gepflegtem Garten. Vater, Mutter und zwei herangewachsene Kinder, Lilly und Tom, fühlten sich in ihrer Stadt wohl. Herr und Frau Seitz verdienten gut. Lilly war ein sehr hübsches Mädchen.

Lilly las viel über die Ausbeutung der Tiere durch die Menschen, ihre Kastration, ihre Käfighaltung, ihre grausame Schlachtung usw. So wollte sie an den Häschen gutmachen, was Menschen den friedlichen und geselligen Tieren antaten. Sie wünschte sich zu ihrem 14. Geburtstag ein Paar nicht sterilisierte Kaninchen, und ihre Eltern erfüllten ihr den Wunsch. Die putzigen Tiere waren das schönste Geschenk, das sie jemals bekommen hatte. Sie taufte das männliche Tier, den Rammler, Kobold und das weibliche Tier, die Häsin, Emma. Die jungen Häschen, wie die Kaninchen allgemein genannt werden, wuchsen in einem großen Käfig im Garten auf. Die Kinder spielten gerne mit ihnen, streichelten sie und holten sie ins Haus, auch um Fotos zu machen. Lilly vermittelte Tom eine Häsin von ihrer Freundin, die er Lola nannte.

Familie Seitz musste nicht lange warten, bis Emma trächtig war und fünf Junge zur Welt brachte. Tom und besonders Lilly waren darüber sehr glücklich. Ihr Vater forderte, dass die Kinder die heranwachsenden Jungen verschenken sollten, doch er setzte sich nicht durch, da die Kinder Unterstützung von ihrer Mutter bekamen. Wegen des Gestanks ging Herr Seitz öfter in seinen Club.

Tom hatte hinreißende Fotos von der Häschen-Familie gemacht, insbesondere aber auch von Lilly, die die Häschen liebkoste. Solche Bilder zusammen mit einem rührseligen Text schickte Lilly an die Redaktion der Bezirkszeitung. Diese war davon sehr angetan und publizierte auf einer ganzen Seite das freudige Ereignis in der Hauptstadt. Lilly bekam dafür sogar ein Honorar, ihr erstes selbst verdientes Geld. Zusammen mit Tom entwickelte sie eine Internetseite. Ihre schönen Fotos mit ihren Kaninchen in Verbindung mit Forderungen nach mehr Tierschutz wurden sehr häufig angeklickt. Das nutzte sie für Werbezwecke. Auch so verdiente sie sich ein schönes Taschengeld.

Es dauerte nicht lange, da warf auch die Häsin Lola sechs Junge. Herr Seitz kam noch seltener nach Hause, und die Mutter spürte, dass die Häschen ihre Familie zerstörten. Jetzt die Häschen aus dem Haus zu bringen, konnte sie ihren Kindern nicht antun. Sie nutzte die Möglichkeit, ein angrenzendes Grundstück zu kaufen, und ließ es als Freigehege gestalten. Mit dem Hinweis, dass Inzucht zu vermeiden sei, schaffte sie es, dass Lilly ihre fünf herangewachsenen Jungen an andere Kinder verschenkte. Die verbliebenen Tiere wurden in das Freigehege umquartiert. Bald stank das Haus nicht mehr nach Kaninchen, und der Garten erblühte wieder. Der Vater fühlte sich zuhause wieder wohl.

Die Tiere verwilderten in dem Freigehege mehr und mehr. Nur die älteren Häschen ließen sich von den Kindern streicheln. Da die Häsinnen nach Karnickelart sehr viele Junge hatten, war bald das Freigehege überfüllt. Kobold, der stärkste Rammler, jagte die jungen Rammler in die Büsche. Auch die jungen Häsinnen wurden nicht im Familienverband geduldet. Die Tiere litten unter zunehmendem Stress. Kobold beanspruchte ein möglichst großes Revier, mehrere Frauen und alles Fressen für sich und seine Großfamilie. Die jungen Rammler brauchten auch Platz und Futter und wollten mit Häsinnen eine Familie gründen. Bei Kämpfen gab es häufig Verletzungen, da ein Tier das andere kratzte oder biss. Die Kinder mussten viele Futterplätze mit kleinen Zäunen abgrenzen und eine Spezialfirma beauftragen, die das Freigehege laufend reinigte. Tom fragte sich, was könnten die jungen Rammler wohl tun, wenn die mächtigen Rammler mehrere Frauen beanspruchen und die Häsinnen gerne bei den Starken bleiben.

In ihren Zeitungsartikeln und bei ihrer elektronischen Kommunikation betonten Lilly und Tom immer stärker das Selbstbestimmungsrecht der Tiere, insbesondere was die Fortpflanzung betraf. Sie merkten, dass sie weitgehend die einzigen Kinder waren, deren Häschen Junge bekamen, und waren stolz darauf. Gerade die Leserbriefe der Zeitung und viele Stimmen im Internet zeigten ihnen, dass die Menschen sich danach sehnten, die grausame Folter der Kastration und Käfighaltung der Tiere loszuwerden.

Die Forderungen der Kinder gingen aber noch wesentlich weiter. Sie wollten das Leben der Tiere generell schützen. Gerade die Häschen hatten in Wald und Feld sehr viele natürliche Feinde, die sie stark quälten. Bei den Menschen waren die Kaninchen in kleinen Ställen eingesperrt und wurden meist, kaum herangewachsenen, für den Kochtopf geschlachtet. All das sahen die Kinder als Verrat am Leben der friedlichen und geselligen Tiere an. In ihrem Denken, Fühlen und Schreiben hatte sich der Schutz des Lebens der Tiere festgesetzt.

Insbesondere Lilly war übereifrig. Tierlebensschutz war zu ihrem Markenzeichen geworden.

Sie wollte nicht wahrhaben, dass ihre Forderungen nach Lebensschutz der Tiere mit der Realität in ihrem Gehege nicht mehr zusammenpasste. Im Internet beschrieb Lilly eine heile Welt, in der die Tiere friedlich nebeneinander leben. In Wirklichkeit war der Stress im Gehege so groß, dass ihre Eltern darauf drängten, heranwachsende Häschen zu verschenken. Mit ihren Werbeeinnahmen beauftragte Lilly einen Tierpfleger, der wieder für Ruhe im Gehege sorgte. Sie wusste aber, dass dies nur eine vorübergehende Beruhigung war. Da ein letzter Versuch scheiterte, viele verwilderte Häschen an Abnehmer zu verschenken, die das Lebensrecht und die körperliche Unversehrtheit der Häschen garantierten, musste ein neues Konzept entwickelt werden.

Mit gleichgesinnten Freundinnen vereinbarte Lilly, alle ihre besten Bilder und Videos zusammenzuführen, um einen Aufruf zu starten, ein großes Freigehege außerhalb der Stadt zu errichten und dort den friedlichen, possierlichen und geselligen Tieren ein Paradies zu schaffen. Lilly hatte bereits viele Texte vorbereitet. Sie wusste, wie sie Menschen von ihrem Vorhaben begeistern konnte. Sie nutzte ganz besonders schöne Bilder von jungen Mädchen, die junge Häschen liebkosten, um die Menschen mit Freude zu erfüllen, dann kamen die grausamen Fotos, um zu schockieren, und schließlich die Bilder von einer natürlichen Umwelt, in der die geselligen Tiere im Einklang mit Kindern lebten, um bei den Betrachtern die Sehnsucht nach dem Paradies zu wecken.

Mit den vielen Bildern und Texten ging Lilly zu ihrem bekannten Redakteur der Bezirkszeitung. Der nahm die Ideen freudig auf und konnte die Verlagsleitung überzeugen, in einer Serie von drei Tagen jeweils mit einer Zeitungsseite die Leser von der Idee zu begeistern. Der Verlag wusste, dass die Menschen schöne Bilder lieben und die Leserschaft mit emotionalen Texten zu begeistern sei. Der Aufruf, mitzuhelfen bei der Errichtung eines paradiesischen Geheges für friedliche Tiere, fand sehr großen Zuspruch in der Bevölkerung. Die Leserbriefe zeugten davon. Daneben hatte Lilly mit ihren Freundinnen auch eine Aktion in Internet gestartet. Auch hier lösten sie überwiegend positive Reaktionen bei den Nutzern aus. Natürlich gab es auch kritische, ja gehässige Stimmen, die darauf hinwiesen, dass der Karnickelacker am Stadtpark bestialisch stinke und nur Ratten anzöge.

Den Aufruf, einen Verein zum Tierlebensschutz zu gründen, griffen viele Bürger auf, und sie meldeten sich bei der Zeitung.

Attentat

Als Lilly am Morgen vom Fenster aus zu ihren Häschen hinunterblickte, erstarrte sie. Einige Latten im Zaun zum Park waren herausgerissen, so dass die Kaninchen in den Park laufen konnten. Man sah, dass Gewalttäter am Werk gewesen waren. Mit Geschrei weckte Lilly ihren Bruder und ihre Eltern und rannte im Schlafanzug barfuss in das Häschengehege, um den Durchgang zum Park zu verschließen. Zwei Häschen lagen tot neben einem Baum. Sie waren mit einem spitzen Gegenstand erschlagen worden. Tiefe Wunden klafften an Kopf und Körper. Nur acht Kaninchen, die sich irgendwo versteckt hatten, konnte sie finden. Mittlerweile waren auch ihr Bruder und ihre Eltern im Gehege der Kaninchen. Tom fotografierte seine Schwester, die toten Häschen und die vielen Zeugnisse der Gewalttat.

Frau Seitz verständigte die Polizei. Bildreporter machten Aufnahmen von den toten Häschen, von Lilly im Schlafanzug und dem zerstörten Zaun. Als sich die Aufregung gelegt hatte, schrieb Lilly einen Artikel für die Presse.

Am Nachmittag kam ein Fernsehreporter, machte mit Lilly ein Interview und drehte ein Video. Es war abzusehen, dass in der Abendsendung des Fernsehens ein Beitrag zu dem Attentat gesendet werden würde. Dies nahm die Redaktion der Regionalzeitung zum Anlass, eine Sonderausgabe am Spätnachmittag herauszugeben, die viele Bilder insbesondere auch von Lilly enthielt, wie sie, recht sexy, im Schlafanzug ihre Häschen suchte.

Am Abend meldete sich ein Mann mit Namen Raffer am Telefon der Familie Seitz und erklärte, dass er als Chef der Firma 'Tierfreund' langjährige Erfahrung beim Einsammeln von Spendengeldern habe. Er wolle die jetzige Situation nutzen, das Leben der Tiere, insbesondere der Säugetiere, ähnlich dem der Menschen zu schützen. Er hätte eine Flugblattaktion gestartet und wolle am kommenden Sonntag mit einem Lichtermarsch gegen die Gewalt am Häschengehege demonstrieren. Dabei wolle er durch Sammeln von Spenden das große Ziel der Gewaltfreiheit gegen Tiere ein gutes Stück voranbringen. Er hätte Presse, Radio und Fernsehen eingeschaltet, und aufgrund seiner guten Beziehungen würden sicherlich ausführliche Beiträge in den Medien erscheinen. Der Bitte um einen Besprechungstermin stimmte Herr Seitz schließlich zu. Herr Seitz wusste, wenn es zutreffend war, was ihm Herr Raffer am Telefon berichtete, dann hatte der Mann die Lufthoheit über das Thema 'Lebensschutz für Tiere' übernommen.

Lilly war außer sich, dass ein Fremder, der bisher nichts mit ihren Häschen zu tun hatte, die weiteren Aktionen steuern wollte. Aber auch sie musste nach längerer Diskussion einsehen, dass sie entweder mit Herrn Raffer zusammenarbeiten könne oder den Anschluss verlieren würde.

Die Gewalt im Häschengehege wurde sogar im Schulunterricht thematisiert. Die Geschichtslehrerin stellte im Zusammenhang mit dem Häschen-Attentat die Frage 'cui bono', wem nützt es. Mit dieser Frage versuchten die Römer solche Situationen zu beurteilen. Nach längerem Herantasten blieben nur drei Tatverdächtige übrig:

- Lilly oder ihre Eltern, um auf sich aufmerksam zu machen und über Zeitungsartikel bzw. Werbung Geld zu verdienen
- die Regionalzeitung, die einen Sonderdruck verkaufen konnte
- Herr Raffer mit seiner Firma 'Tierfreund', der den Einstieg in ein neues Geschäft vorantreiben wollte.

Die Lehrerin fragte weiter, wer den geringsten Schaden hätte, wenn das Attentat von der Polizei aufgeklärt würde. Schnell war allen klar, dass weder Lilly noch ihre Eltern noch die Regionalzeitung infrage kommen könnten, da die Aufklärung des Attentats ihnen schweren Schaden zufügen würde. Herrn Raffer und seine Firma kannte bisher niemand. Er hätte sich leicht wieder aus dem Staube machen können. Erst das Attentat hatte die Aufmerksamkeit auf die Häschen im Land erhöht und ihm die Möglichkeit gegeben, sich an die Spitze einer großen Bewegung zu setzen.

Am nächsten Tag kam die Polizei zu Familie Seitz und deutete an, dass es wichtigere Fälle als das Attentat gebe, die aufgeklärt werden müssten. Lilly sah schnell ein, dass Raffer eine dominante Stellung in dem von ihr beanspruchten Tierschutzprojekt einnahm. Fortan unterstützte Lilly Herrn Raffer mit Fotos, Videos und Werbetexten, um den geplanten Lichtermarsch gegen das Häschen-Attentat und für den Lebensschutz für friedliche Tiere durch Werbung vorzubereiten. Raffer nutzte die hübschen Bilder von Lilly, um seine Werbung in Zeitungen und Internetbeiträgen attraktiv zu machen. Die junge Dame versprach sogar, am Ende der Demonstrationsveranstaltung mit ihren Freundinnen und Freunden die Spenden der Demonstrationsteilnehmer sowie der Zuschauer für den neu gegründeten Förderverein 'Lebensschutz für friedliche Tiere' in Sammelbüchsen entgegenzunehmen.

Geheimer Lauscher

Der Geheimdienstbeamte Lauscher erhielt von seinem Chef den Auftrag, die neue Bewegung zu überwachen und insbesondere beim Demonstrationszug die Stimmung zu erfassen. Der Beamte teilte drei seiner Verbindungsleute (V-Leute) ein, mit ihm an dem Demonstrationszug teilzunehmen. Zwei sollten im Zug mitlaufen, der dritte V-Mann sollte als Gegendemonstrant eine Tafel hochhalten, auf der stehen sollte: 'Kaninchenbraten schmeckt gut'. Er sollte die Stimmung unter den Gegendemonstranten erfassen. Lauscher selbst wollte die Zuschauer belauschen. Er hatte seinen V-Männern zugesichert, dass sie natürlich alle Spesen im Zusammenhang mit dem Einsatz zum ohnedies fälligen wöchentlichen Lohn in Form von Bargeld ersetzt bekämen.

Große Demo

Am Sonntag, Stunden vor der Demonstration, fuhren Autos durch die Hauptstadt. Sie führten Transparente mit, auf denen die Organisatoren für die Teilnahme an der Demo warben. 'Zünden Sie ein Licht an für das Lebensrecht der Tiere' oder 'Nur wer heute mitdemonstriert, ist ein Freund des Lebens', stand beispielsweise provozierend auf Werbeplakaten. Am Abend war es dann so weit: Mehrere 1000 Bürger und einige Ordnungskräfte der Firma Tierfreund hatten sich am Treffpunkt versammelt. Die Veranstalter, also insbesondere der Förderverein 'Lebensschutz für friedliche Tiere', sprachen von mehr als 10 000 Teilnehmern.

Presse, Rundfunk und Fernsehen waren zahlreich vertreten, auch überregionale Sender schickten Bildreporter. Eine Gegendemonstration war nicht angemeldet worden, aber man sah einige Leute am Straßenrand, die auf die Gegenposition zur Mainstream-Haltung aufmerksam machten. Auf ihren Schildern stand: 'Cui bono - verdient Herr Raffer an dem Attentat?' oder 'Gutmenschen füttern Gutverdiener'.

Die Demonstration verlief friedlich. In der Abenddämmerung zündeten einige Männer Fackeln an, die dem Zug einen feierlichen Charakter gaben. Vorneweg wurde eine mehrere Meter breite Stoffbahn getragen, auf der Bilder von Häschen aufgedruckt waren mit der Aufschrift: 'Nur lebende Häschen kann man lieben'. Dahinter folgte eine große Tafel mit der Aufschrift: 'Niemand hat das Recht, Häschen zu töten'.

Als der Demonstrationszug zum Stehen kam, begrüßte Raffer die Teilnehmer des Zuges und drückte seine große Befriedigung aus, dass sich so viele Bürger für das Leben der Häschen einsetzten. Speziell begrüßte er einige Ausländer, die das Lebensrecht der Tiere forderten.

Er bat den Bürgermeister der Stadt ans Rednerpult. Auch der war erstaunt über die große Zahl von Bürgern, die sich an der Kundgebung beteiligten und sich für den Schutz des Lebens einsetzten. Auf Plakate der Gegendemonstranten anspielend sagte er, er stehe voll hinter der Bewegung, das Leben der Tiere und insbesondere der putzigen Häschen zu schützen, werde aber darauf achten, dass sich niemand an dem bereichere, was Menschen für die Erhaltung des Lebens der Tiere spendeten. Natürlich werde viel Geld benötigt, um die gesteckten Ziele zu erreichen, aber er sei sicher, dass die Bürger der Stadt und des Landes für diese großartige Sache bereit sein würden einen Obolus zu leisten. Er wünschte dem Förderverein viel Erfolg. Viele Demonstranten klatschten eifrig, auch das Ehepaar Seitz.

Der Innenminister sprach ebenfalls ein kurzes Grußwort und versicherte, die gute Sache zu unterstützen. Er werde sich dafür einsetzen, dass die Vereine mit Bezug auf das Lebensrecht der Häschen als gemeinnützig eingestuft und damit Spenden steuerlich abzugsfähig würden.

Dann aber kam Herr Raffer. Er hatte eine Rede vorbereitet, die offensichtlich sehr gut bei den Menschen ankam. Nicht nur die Demonstrationsteilnehmer, sondern auch die vielen Schaulustigen spendeten eifrig Applaus. Als er seine Zukunftsvision präsentierte, eine Zukunft, in der zahme Tiere friedlich in einem großen Gehege, das wesentlich größer sein sollte als der Tierpark, ohne Angst leben und Kinder, natürlich auch Erwachsene, mit den Tieren spielen könnten, dass dieses Gehege eine Bereicherung für Mensch und Tier sein würde, brauste der Applaus stark auf. Nach seiner Rede trug Lilly ein 'Gebet' vor, ein Gedicht, das sie zusammen mit ihrer Mutter noch am Vorabend zu Papier gebracht hatte:

'Mein Gott, der du die Tiere und die Menschen erschaffen hast,...'

Die Begeisterung kannte keine Grenzen.

Spontan und ungeplant sprang auch der Erzbischof von seinem Sessel am Podium auf und bat um das Wort. Der Würdenträger erinnerte daran, dass Tiere Geschöpfe Gottes seien und ihr Leben damit in Gottes Hand läge. Zu Ostern hätten wir eine große Tradition, der friedliche Osterhase, das Symbol des Frühlings, des Erwachens, beschenke uns. Der Erzbischof forderte: "Geben wir den Häschen etwas zurück, schenken wir ihnen ein Leben ohne Qualen, ohne Kastration, ohne brutale Tötung". Großer Applaus! Und er fuhr fort: "Unser Herr hatte eine besondere Beziehung zu den sanftmütigen Tieren. Er war der gute Hirte auf Erden. Christus forderte Petrus auf: Hüte meine Schafe. Bei jedem Gottesdienst beten wir: Lamm Gottes, nimm hinweg die Sünden der Welt, erbarme dich unser. Und ich rufe euch zu: Schützt das Leben unserer Tiere, besonders das der sanftmütigen, der Schafe mit ihren Lämmern, der Rehe und ganz besonders der lieben Häschen. Ich verspreche euch, dass ich euer und mein großes Anliegen überall verkünden werde, im Land beten und Gott um seine Unterstützung bitten werde." Überwältigender Applaus! Selbst die Gegendemonstranten hatten mittlerweile ihre Tafeln nach unten gesenkt und verbeugten sich vor so viel Huldigung der großen, ja göttlichen Idee.

Dann kam noch einmal Herr Raffer, dankte allen Teilnehmern, auch den Schaulustigen, für die rege Anteilnahme und bat, den Verein 'Schützt das Leben der Tiere' großzügig zu unterstützen. Er verwies darauf, dass die Freundinnen und Freunde von Lilly jetzt gleich mit den Sammelbüchsen zu den Teilnehmern der Kundgebung kommen würden, und in die Schlitze der Sammelbüchsen sollten möglichst leise Geldscheine hineingleiten.

Lilly schwärmte mit ihren ca. 50 Freunden aus, um möglichst viel Geld einzusammeln. Es musste so viel sein, dass die weiteren Werbemaßnahmen zumindest der nächsten Tage finanziert werden konnten.

Am Ende kamen nur ca. hunderttausend Taler zusammen, viel zu wenig, um das Projekt starten zu können. Es reichte nur zur Abdeckung der bisherigen Kosten. Bei Gesprächen brachte Herr Raffer seinen Investor ins Spiel, der den Aufbau von Tiergehegen vorfinanzieren könnte. Herr Seitz berichtete, dass sich mittlerweile viele Leute gemeldet hätten, die ihre Kaninchen dem Förderverein anboten. Bisher war es wohl so, dass sie die Kaninchen schlachteten, und dann gab es einen Hasenbraten. Doch das wäre jetzt nicht mehr möglich, da dies als verwerflich gebrandmarkt werde. Sie wollten nicht, dass andere mit den Fingern auf sie zeigten.

Der Förderverein stimmte dem Vorschlag von Herrn Raffer zu, von 'sanftmütigen Tieren' zu sprechen, deren Leben zu schützen sei, wie der Kirchenfürst dies getan hatte. Der Firmenchef setzte sich dafür ein, auch größeren Tieren den Lebensschutz zu gewähren. Dabei dachte er natürlich an sein Geschäft. Mit großen Tieren ließe sich sicher mehr Geld machen als mit kleinen Häschen.

Lilly und ihr Vater brachten Herrn Raffer gegenüber das Thema Vermehrung der Tiere ins Gespräch. Raffer betonte unverhohlen, dass jedem Gegner des Lebensschutzes für sanftmütige Tiere, der auf das Vermehrungsproblem der Tiere hinweise, so oft mit einer Moralkeule auf den Kopf geschlagen werden müsse, bis dieser aufhöre darüber zu reden. Hier würden nur Tabus helfen. An Keulen hatte Lilly nicht gedacht, mit denen auf Köpfe zu schlagen wäre, aber sie sah auch keine andere Möglichkeit.

Nach der Demo hatte der Geheimdienstbeamte Lauscher die Berichte seiner Verbindungsmänner erhalten. Er hatte zusätzlich die Zeitungs- und Fernsehberichte ausgewertet, seinen Chef unterrichtet und die Geheimdienstakten ergänzt. Insbesondere hatte er entsprechende Vermerke in die Akten des Erzbischofs, des Innenministers, des Bürgermeisters, des Herrn Raffer und von Lilly Seitz aufgenommen. Von den Gegendemonstranten König und Schmidt wurden neue Akten mit entsprechenden Vermerken angelegt.

Achtungserfolg beim Regierungschef des Landes

Der Regierungschef des Landes Menistan ließ sich in der wöchentlichen Routinebesprechung von seinem Geheimdienstkoordinator über die neue Bürgerbewegung in Fragen des Tierschutzes näher unterrichten. Er hatte mit Interesse die vielen Beiträge in der Presse und in den Sendungen des Fernsehens zur Kenntnis genommen. Dabei waren ihm die hohen Wogen der Emotionen aufgefallen.

Sein Geheimdienstkoordinator bestätigte dies. Er sah eine sehr interessante Möglichkeit für die herrschenden Parteien, die stark emotional geladene Massenbewegung zu nutzen, um ein neues Politikfeld zu eröffnen, damit von alten Problemen abzulenken und den Menschen eine bessere Welt glaubhaft darstellen zu können. Er riet seinem Regierungschef und Parteifreund, die Möglichkeit des Einstiegs in diese Massenbewegung mit ihrem Parteichef zu erörtern. Dabei deutete er an, dass die Oppositionsparteien im Parlament sogar so weit gehen wollten, dass sie über den normalen Tierschutz hinaus einen Einstieg in den Lebensschutz von gewissen Tieren planten.

Fördervereine wachsen schnell

Priester, Ordensleute und Gläubige hatten die Botschaft und das Gebet ihres Erzbischofs vernommen, sie als Befehl aufgefasst, das Leben der sanftmütigen Tiere zu schützen und dafür Opfer zu bringen. Die Medien hatten ein ausbaufähiges Thema. In vielen Städten wurden Fördervereine gegründet, Geldsammelaktionen durchgeführt, gegen die Jagd von sanftmütigen Tieren demonstriert. Schlachthäuser wurden als Tötungsfabriken gebrandmarkt, Befürworter und Gegner des Lebensrechts der Tiere, besser der sanftmütigen Tiere, gerieten immer öfter aneinander, das Zusammenleben der Menschen wurde vergiftet, die Gesellschaft in gute und böse Menschen eingeteilt.

Die Guten, die sich als die geistige Elite ansahen, da sie für das Edle, das Lebensrecht der sanftmütigen Tiere kämpften, waren präsenter und opferwilliger. Es schien so, als hätten sie die Mehrheit, auf jeden Fall die Meinungshoheit, denn wer kann schon gegen den Schutz des Lebens sein. Damit standen Presse, Rundfunk und Fernsehen, eine wachsende Mehrheit der führenden Politiker und die Kirchen hinter ihnen und unterstützten sie. Auch vom Ausland kamen Frohbotschaften zu dem Thema Lebensrecht für sanftmütige Tiere. Dies führte zu einem selbstverstärkenden Effekt. Überall in der Werbung tauchten Häschen auf.

Und dann bekam Lilly die ersten Angebote, gegen viel Geld als Werbeträgerin zu posieren. Die junge Dame mit ihrem sanftmütigen Gesicht passte so gut in die Zeit, dass nach wenigen Wochen die Werbeindustrie das Haus der Familie Seitz stürmte, um Lilly immer höhere Gagen für einen Werbeauftritt zu bieten. Sie war in den Mittelpunkt gerückt, das entsprach ihrem Ziel und ihrer Intention. Sie verdiente nicht nur sehr viel Geld damit, sie verhalf auch damit ihrer Idee des Lebensschutzes der sanftmütigen Tiere zum Durchbruch.

Die Tierärzte kastrierten oder sterilisierten keine sanftmütigen Tiere mehr, das wäre Gewaltanwendung gegen die Sanftmütigen gewesen. Da weniger Fleisch gegessen wurde, wurden auch weniger Tiere geschlachtet. Die sanftmütigen Tiere vermehrten sich sehr schnell, so entstanden Engpässe bei ihrer Unterbringung. Immer mehr Tiere wurden den Fördervereinen angeboten.

Das war das Klima, das Raffer mit seiner Firma Tierfreund suchte, und er sah sich jetzt am Ziel seiner Träume. Bei einigen Fördervereinen außerhalb der Hauptstadt war er bald erfolgreich und konnte dort sich und seinen Investor ins Spiel bringen.

Der Förderverein der Hauptstadt bekam auch bald ein Schreiben des Finanzministers, der den Fördervereinen rückwirkend die Gemeinnützigkeit zuerkannte. Damit boten sich auch für Raffer günstige steuerliche Perspektiven. Jetzt ging es nur noch darum, die Gunst der Stunde zu nutzen, die Aktivitäten zu vervielfachen, die Gegner einzuschüchtern und das lockere Geld den Leuten, den Gemeinden und dem Staat abzunehmen. Jetzt musste man schnell so weit kommen, dass man die moralische Hoheit so absolut festigte, dass man mit den Moralkeulen, die insbesondere mit dem Segen der Kirche geschaffen und gehärtet wurden, auf jeden niederprügeln konnte, der sich gegen die gesetzte Moral stellte und mit Vernunft argumentieren wollte.

Dies musste bald der Biologielehrer von Tom erfahren. Er hatte es gewagt, das Karpfenbeispiel, wie es später genannt wurde, zu erläutern: "Ein Karpfenweibchen legt in einem Jahr eine Million Eier, und das Karpfenmännchen befruchtet sie. Die Feinde der Karpfen fressen von den Eiern oder den Jungfischen 999999, so dass nur ein Fisch übrig bleibt. In zwei Jahren überlebt also durchschnittlich ein Pärchen, wobei jeder Fisch nach einem Jahr geschlechtsreif ist. Wenn die Karpfen keine Feinde hätten und aus der Million Eiern lebensfähige Karpfen würden, dann wäre nach wenigen Wochen der ganze Teich voller Fische. Die Jungfische könnten bald nicht einmal mehr im Teich schwimmen. Vorausgesetzt, es gäbe keine Einschränkungen bei der Vermehrung der Fische, dann wären die Nachkommen des Pärchens nach sechs Jahren schwerer als die Erde. Hat die Natur es richtig eingerichtet, dass Feinde der Karpfen die Jungen so stark dezimieren? Sind die Fressfeinde der Karpfen notwendig?"

Das Karpfenbeispiel brachten die Kinder mit nach Hause, und es war bald in aller Munde. Jetzt zeigte sich, wie wichtig und wirkungsvoll die Moralkeulen der mittlerweile vielen Raffer waren. Karpfen wären zwar auch sanftmütige Tiere, aber sie lebten im Wasser und seien viel primitiver als Häschen. Menschen, die das Leben von Häschen schützten, wollten nicht generell das Leben schützen. Sonst müssten die Menschen auch das Leben der Bakterien schützen, und von denen machten viele die Menschen krank. Lehrer, die so primitiv dachten, dass sie generell das Leben schützen wollten, hätten nicht verstanden, worum es eigentlich gehe. Mit dem Schutz der sanftmütigen Häschen werde beispielhaft und exemplarisch auch der Schutz von sanftmütigen und verfolgten Menschen gefördert, von Menschen im Glauben an die Werke Gottes.

Toms Biologielehrer erhielt von seinem Schuldirektor auf Veranlassung des Kultusministers eine Rüge, weil er subversiv und agitatorisch gehandelt hätte. Er hätte die Seelen seiner Schüler verdorben. Sein Rechtfertigungsversuch, er wollte den Kindern das Problem der exponentiellen Vermehrung vor Augen führen, wurde ihm noch mehr zum Verhängnis. Er hätte sich besser entschuldigen sollen und geloben, dass er hinter dem Lebensschutzprojekt für Häschen stehe. Der Lehrer wurde zum Außenseiter, er konnte nie mehr befördert werden. Nur für seine Schüler war er ein Held, weil er nicht mit dem Strom schwamm und unangenehme Wahrheiten mit dem Karpfenbeispiel sichtbar machte.

Das Beispiel machte Schule. Wenn es im Unterricht um Fragen der Fortpflanzung, um das Gleichgewicht der Kräfte in der Natur, um Übervölkerung usw. ging, dann hatten die Lehrer jedes Wort, das sie in den Mund nahmen, vorher genau überlegt, ob sie damit bei den Lebensschützern anecken könnten. Eine normale Erörterung von Sachfragen war damit nicht mehr möglich. Überall lauerten die Sprech- und Schreibverbote. Selbst wenn in einem Leserbrief ein falsches Wort stand, musste der Schreiber mit einer Demonstration vor seinem Haus rechnen, und die Medien berichteten ausführlich darüber. Nahezu alle Menschen resignierten und warteten, bis das Unheil über sie hereinbrechen würde.

Politik der Opportunisten

Die gesellschaftliche Entwicklung kam den herrschenden Parteien und den führenden Politikern sehr gelegen. Sie brauchten ein neues Thema, um von bestehenden Problemen ablenken zu können. Wie in fast allen Demokratien stützten die herrschenden Politiker ihre Macht auf die acht folgenden Prinzipien:
- Glaubwürdigkeit
- Korruption, sowohl passiv als auch aktiv
- Stigmatisierung - Erbschuld
- Geheimdienste
- Staatsschulden
- Religion - Kirche
- Ermittlungsmonopol
- Medienpräsenz

Ziel des Einsatzes dieser Prinzipien war es, die Meinungshoheit im Land zu erlangen und zu erhalten sowie Oppositionsparteien den Wind aus den Segeln zu nehmen oder die außerparlamentarische Opposition aufzulösen. Wurde nahezu von allen Medien und aus den politischen Zirkeln eine einheitliche Meinung zu den Bürgern und Wählern getragen, wurde diese Meinung als Wahrheit angesehen. Das half den führenden Politikern mit ihren Parteien, Wahlen zu gewinnen. Nur diejenigen politischen Strömungen wurden von den Mainstream-Parteien und den führenden Politikern aufgegriffen, die sich in das bisherige Meinungsbild einordnen ließen und auf die die politischen Prinzipien anwendbar waren, so dass eine neue Ausrichtung des allgemeinen Konsenses erreichbar war.

Wichtige Themen mussten aufgegriffen werden, damit sich keine weitere Partei mit dem Schwerpunkt auf diese Themen bilden konnte. Eine Oppositionshaltung zu diesen neuen Politikfeldern war dann im Keim zu ersticken.

Die Parteistrategen hatten ihren führenden Politikern und den Parteimitgliedern empfohlen, auf den fahrenden Zug zur Begründung des Lebensrechts der sanftmütigen Tiere aufzuspringen. Die acht oben genannten Hilfsmittel zur Festigung des politischen Einflusses ließen sich sehr gut nutzen:

- **Glaubwürdigkeit**
Die Politiker wollten häufig nicht die Wahrheit sagen, da die Wahrheit die Bürger verschrecken könnte. Der Politiker hatte die größten Chancen, die höchsten politischen Ämter zu erreichen, der die Lüge so gut verpacken und präsentieren konnte, dass er den Bürgern und Wählern glaubwürdig erschien. Bei dem Häschenprojekt wurden die Vermehrungsproblematik und die Streitsucht der Tiere einfach nicht angesprochen, und dann blieb nur die edle Haltung der Tierlebensschützer, das Lebensrecht der sanftmütigen Tiere zu gewährleisten.

- **Korruption:**
Mit den Häschen kamen sehr viele neue Projekte mit sehr hohen Kosten zur Realisierung. In einem derartig neuen Umfeld ließen sich Unternehmen und Banken begünstigen, die sich durch Schmiergeld oder große Spenden an die herrschenden Parteien oder an führende Persönlichkeiten der Politik erkenntlich zeigten. Die Zahler konnten sicher sein, dass sie bei nächster Gelegenheit mit Aufträgen, Steuergeschenken, Mitnahme bei Staatsbesuchen im Ausland und dergleichen bevorzugt würden, die Nichtzahler benachteiligt. Ohne Schmiergeld ging nichts. Eine Hand wusch die andere. Die Lobbyisten vertraten mit sehr viel Geld in der Hinterhand die Interessen der Unternehmen, insbesondere der Raffer.

Das eingehende Geld wurde dringend benötigt, um Parteimitglieder und Meinungsmacher zu schmieren. Die Führungspersönlichkeiten mussten ihre Basis in der Partei pflegen. Ein Ortsverband brauchte mehr Geld, um wegen der starken politischen Konkurrenz viel mehr

Geld in den Wahlkampf stecken zu können. Bei der nächsten Wahl eines Bezirksvorsitzenden, bei der der Parteivorstand einen bestimmten Kandidaten durchdrücken wollte, mussten Parteimitglieder durch Einladungen, Extras und Geschenke zur Abgabe ihrer Stimme für den Linienkandidaten aus der Parteikasse honoriert werden usw. Über das offiziell eingegangene Geld aus Beiträgen und staatlichen Zuwendungen an die Parteien musste transparent Buch geführt werden. Dann war es gut, wenn man auf den verschiedenen Ebenen der Parteihierarchie dicke schwarze Kassen hatte, um all die vielen Extras zu bezahlen.

Die Journalisten, Verlage, Bildreporter und Sendeanstalten von Rundfunk und Fernsehen wurden diskret dafür unterstützt oder bei der Bereitstellung von politischen Informationen bevorzugt, wenn sie das von Politikern geforderte Meinungsbild verbreiteten. Noch wichtiger war, dass von den Medien das Bild der führenden Politiker in ein makelloses, strahlendes Licht gerückt wurde. Dabei wurden häufig auch die Geheimdienste eingesetzt, die mit Zuckerbrot und Peitsche für den richtigen Tonfall in den Medien sorgten. Beim Einsatz der Geheimdienste brauchten die führenden Politiker kein Schmiergeld, da die Ausgaben für die Agenten und ihre Verbindungsleute aus der Staatskasse finanziert wurden. Das war Korruption in Vollendung.

Viele Medienmacher waren aber überzeugt, die wenigen Medienpäpste mit ihrer Meinungshoheit wären die Trendsetter. Die Politiker würden sich an der bestehenden Meinungslage der Medien orientieren. Die Verbindung war wohl bivalent.

Dabei ging es den Politikern und den Meinungsmachern primär um Macht und sekundär um Geld. Alles was die Macht der herrschenden Politiker und der Medienpäpste stärkte, wurde auch korruptiv eingesetzt.

- Stigmatisierung - Erbschuld
Die führenden Politiker stellten fest, dass das Lebensrecht für sanftmütige Tiere sehr emotional vorgetragen wurde. Tod, Blut, Schlachten eigneten sich bestens zur Stigmatisierung der Menschen. Die jahrelange Gewaltanwendung zur Tötung von sanftmütigen Tieren bot sich hervorragend an, eine immerwährende Schuld der Menschen festzustellen. Schnell ließ sich die Kunde verbreiten, dass speziell im eigenen Land die Gewaltanwendung gegen sanftmütige Tiere und ihre fabrikmäßige Tötung besonders grausam und ausgeprägt war.

Die Menistaner konnten als Tätervolk gebrandmarkt werden, in dem eine Clique bestialisch gegen die schwachen, verängstigten, sanftmütigen Tiere mit besonderer Brutalität vorgegangen war und alle anderen von diesem Tun wussten und nichts unternahmen, um den Opfern zu helfen. Damit ließ sich eine neue Erbschuld gebären. Bürger mit Schuldkomplex ließen sich besonders leicht regieren und ausbeuten.

- Geheimdienste
Das Thema 'Lebensschutz für sanftmütige Tiere' war stark polarisierend. Die Geheimdienste konnten beauftragt werden, gegen alle vorzugehen, die die führenden Politiker der herrschenden Parteien, insbesondere in Bezug auf den Lebensschutz von sanftmütigen Tieren, angriffen. Die bekannten Mittel waren einzusetzen: Im Geheimen, im Finstern alle Bürger ausspähen, Dossiers für exponierte Persönlichkeiten erstellen, über Geheimagenten und Verbindungsleute Abweichler einschüchtern und in gegnerische Organisationen, insbesondere oppositionelle Parteien eindringen. Jede Opposition war für ihre Auftraggeber auszuspähen und ggf. von innen heraus zu zerstören. Mit provokanten Aufmärschen und Schmierereien war die Bevölkerung zu verunsichern, mit Staatsterror, Gewalt und anderen Grausamkeiten gegen Unschuldige war vorzugehen und Gegnern der Politiker die Verbrechen anzulasten, um die Bürger und Wähler zu erschrecken, damit diese Schutz und

Unterstützung von den führenden Politikern forderten und dann auch bereit waren, diese zu wählen.

- Staatsschulden

Es war vorauszusehen, dass die hohen Investitionen und laufenden Kosten auf längere Sicht nicht aus den laufenden Steuer- und Verwaltungseinnahmen des Landes finanziert werden konnten. Wegen dieser Aktionen die Steuern zu erhöhen, hätte den Widerstand der Bürger und Wähler hervorgerufen. Dies konnte sehr leicht durch Schulden am Kapitalmarkt umgangen werden, die Bürde der Schuldentilgung wurde in die Zeit verschoben, wenn die Menschen den Grund für die Schulden vergessen hatten. Für die Politiker war nur wichtig, dass sie viel versprechen konnten und ihre Versprechen weitgehend hielten. Zur Täuschung der Bürger und Wähler wurden die Schulden nicht den Wählern, sondern denen aufgebürdet, die sich nicht dagegen wehren konnten, deren Kindern.

- Religion - Kirche

Kirche und Klerus hatten nach wie vor eine starke Stellung bei moralischen Fragen. Neben die Grundsätze von Moral und Ethik hatten die Kirchen eine sogenannte Heilsgeschichte gesetzt. Mit ihrer Predigt von einem jenseitigen Paradies, von Fegefeuer und Hölle hatten sie die Menschen so stark verunsichert, dass viele sich rückversichern wollten, um ggf. nach dem Tod ein paradiesisches Leben führen zu können. Gerade beim Lebensrecht der sanftmütigen Tiere mit den starken Emotionen stärkte die Zusammenarbeit der Politiker mit den Kirchen ihren Einfluss auf die vielen Menschen, die in ihren religiösen Gefühlen den Kirchen nahestanden.

- Ermittlungsmonopol

Das staatliche Ermittlungsmonopol mit Anklagehoheit in staatlichen Angelegenheiten gab den Politikern die Sicherheit, dass sie bei gesetzeswidrigen Handlungen nur das sahen, was sie sehen wollten, hörten, was sie hören wollten und anklagten, wen sie anklagen wollten. Dies war ganz besonders wichtig, wenn es um politische Bestechung, um Stigmatisierung und insbesondere um den Einsatz der Geheimdienste ging. Die Agenten, die den Politikern den Weg zur politischen Macht ebneten und sie und ihre Parteien an der Macht hielten, mussten sich hundertprozentig darauf verlassen können, dass sie aufgrund ihrer kriminellen Handlungen nicht angeklagt oder gar verurteilt würden. Dieses besondere Vertrauensverhältnis zwischen den Politikern und den Geheimdienstmitarbeitern war die Basis für die Machtausübung der führenden Politiker. Sie bedrohten ihre Agenten mit Gefängnisstrafen, wenn diese ihre verbrecherischen Aufträge an die Geheimdienste den Bürgern bekannt machten. Bei hinreichender Loyalität der Beamten in den Geheimdiensten, guter Bezahlung und unter Nutzung der Fünfprozenthürde bei Wahlen ließ sich mittelfristig verhindern, dass unliebsame Parteien in die Parlamente einzogen und sich halten konnten.

- **Medienpräsenz**

Natürlich unterhielten die großen Parteien eigene Medienunternehmen, insbesondere Zeitungsverlage und Internetauftritte. Die Presseabteilungen in den Ministerien und wichtigen Ämtern machten Propaganda für die herrschenden Parteien und Politiker auf Kosten der Steuerzahler. Aber die führenden Politiker hatten es auch geschafft, von der Bevölkerung finanzierte Fernsehsender zu etablieren, die sie nach ihrem Belieben einsetzen konnten. Für sie wichtige Journalisten wechselten von der Politik zu diesen Fernsehsendern und umgekehrt. Die Partei mit einem populären Gesicht aus wichtigen Fernsehsendungen in Verbindung zu bringen, war immer vorteilhaft. Nur die Persönlichkeiten mit dem richtigen Parteibuch hatten eine Chance, diese Sender zu führen. Da die Politiker am Geldhahn und in Aufsichtsräten saßen, hatten sie die wichtigsten Machtinstrumente, das Geld und das Personal, in der Hand, um die Sender zu dirigieren.

Die Politik hatte einen sehr starken Einfluss auf das Leben der Bevölkerung und der Firmen. Deshalb waren Medien daran interessiert, möglichst frühzeitig Entwicklungen der Politik zu kennen. Durch die Steuerung des Informationsflusses aus der Politik in die Medien hatten die Politiker einen wichtigen Hebel in der Hand, um die ihnen gut gesonnenen Medien durch gezielte Indiskretionen zu bevorzugen und damit deren Reputation bei Lesern bzw. Zuschauern zu erhöhen, was die Auflagen, die Beachtung im Internet oder die Zuschauerzahlen beim Fernsehen stark beeinflusste. Das wiederum war für viele Verlage und Fernsehanstalten die wichtigste Basis für wirtschaftliches Handeln, d.h. es zahlte sich in klingender Münze aus, die Politiker der großen Parteien in glanzvollem Licht darzustellen.

Herrschende Parteien okkupieren den Lebensschutz

Um zu vermeiden, dass sich eine Häschen-Partei bilden konnte, die den Schutz des Lebensrechts der Häschen als zentralen Programmpunkt aufgegriffen hätte, hatten die etablierten Parteien das Lebensrecht der sanftmütigen Tiere in ihr Programm integriert. Sie nutzten die euphorische Stimmung, um damit Parteimitglieder anzuwerben und Stimmen bei Wählern zu fangen.

Nach vielen Diskussionen in den Medien und schließlich auf Parteitagen hatten die großen Mainstream-Parteien mit geringen nebensächlichen Abweichungen in der Sache die Hauptpunkte aus dem Katalog von Forderungen übernommen, den Lilly nach dem Attentat auf ihr Häschengehege postuliert hatte. In den Mittelpunkt stellten die Parteien die Forderung: 'Der Schutz des Lebens und die körperliche Unversehrtheit der sanftmütigen Tiere ist eine herausragende staatliche Aufgabe. Ein Verstoß gegen das Recht auf Leben der sanftmütigen Tiere wird mit Gefängnisstrafen geahndet'. Der Lebensschutz der sanftmütigen Tiere wurde auch in der Verfassung verankert. Um ideologisch gerüstet zu sein, wurden Sprechtabus geregelt, wie 'Häschen zum Metzger' oder 'Häschensex'.

Auch technisch organisatorische Regelungen mussten getroffen werden. So wurde eine eigene Polizei erfunden, die Hilfspolizisten beschäftigen konnte, die sich speziell um den Schutz der sanftmütigen Tiere vor tierischen und menschlichen Feinden zu kümmern hatten. Die Aufgabe wurde auf alle politischen Ebenen verteilt, also auf Gemeinden, Bezirke und auf das Land. Damit war auch geregelt, wer die Ausgaben für den Schutz der sanftmütigen Tiere aufzubringen hat.

Es wurde schnell klar, dass die sanftmütigen Tiere in Gehegen gehalten werden mussten. Ihr Leben und ihre körperliche Unversehrtheit konnte nur so geschützt werden. Da dort nicht genug Nahrung zur Verfügung stehen würde, war es auch notwendig, die Tiere weitestgehend zu füttern und zu tränken. Für sie mussten aber auch Schutzräume gegen Nässe und Kälte geschaffen werden, die Gehege waren zu reinigen und die Tiere medizinisch zu betreuen. Tierärzte und Tierpfleger wurden bald in großer Zahl gesucht.

Die Politik legte auch letztendlich fest, dass alle Bürger des Landes die Sicherheit erhielten, dass sie jederzeit ihre sanftmütigen Tiere zu den einzurichtenden großen staatlichen Gehegen bringen könnten, und dort müssten diese Tiere in die Gehege aufgenommen werden.

Die Priester in den Kirchen predigten im Sinne ihres Erzbischofs. In den kirchlichen Organisationen taten sich viele Tierlebensschützer hervor, die die staatlichen und religiös-kirchlichen Vorgaben noch weit übertreffen wollten. Sie appellierten an die Familien, in ihren Gärten Gehege zu errichten und sanftmütige Tiere aufzunehmen, zu pflegen, ihnen ein Zuhause zu geben. Dabei betonten sie, dass solche Opfer besonders gottgefällig seien.

Industrie- und Dienstleistungsunternehmen sahen große Geschäfte auf sich zukommen. Als sich abzeichnete, welche Richtung der Schutz des Lebensrechts der sanftmütigen Tiere nehmen würde, hatten sie mit der Entwicklung und der Produktion der industriell zu fertigenden Maschinen und Hilfsmittel begonnen, ihre Fühler ausgestreckt und Verbandslobbyisten zu den Politikern geschickt und denen klargemacht, dass am besten eine Hand die andere wasche. Herr Raffer und sein Investor taten sich in besonderer Weise hervor und erreichten mit Schmiergeld, dass sie bei jeder passenden Gelegenheit Gehör bei den tierlebensschützenden Politikern fanden.

Menistan wurde auf den Lebensschutz von sanftmütigen Tieren eingeschworen.

Von Verlagen, Radio- und Fernsehanstalten, von Journalisten und Bildreportern, von führenden Politikern und Parteitagsveranstaltungen, Verbandsfunktionären, vielen Tierschützern in Zeitungsartikeln, von Bischöfen, Priestern und Ordensleuten, von Tierschutz- und Karnickelzüchtervereinen wurde pausenlos eine neue Epoche im Zusammenleben von Mensch und sanftmütigen Tieren eingeläutet. Die Gewaltanwendung gegen sanftmütige Tiere wurde tabuisiert. Das Symbol des Grillhäschens wurde geächtet, ja es wurde unter Strafe verboten, dieses Zeichen zu zeigen. An die großen Leiden der sanftmütigen Tiere wurde laufend erinnert, die insbesondere durch Menschen gefoltert, eingesperrt, erschossen, erstochen und erschlagen wurden.

An markanten Stellen in Städten wurden Denkmäler errichtet, die die Menschen ständig an die Grausamkeiten erinnern sollten, die gegen die sanftmütigen Tiere verübt wurden. In feierlichen Veranstaltungen wurden diese Denkmäler von gutmütigen Politikern, unterstützt durch gutmütige Menschen, insbesondere Bischöfe und Priester sowie Naturschützer und Präsidenten von Karnickelzüchtervereinen, eingeweiht. Presse, Rundfunk und Fernsehen berichteten und strahlten die Bilder in alle Welt aus, und über Internet und soziale Medien verbreiteten sich die Nachrichten. Die Veranstaltungen wurden von der Bevölkerung gut angenommen, und ganze Schulklassen nahmen, von den Lehrkräften geführt, geschlossen teil.

Archive und Museen wurden eingerichtet. Schulklassen mussten dort eine Vortragsreihe über sich ergehen lassen. Im Rahmen der politischen Bildung organisierten die Parteien für Parteifreunde kostenlose Busreisen zu den Denkmälern, Archiven und Museen, um die Bevölkerung im neuen Geist zu indoktrinieren.

Das Parlament gründete einen Ausschuss, der sich mit Fragen des Lebensschutzes von sanftmütigen Tieren befasste. Das Strafrecht wurde verschärft, insbesondere wurde die Gewaltanwendung gegen sanftmütige Tiere mit Gefängnisstrafen bedroht.

Die Innen-, Umwelt- und Landwirtschaftsminister erhielten eine zusätzliche Aufgabe 'Lebensschutz für sanftmütige Tiere'. Viele neue Beamte und Angestellte verstärkten die Verwaltung, Richter wurden speziell ausgebildet.

In den Schulen wurde das Schulfach 'Lebensschutz für sanftmütige Tiere' eingeführt, und die Schulbücher wurden umgestaltet und damit neu aufgelegt.

Polizisten und Geheimdienstmitarbeiter wurden bezüglich der neuen Sachlage geschult. Die Geheimdienste wurden im Geheimen von der Regierung beauftragt, Gegner der neuen Politik besonders zu observieren, jede oppositionelle Gruppierung bzw. Partei mit den üblichen Mitteln im Keime zu ersticken und durch geeignete Maßnahmen bei Verlagen, Radio- und Fernsehanstalten über Gewährsleute sicherzustellen, dass auch zum Thema Lebensschutz von sanftmütigen Tieren nur wohlwollende Meinungen in den Medien verbreitet wurden. Insbesondere abweichende Meinungen zur Position der führenden Regierungspolitiker seien zu unterdrücken.

Die Wirtschaft entdeckte das Häschenthema neu und mit durchschlagendem Erfolg. Wenn die Zeitungen über Sport- oder Freizeitereignisse berichteten, war auf jedem Bild mindestens ein Häschen im Vordergrund zu sehen, das von seinem Besitzer oder seiner Besitzerin liebkost, gestreichelt oder an einer Flasche nuckelnd gezeigt wurde. Das Reviermarkierungssekret aus einer Drüse am Kinn der Häschen wurde analysiert, und die Pharmaindustrie bot den Duftstoff in Kosmetika an. Selbst die Sexindustrie hatte den Rammler entdeckt und bot Libido-Produkte an, die Männer so potent wie Rammler machen sollten.

Lokaler Protest

Städte und Gemeinden bewarben sich über eine von der Regierung eingerichtete Stelle um ein Häschengehege. Dann wurden in der Regel auch Proteste laut. Bürger oder ganze Ortschaften, die in der Nähe der Einrichtungen ihre Häuser und Grundstücke hatten, sahen plötzlich ihren Lebensraum eingeengt und gingen wohl zu Recht davon aus, dass ein erhöhter Anlieferverkehr notwendig werde, dass sie aber insbesondere durch Gestank, Fliegen und Ratten belästigt werden würden. Mit geringen Kompensationen wie dem Bau eines Schwimmbads oder einer Umgehungsstraße konnten die örtlichen Politiker die Bürger beruhigen. Nur in wenigen Fällen griff der Geheimdienst ein, und dann wurden die Demonstranten schnell mit Unterstützung der lokalen Presse zu Feinden für das Leben der sanftmütigen Tiere oder durch Aufwärmen älterer Streitigkeiten oder Vergehen von Demonstranten zu Lügnern, Betrügern oder Schlägern gestempelt. Das half dann allemal, die Szene in der Umgebung des geplanten Häschengeheges ruhigzustellen.

Regierungschef und sein widerborstiger Geheimdienstkoordinator

Bei der routinemäßigen wöchentlichen Besprechung ließ sich der Regierungschef von seinem Geheimdienstkoordinator über die Stimmung im Volk unter spezieller Beachtung des Aufbaus der Häschengehege unterrichten. Der Geheimdienstbeamte stellte regelmäßig fest, dass keine Besonderheiten vorlägen. Nur einige Male erzählte er scherzend, dass wenige günstige Fälle von Protestierern herausgegriffen worden seien, die den Agenten früher schon einmal aufgefallen waren. Von diesen Fällen wurden Unzulänglichkeiten im Leben der Protestierer über Mittelsmänner der Presse zugespielt. Die machten dann eine schöne Story daraus und drückten den Protestierern ein Kainsmal auf. Damit wurde allen Protestierenden deutlich gemacht, dass die 'Presse' jede Unzulänglichkeit im Leben kenne und dem Schreimaul auf den Kopf schlage.

Die Methode 'Niemand ist perfekt' kam wenige Male zum Einsatz und hatte zur Beruhigung der Szene insgesamt ausgereicht.

Der Regierungschef war dennoch aufgebracht, da er aus den negativen Schlagzeilen der Presse nicht mehr herauskam. Dem Beamten hielt er vor, dass es seinem Ansehen sehr schade, wenn er ständig mit den Gräueltaten und Massakern seiner Soldaten im Krieg in fernen Ländern in Verbindung gebracht werde.

Der Regierungschef schimpfte: "Siehst du nicht, dass ich jeden Tag eine schlechte Presse bekomme? Ist dir mittlerweile etwas dagegen eingefallen?"

Der Geheimdienstkoordinator hielt die Hände abwehrend vor sich: "Ich habe den sinnlosen Krieg nicht befohlen, das warst du. Du hast unseren Soldaten befohlen, mit anderen Armeen zusammen ein schwaches Land zu überfallen. Ich wollte den Krieg nicht."

„Weil du wegen der Verwundung deines Neffen von deiner Schwester beschimpft wurdest, deshalb kann ich den Krieg nicht aufhören. Ich habe doch unseren Soldaten befohlen, im Zweifel als Erste zu schließen."

„Offenbar stört es dich nicht, unsere Soldaten in einem mörderischen Krieg zu verheizen. Weil du ihnen befohlen hast, auch präventiv zu schießen, deshalb haben wir doch dieses Massaker unserer Soldaten."

„Als Menschen mit Prinzipien konnten wir doch nicht zusehen, wie die Barbaren die Menschenrechte mit Füßen traten. Wir wollten den Menschen dort helfen und ihnen zeigen, wie man mit Frauen umgeht und Kinder richtig erzieht."

„Als Regierungschef bist du der Größte, du weißt, wie man das richtig macht. Weil die Bürger des überfallenen Landes in ihrer Kultur weiter leben wollen, brauchst du Bomben, Panzer, Kanonen und Feuer, um die Männer, Frauen und Kinder so lange zu bomben, bis sie entweder tot sind oder deine Besserwisserei würdigen."

„Was verstehst du von der Sache? Unsere wenigen Gegner in dem Entwicklungsland haben uns provoziert, haben auf uns geschossen. Dann müssen wir uns doch verteidigen."

„Die sogenannten Aufständischen sind nicht bei uns einmarschiert, wir haben deren Land überfallen. Du hast ohne Kriegserklärung unseren Soldaten befohlen, zuerst zu schießen. Jetzt haben sie einmal gnadenlos gebombt, und die Bomben haben mehr als 100 Männer, Frauen und Kinder zerfetzt und viele verletzt, ein Blutbad angerichtet. Das war Terror, die Menschen dort sehen euch als Terroristen an. Unser Verteidigungsminister, besser Terrorminister, wollte das auch noch alles verschweigen. Das haben natürlich die Medien aufgegriffen. Ich habe geglaubt, wenn du den Verteidigungsminister entlässt und Wiedergutmachung versprichst, würde sich die Sache beruhigen."

„Das hatte ich auch gehofft. Aber die Presse hat offensichtlich keine besseren Schlagzeilen, und so wärmen sie das leidige Thema laufend neu auf. Warum schaffst du nicht die richtigen Schlagzeilen für die Medien?"

„Was stellst du dir vor, das für die Medien noch stärker wirkt als ein Massaker an mehr als 100 unschuldigen Menschen durch unsere Soldaten in einem fernen Krieg, den die Mehrheit der Bevölkerung längst ablehnt. Sollen wir im Geheimen, im Finstern, durch Irreführung noch mehr Menschen umbringen und das Töten linken oder rechten Extremisten anlasten, damit du zufrieden bist und die Presse ein neues Thema hat?

„Wenn es geschickt gemacht wird, müsste auch wenig Blut reichen. Lasse dir doch etwas einfallen."

„Das blutige Fanal werde ich dir nicht liefern, da musst du dir schon jemand anders suchen."

Mit diesen Worten verabschiedete sich der Geheimdienstkoordinator vom Regierungschef.

Wenig später traf der Regierungschef seinen Finanzminister. Er war noch aufgewühlt von dem Gespräch mit seinem Beamten und wollte wissen, ob der Finanzminister etwas dagegen habe, seinen jetzigen Geheimdienstkoordinator in die Wüste zu schicken. Der Finanzminister verwies darauf, dass der leitende Beamte in der gemeinsamen Partei gut verankert sei und man ihm deshalb nur einen höherwertigen Posten anbieten könne. Das tat der Regierungschef auch. So konnte er den Posten des Geheimdienstkoordinators neu besetzen.

Ausland ist erstaunt

Die Präsidenten von Nahland und Fernland hatten sich persönlich angefreundet. Wenn die Regierungsgeschäfte es zuließen, trafen sie sich inoffiziell zu gemeinsamen Vergnügungen.

Diesmal trafen sie sich in Nahland in einem Jagdschloss. Treiber hatten den Freunden eine Rotte Wildschweine vor die Flinte getrieben, und der Präsident von Fernland hatte einen gewaltigen Keiler geschossen. Der Presse wurden Fotos von dem Jagdglück zugeleitet. Nun schwitzten die Präsidenten in der Sauna und plauderten über Politik.

„Wenn du Präsident in Menistan wärst, würden sie dich morgen nicht mehr einreisen lassen", scherzte der Nahländer. Und er fuhr fort: „Dein Todesschuss hätte dort Entsetzen und wohl auch Gebete ausgelöst."

Der Fernländer fasste sich an den Kopf und meinte: "Sind die Menistaner alle in einen Rausch verfallen? Haben die ihre Sinne verloren? Wie kann die Regierung Schweine zu sanftmütigen Tieren erklären und ihnen auch noch das Lebensrecht garantieren? Wo bleibt da die Vernunft?"

„Ein bisschen nachvollziehen kann ich das schon. Die Alleredelsten, die gläubigen Schwestern und Brüder, die Gutverdiener hatten die Schäfchen und die Häschen ausgesucht, um sie zu schützen und ihnen ein Paradies zu schenken. Da wurde bekannt, dass den männlichen Ferkeln die Hoden ohne Betäubung weggeschnitten wurden, um sie zu kastrieren. Das Mitleid mit den armen Tieren war so groß, dass die Regierung die Ferkel den sanftmütigen Tieren zuordnete, und die werden irgendwann einmal zu ausgewachsenen Schweinen. Und damit waren auch die Keiler sanftmütige Tiere. Man muss nur barmherzig genug sein und Raffer im Land haben, die viel verdienen wollen", erklärte der Nahländer die Entwicklung.

Mit Kopfschütteln kritisierte der Fernländer die Erklärung: "Wissen die Menistaner nicht, dass sich die sanftmütigen Tiere buchstäblich wie Karnickel vermehren?"

„Man sagt, die Menistaner seien ein intelligentes Volk. Ich erinnere mich an ein Plakat bei einer Demo, auf dem stand: 'Gutmenschen füttern Gutverdiener'. An Schweinen verdient Raffer mehr als an Häschen. Die führenden Politiker der großen Parteien und die Bosse der Wirtschaft haben das Motto ausgegeben: Das schaffen wir! Und jetzt wissen alle, dass sie es zu schaffen haben", sagte der Nahländer mit fester Stimme.

„Ich kann es abwarten, mir und meinem Volk tut es nicht weh", beruhigte sich der Fernländer.

Der Nahländer überlegte: "Mir schon. In deiner Kultur gibt es keinen Osterhasen, in meiner schon. Auch bei uns gibt es die Tierlebensschützer, und die drängen, auch bei uns Häschengehege einzurichten."

Häschengehege eröffnet

In der Hauptstadt mit der großen Zahl an Mitgliedern beim umbenannten Förderverein 'Lebensschutz für sanftmütige Tiere' dauerten die Diskussionen über den richtigen Umgang mit den Tieren lange. In kleinen Städten ging es wesentlich schneller.

Dort hatte der Investor des Herrn Raffer von den Fördervereinen den Auftrag zum Bau der Häschengehege schnell erhalten. Gegen die vertragliche Zusicherung, die laufenden staatlichen Fördergelder für die nächsten zehn Jahre zu erhalten und die Nettoeinnahmen für die Eintrittspreise in die Gehege bzw. zu besonderen Events kassieren zu dürfen, hatte der Investor in großer Eile zusammen mit der jeweiligen

Gemeinde größere Flächen gepachtet und die Infrastruktur für Häschengehege geschaffen. Herr Raffer bekam in der Regel den Auftrag, die Gehege instand zu halten, Tierpfleger einzusetzen, für Sauberkeit in den Gehegen zu sorgen, die Tiere zu füttern und vor Krankheiten und Feinden zu schützen sowie einmal jährlich eine Abrechnung vorzunehmen, schlicht gesagt, als Verwalter aufzutreten und die Finanzen gegenüber dem Förderverein in einer Bilanz abzurechnen.

Als dann das Häschengehege der Hauptstadt fertig war, wurde es in einem Festakt seiner Bestimmung übergeben. Die Honoratioren aus Politik, Kirche, Wissenschaft, Wirtschaft und Gesellschaft nahmen im Theater des Geheges Platz. Der Ministerpräsident fehlte. Er hatte den Innenminister und die Sozialministerin geschickt. Natürlich waren der erste Bürgermeister der Stadt dabei und der Dekan der Universität. Aus der Wirtschaft waren vor allem die Lenker anwesend, die sehr viel für den Bau des Häschengeheges gespendet hatten. Die Reden, die die Vertreter aus Politik, Wissenschaft, Wirtschaft und Gesellschaft hielten, waren zumeist recht allgemein gehalten. Sie bekräftigten den Willen, den sanftmütigen Tieren ein gesichertes, friedliches Leben zu gewährleisten, sie vor Feinden und Hunger zu schützen, ihr Lebensrecht zu sichern und ihre volle Entfaltung zu gewährleisten. Der Erzbischof war wesentlich emotionaler.

Nach der Einweihung wurden Tausende sanftmütige Tiere in das neue Gehege umgesiedelt, insbesondere auch Tiere von Privatpersonen, die wegen des effektiven Schlachtverbots kein Interesse mehr an den Tieren hatten: Kaninchen, Hasen, Rehe, Schafe, Ziegen und vor allem auch Schweine. Es wurden aber auch kleine Tiere gebracht wie Hamster, Meerschweinchen, Schildkröten und Igel.

Nach dem Abschluss der Einrichtung des Geheges luden Lilly und ihre Freundinnen die Jugend des Landes zu einem großen Rockkonzert in das Theater des Geheges ein. Bei lauter Musik und später auch

Tanz wurde ausgelassen gefeiert, dass Lilly mit ihren Freundinnen es erreicht hatte, einen Tempel zum Feiern für die Jugend und ein Paradies für die sanftmütigen Tiere zu schaffen. Als am nächsten Morgen bekannt wurde, dass die laute Ausgelassenheit bis morgens vier Uhr gedauert hatte, war der Aufschrei groß. Die Zeitungen waren voll von Meldungen, die armen Tiere seien in ihrer Nachtruhe gestört worden, man habe sie terrorisiert.

Wo viel Geld ist, fließt noch mehr hin. Die Regierung und die sie tragenden Parteien beschlossen, Steuermittel zum Ausbau der Infrastruktur rund um die Gehege einzusetzen. Die Regierung richtete auch Forschungsinstitute an den Universitäten ein, deren Aufgabe es war, beispielsweise das Zusammenleben von sanftmütigen Häschen mit gutmütigen Menschen soziologisch, rechtlich, biologisch und medizinisch zu untersuchen.

Das Landesparlament wurde vom Ausschuss 'Lebensrecht für sanftmütige Tiere' über den Aufbau der staatlichen Gehege routinemäßig im ersten Jahresbericht unterrichtet. Privatpersonen, Züchtervereine, Landwirte, Hochschulen und Firmen hatten sanftmütige Tiere zu den fertiggestellten Gehegen gebracht. Die Befürchtungen der ewig gestrigen Nörgler im Lande wurden zerstreut. So waren beispielsweise von den mehr als 30 000 angelieferten Kaninchen nur ca. 1000 nicht kastriert oder sterilisiert. Ca. 12000 Schafe seien übergeben worden, darunter seien aber nur 120 Schafböcke gewesen. Schweine seien zu Hunderttausenden aufgenommen worden, während nur wenige Ziegen angeliefert worden seien.

Der Ausschuss betonte, die Untersuchung der angelieferten Tiere zeige, dass viele von ihnen geschändet, eingesperrt, misshandelt worden seien und viele bereits getötet worden wären, wenn die Politiker, die Medien, die Kirchen und private Institutionen nicht zum Schutz des Lebens der sanftmütigen Tiere eingegriffen hätten. Hochschulen und Firmen hätten sanftmütige Tiere für Tierversuche missbraucht. Die Verantwortlichen von Hochschulen und Firmen hatten ein besonders schlechtes Gewissen und hatten große Spenden an Fördervereine, Politiker und Parteien geleistet sowie Journalisten zu glänzenden Events eingeladen.

Zum einjährigen Bestehen des Großstadtgeheges wollten Lilly und ihre Freundinnen wieder zu einem großen Konzert einladen. Sie hatten sich ausgemalt, mit Tausenden Jugendlichen die Nacht durchzufeiern. Doch daraus wurde nichts. Die Sittenwächter in Menistan hatten entschieden dagegen protestiert. Anstatt des Jugendkonzerts wurde eine Gospel-Messe im Theater abgehalten, und bei sanften Tönen wurde für die sanftmütigen Tiere gebetet.

Es begann die Zeit der Tristesse, der Finsternis, in der Lebensglück, Freude und Fröhlichkeit nicht öffentlich gezeigt werden durften. Die öffentliche Haltung wurde bestimmt durch die Wörter Tod, Tötung, Verfolgung, Diskriminierung, Erinnern, Schuld, Buße, Reue, Wiedergutmachung, Helfen, Schützen, Pflegen, Verstehen, ... Da hatte fröhliche Geselligkeit keinen Platz.

Die Menistaner zogen sich in ihre Vereine und Familien zurück, um dort noch etwas Lebensfreude genießen zu können.

Profiteure

Dem Vorbild von Herrn Raffer folgend gründeten sich gemeinnützige, nicht nach Profit strebende Nicht-Regierungs-Organisationen (NRO), die sich berufen fühlten, die unterschiedlichen Forschungseinrichtungen zu koordinieren, den Betreibern der Häschengehege auf die Finger zu schauen, Missstände aufzudecken und dafür Sammelgelder zu requirieren bzw. Staatsgelder einzufordern. In wenigen Monaten hatte sich eine ganze Häschen-Industrie entwickelt, die viele Menschen beschäftigte, und die herrschenden Parteien betonten immer wieder, wie wichtig es sei, dass für die gute Sache Arbeitsplätze geschaffen würden. Immer dann, wenn Missstände aufgedeckt wurden, sich Krankheiten in den Gehegen ausbreiteten oder sogar Anschläge und Schmierereien im Umfeld der Gehege festgestellt wurden, gingen Aufschreie durch die Medien, und die Regierung sah sich veranlasst, Polizeikräfte zum Schutz der Häschengehege abzustellen. Die NRO nutzten Fehlentwicklungen, um auf sich aufmerksam zu machen, Gelder einzusammeln und die Missstände zu bekämpfen.

Nahezu niemand konnte sich dem allgemeinen Trend entziehen. Die in der Welle schwimmenden Lebensfreunde, Beschützer von sanftmütigen Tieren und Aufklärer von Missständen, konnten sich an den fünf Fingern ausrechnen, dass sie von ihrem Tun gut leben konnten, wenn sie nur von jedem der Millionen Bürger einen kleinen finanziellen Beitrag bekommen würden.

Ganz besonders geschäftstüchtig war Herr Raffer mit seiner Firma Tierfreund, die mittlerweile Tausende Mitarbeiter auf sehr niedrigem Lohnniveau beschäftigte und die Geschäfte im Umfeld der Häschengehege organisierte und abwickelte. Herr Raffer wurde dabei schnell sehr reich.

Auch Lilly konnte ihren Reichtum nicht mehr verbergen. Sie hatte sich neben ihrer Villa ein eigenes Gehege eingerichtet. Das Gymnasium hatte sie abgebrochen. Sie verdiente auch ohne Studium mehr als ihre Freundinnen je verdienen würden. Manchmal hatte sie auch an eigene Kinder gedacht, wenn wieder ein Lamm an der Zitze seiner Mutter säugte, aber für sie kam ein Familienleben, das Glück eigene Kinder zu haben, jetzt nicht in Frage.

Nur die sanftmütigen Tiere hatten viele Junge, und das hatte Folgen.

Häschengehege vergrößern!

Bereits nach drei Jahren stellte sich heraus, dass die Gehege für die sanftmütigen Tiere zu klein waren. Wissenschaftler, die Gewerkschaft der Tierpfleger und die Profiteure bemängelten, dass die Lebensbedingungen für die Tiere und die Beschäftigten in den 98 Gehegen untragbar geworden waren. Die nicht kastrierten Kaninchen hätten sich mittlerweile auf fast eine Million Tiere vermehrt. Dabei wurde festgestellt, dass mehr als 20 Prozent der Jungtiere das Geschlechtsalter wegen Vernachlässigung durch ihre Mutter, Reibereien und Unfällen nicht erreichten. Wenn nicht umgehend gehandelt werde, würden die Todesfälle bei den Häschen dramatisch steigen, da die Auseinandersetzungen bei 350 Kaninchenrassen zwischen den Familienverbänden der Tiere extrem zunähmen.

Der Staat genehmige Herrn Raffer, Gastarbeiter ins Land zu holen, da immer weniger Inländer bereit waren, für das wenige Geld, das die Firma Tierfreund zahlte, den ständigen Gestank, die schlechten Arbeitsbedingungen und die laufenden Anschuldigungen durch die Presse und Nichtregierungsorganisationen wegen toter Häschen auf sich zu nehmen.

In dieser Zeit meldete sich natürlich auch die außerparlamentarische Opposition (APO) mit dem Hinweis, dass der 'Häschen-Kult' so nicht weitergehen könne. In mehreren kleinen Demonstrationen wiesen die auch von Wissenschaftlern begleiteten Demonstranten darauf hin, dass eine Vergrößerung der Gehege eine Erleichterung nur für wenige Monate bringen würde. Alles ließe sich vorausberechnen. Dann würden dieselben untragbaren Zustände in den Gehegen wieder herrschen, nur wären dann vielleicht zehnmal oder zwanzigmal mehr Tiere von diesem Stress, den Todesängsten und den Tötungen betroffen. Man solle doch das tun, was alle anderen Völker dieser Erde tun: den Tieren wieder ihren natürlichen Lebensraum zuordnen und sie in ihre Selbstverantwortung entlassen.

Das lehnten alle Tierlebensschützer kategorisch ab. Die Kirchen, die Nichtregierungsorganisationen und viele fromme Bürger beklagten, dass der mit dem Vorschlag der APO einhergehende Tötungsexzess auf gar keinen Fall akzeptabel sei, die Gewerkschaften betonten, dass zehntausende Arbeitsplätze vom Lebensschutz abhingen, Raffer und die anderen Profiteure stellten klar, dass sie laufende Verträge hätten, sie auf Erfüllung dieser Verträge pochen und hohe Schadensersatzforderungen stellen würden, da sie Hunderte von Millionen Talern schon investiert hätten. Die Medien waren vor allem bestrebt, die außerparlamentarische Opposition mit allen Mitteln, aber insbesondere mit Attributen wie Killer, Dummköpfe, Tierfeinde, Rassisten mit unmenschlicher Gesinnung mundtot zu machen. Der Hinweis der APO, dass mit den größeren Gehegen das alles nur noch schlimmer würde, wurde einfach nicht thematisiert.

Wegen der bevorstehenden Wahlen erkundigte sich der Regierungschef laufend bei seinem Geheimdienstkoordinator über die aktuelle Meinungsbildung in der Bevölkerung. Der Beamte konnte den Regierungschef beruhigen, indem er darauf hinwies, dass die Mitarbeiter der Geheimdienste mit den Vertretern der Medien an einem Strang zögen und damit die APO keine Chance hätte, bei den Wählern Gehör zu finden. Er habe angeordnet, in die Organisation der außerparlamentarischen Opposition einzudringen, die einzelnen Mitglieder sorgfältig zu überwachen, täglich Bericht zu erstatten und über Mittelsmänner den Medien mitzuteilen, mit welcher Argumentationsstrategie sie die einzelnen Mitglieder der außerparlamentarischen Opposition kaltstellen könnten. Der Regierungschef könne sicher sein, dass bis zur Wahl die Opposition atomisiert sei.

Konzeptänderung

Ein neues Konzept musste geschaffen werden. Die Wissenschaftler hatten festgestellt, dass die verschiedenen Arten und Gruppen von Tieren sich untereinander nicht vertrügen.

Den Lebensschützern, die sich als Herren über die Tiere aufspielten, passte es nicht in ihr Verständnis, dass sogar unterschiedliche Gruppen derselben Art jeweils andere Anforderungen an ihr Zusammenleben, an ihre Umgebung stellten. Deshalb kam es zu heftigen Auseinandersetzungen. Es ging so weit, dass die einen den anderen Rassismus vorwarfen und die anderen den einen Blindheit, Verbohrtheit und unnatürlichen Vernichtungswahn.

Die einen wollten, wie Presse und Politiker, dass zumindest die unterschiedlichen Gruppen einer Art an sanftmütigen Tieren möglichst eng zusammenlebten. Andere verwiesen darauf, dass die Tiere der einen Gruppe groß und kräftig seien, die anderen klein und putzig, wieder welche agil und andere wieder eher behäbig. Beim Füttern wären die Tierpfleger gezwungen, auf diese Strukturen Rücksicht zu nehmen. Täte man das nicht, fräße nur eine Gruppe.

Das widersprach aber fundamental dem Idealbild des Paradieses, in dem alle Tiere friedlich nebeneinander lebten. Dieses Ideal vor Augen, beschlossen die Tierlebensschützer in Politik, Kirchen und Medien, einfach wesentlich größere Gehege zu bauen und nur für gewisse Arten eigene Bezirke abzutrennen. So sollten Schafe und Ziegen einen Bezirk bekommen, Schweine einen zweiten, Kaninchen einen weiteren. Exotische Tiere sollten spezielle Ställe mit angeschlossenem Freigehege erhalten.

Da Wahlkampf war und die herrschenden Parteien sich ausmalten, dass sie mit dem Häschenthema Stimmen fangen könnten, hatten sie den

Wählern versprochen, die Probleme zu lösen und damit wieder Ruhe in die Gesellschaft einkehren zu lassen. Die Politiker warben damit, das Großprojekt werde viele Arbeitsplätze schaffen.

Nach der Wahl, die den Trend der Wahlstrategen der Parteien bestätigte, wurde vom Staat viel Geld zur Verfügung gestellt. Dann rückten im großen Stil Baumaschinen an, zäunten auf Flächen von mehreren Quadratkilometern Gehege und Bezirke ein, und in wenigen Monaten konnten die Tiere aus ihren beengten Unterkünften in neu gestaltete Gehege umziehen. Die bewährte Betreuung durch die Firma Tierfreund wurde unterbrechungsfrei fortgesetzt. Für Firma und Investor vergrößerte sich das Volumen beträchtlich und damit auch die Möglichkeit, große Gewinne zu erzielen.

Willkommenskultur

Während der Bauzeit der neuen Gehege vermehrten sich die sanftmütigen Tiere natürlich munter weiter. Es kam immer öfter zu Kämpfen mit tödlichem Ausgang. Wenn ein starker Familienverband einen Fleck Erde besiedeln wollte und ein schwächerer Familienverband lebte dort, dann vertrieben die Stärkeren die Schwächeren. Regelmäßig kamen dabei Jungtiere ums Leben.

Nichtregierungsorganisationen griffen das Thema auf, und bald war die Presse voll von gegenseitigen Beschuldigungen von Regierung, Staatsanwälten, Herrn Raffer mit seinen Tierpflegern und Gewerkschaften, das Leben der sanftmütigen Tiere nicht ausreichend zu schützen. Die Gewerkschaften forderten mehr Personal, und natürlich hofften sie, damit auch mehr Mitglieder zu bekommen. Die Raffer griffen diese Forderung auf, da mehr Personal auch für sie mehr Gewinn brachte. Die Regierung sah sich gezwungen zu handeln.

Die Tierpfleger bekamen jetzt die Aufgabe, gefährdete Familienverbände der schwächeren Häschengruppen einzufangen und sie vorübergehend in notdürftig eingerichtete Unterkünfte umzusiedeln. Da viele Tierlebensschützer diese armen Tiere besonders pflegen wollten, wurden die Gehege auch häufig inmitten von Ortschaften oder in Parks von Städten errichtet. Dies führte zu heftigen Protesten bei den Nachbarn dieser Einrichtungen. Es kam zu landesweiten Montagsdemonstrationen.

Wieder mussten die Geheimdienste eingreifen und die demonstrierenden Gegner der Regierung mit Hilfe der Presse stigmatisieren.

Die Geheimdienstämter wählten Verbindungsleute für diese Aufgabe aus. Es wurden kräftige junge Männer gebraucht, aber natürlich auch einige Draufgängerinnen. Sie wurden insgeheim als Häschenfeinde verkleidet und erhielten den Auftrag, in Spelunken spezielle Hinterräume anzumieten. Die Räume wurden mit Fahnen und Emblemen dekoriert, die unzweifelhaft Häschengegnern szenetypisch zugeordnet werden konnten. Vom Geheimdienst bekamen sie Listen von vorbestraften Jugendlichen oder von jungen Leuten, die an Demonstrationen gegen die Häschen teilgenommen hatten. Die Verbindungsleute luden die jungen Leute zu Feiern, zu Freibier in die Räume ein, und bei Musik, Alkohol und derben Witzen insbesondere gegen die Häschen wurden die jungen Leute langsam aber sicher radikalisiert. Jede Woche berichteten die verdeckt operierenden V-Leute ihren V-Mann-Führern über ihre Erfolge beim Anwerben von jungen Häschengegnern. Wenn die V-Leute besonders erfolgreich waren, bekamen sie neben ihrem wöchentlichen Kuvert mit dem Lohn in bar und Spesen noch Extraprämien, damit sie möglichst viele junge Leute in ihren Bann ziehen sollten. Beliebig viel Geld vom Staat stand ja zur Verfügung.

War wieder eine Lieferung von Häschen angekündigt, die in ein städtisches Domizil einziehen sollten, so bereiteten die staatlich bezahlten

Verbindungsleute als Häschengegner eine Demonstration gegen die Anlieferung der Tiere vor. Sie baten die radikalisierten Jugendlichen, mit ihnen gegen die Anlieferung der Sanftmütigen zu demonstrieren. Dabei logen sie die Jugendlichen an, dass nicht der Staat, sondern ein Häschengegner im Hintergrund ihnen die Reise, Essen, Trinken und ein schönes Taschengeld zahle. Dann kamen schon so viele zusammen, dass sie zwei große Busse füllen konnten. Ca. 30 Prozent waren V-Leute und der Rest radikalisierte Jugendliche. Auf Kosten des Geheimdienstes wurde für diese Jugendlichen das passende Outfit beschafft, Stiefel, Fliegerjacken, Ketten, Häschenmasken, Jägerröcke, Flinten, Tröten, Trommeln und dergleichen. Für die Reise zur Demonstration in eine Stadt mit 'Häschen-Kontaminierung', wie die V-Leute die Unterbringung von Häschen in Städten nannten, wurde reichlich Alkohol in die Busse gebracht. Die Reisen waren immer überaus lustig und laut.

Noch bevor die Lkws mit den Häschen in die Stadt kamen, zogen die Häschengegner grölend, Fahnen schwingend, mit Ketten über ihren Lederjacken, in Stiefeln stampfend durch die Straßen, sangen Kampflieder, trommelten und bliesen in ihre Tröten. Sie trugen Stangen mit sich, an denen Häschenfelle hingen. Fernsehen, Presse und Rundfunk berichteten ausführlich über dieses abscheuliche Szenario und betonten dabei, dass es sich um die wahren Häschenfeinde handle.

Die Menschen in ihren Wohnzimmern vor den Fernsehschirmen erschraken über solche Protestierer und wunderten sich, welcher Abschaum von Menschen durch ihre Straßen zog. Der Schrecken saß den Bürgern so tief in den Gliedern, dass selbst die größten Häschengegner keinen Mut mehr aufbrachten, gegen die Einquartierung von Häschen in ihrer Stadt zu demonstrieren. Sie wollten auf gar keinen Fall mit solchen Leuten identifiziert werden.

Über ihre Kontaktleute hatten die Geheimdienste die Medien vorher informiert, dass hier ein entsprechendes Schauspiel vonstatten gehen würde, das den Medien großartige Bilder und Videos ermöglichte. Die Menschen erfuhren ja nicht, dass der Geheimdienst den Protestzug organisierte, finanzierte und ausrichtete. Die Bürger und Wähler ahnten ja nicht, dass sie mit ihren Steuern dieses scheußliche Schauspiel finanziert hatten.

Parallel dazu wurden Gegendemonstrationen von Tierlebensschützern, von Politikern, von Kirchenvertretern und von vielen Profiteuren mit Unterstützung von Verbindungsleuten der Geheimdienste veranstaltet. Dort wurde für Frieden gebetet, das Leben der sanftmütigen Tiere als hohes Gut gepriesen. In allen großen Zeitungen erschienen seitenweise Inserate von Firmen, Politikern und Lebensschützern, die die Häschen, Schafe und Schweine insbesondere auch in den Parks der Städte willkommen hießen. Die Presse sprach nur noch von der Willkommenskultur für sanftmütige Tiere. Zu diesen von Profiteuren und echten Raffern unterstützten stilvollen Demonstrationen fühlten sich die Bürger eher hingezogen, obwohl es diese Demonstrierer waren, die ihnen die Unannehmlichkeiten in ihre Gemeinde, in ihre Nachbarschaft brachten. Die Medien zeigten für das Pro der Einquartierung sanftmütiger Tiere die Glanzseite der Raffer und Heiligen und für das Contra das ekelhafte Schauspiel, inszeniert vom Geheimdienst.

Die Einquartierung der Häschen, Schafe und Schweine in die städtischen Gehege konnte so für die Politiker problemlos abgewickelt werden, da die Menschen in der Stadt wegen der Unannehmlichkeiten zwar die Fäuste ballten, aber dennoch ruhig blieben.

Als die großen neuen Gehege bezogen werden konnten, wurden die sanftmütigen Tieren aus den Notunterkünften in den Ortschaften und Städten in diese Gehege gebracht. Die Notunterkünfte wurden nicht beseitigt, da man sie für eine Willkommenskultur von bedrängten sanftmütigen Tieren einsetzen wollte. Viele besonders sanftmütige Bürgerinnen und Bürger, besonders Gläubige und Profiteure, bedauerten, dass die Schäfchen und Häschen wieder aus den Städten in ihre neuen Gehege gebracht wurden.

Duft liegt in der Luft

Die Präsidenten von Nahland und Fernland trafen sich diesmal auf dem Sommersitz der Regierung von Fernland. Sie saßen vor dem Haus und blickten in ein weites von der Abendsonne beschienenes Tal. Die warme Luft durchzog ein Duft von ätherischen Ölen.

„Hier duftet es so herrlich, hier fühle ich mich richtig wohl", schwärmte der Präsident von Nahland.

Der Fernländer lachte: "Es freut mich, dass es dir hier so gut gefällt. Was würden die Menistaner zu diesem Duft sagen? Ich hörte, bei denen stinkt es mittlerweile sogar in den Dörfern und Städten nach ihren sanftmütigen Tieren und dem Dreck, den die hinterlassen."

„Das schaffen wir, ist das Einzige, was sie noch sagen, und deshalb bauen sie noch größere Gehege, damit die Raffer noch mehr sanftmütige Tiere füttern und noch mehr raffen können", informierte der Nahländer seinen Freund.

„Sage mir doch bitte, warum die Menistaner nicht so normal sein können wie beispielsweise wir oder die meisten Völker dieser Erde?", wollte der Fernländer wissen.

„Du weißt doch, in Menistan leben die absoluten Besserwisser, die Guten Hirten für die ganze Welt. Sie meinen, sie müssten uns mit gutem Beispiel vorangehen. Ihr Sendungsbewusstsein und ihre Angst, in den Augen der anderen Völker etwas Schlechtes zu tun, ist so groß, dass sie ihren Blick nur noch verengt auf die Realität richten. Wenn sie zugeben müssten, sie hätten mit ihrer Häschenzucht einen Fehler gemacht, der zu korrigieren sei, dann wäre das eine nicht hinnehmbare Schande. Die Tiere wieder in ihr eigenverantwortliches Leben zu entlassen, kommt deshalb nicht in Frage", klärte der Nahländer auf.

Der Fernländer reagierte aggressiv: "Aber in ihren Kriegen können sie schon in einem Massaker 100 oder auch 150 unschuldige Kinder, Frauen und Männer niederbomben und Millionen Menschen aus ihrer Heimat vertreiben."

„Das bekommen dieselben Politiker und Raffer mit derselben Demutsgeste hin. Auch da wollten sie nur Gutes tun und helfen. Dieses Mal brauchten sie eben Bomben und Kanonen, um den anderen ihre Hilfsbereitschaft zu zeigen", sagte der Nahländer und zuckte mit den Schultern.

„Was ist das für eine abscheuliche Moral dieser Politiker und Raffer", stellte der Fernländer fest.

Tragödien der Geheimdienste

Zur Routinebesprechung des Regierungschefs mit seinem neuen Geheimdienstkoordinator brachte dieser viele Fotos mit. Sie waren von einem V-Mann-Führer während der letzten Demonstration seiner Verbindungsleute gegen die Häschen-Kontaminierung gemacht worden.

Da lief der Jäger, dessen grüner Rock viel zu groß war, mit der Flinte ständig im Anschlag. Ein anderer hatte viel zu große Stiefel an, über seiner Fliegerjacke hingen gekreuzt mehrere Ketten, und in den Händen trug er einen kleinen Galgen, an dem ein ausgestopftes Häschen mit den Füßen nach oben hing. Man sah förmlich, wie die Musikanten mit Gewalt auf ihre Trommeln schlugen und andere mit weit aufgeblasenen Backen in ihre Tröten bliesen. Dazwischen trugen weitere Demonstranten große Fahnen, auf denen Tröge zu sehen waren. Mit etwas Phantasie konnte man die Tröge auch als Grillhäschen-Symbol deuten.

Der Regierungschef scherzte: "Ein Aufzug wie in einer modernen Theatervorstellung. Hattet ihr vom Theater den Regisseur, den Bühnenbildner, den Maskenbildner, die Requisiten und die Schauspieler anreisen lassen?"

Der Beamte lachte laut: "Nein, die Geheimdienste bespielen die lebendigsten Theater des Landes."

„Und welche Rolle spiele ich in diesem Theater?", fragte der Regierungschef.

Schmeichelnd antwortete der Beamte: "Sie sind der weiße Ritter, ich bin der schwarze Ritter. Gespielt wird im ganzen Land, und die Zuschauer und Zuhörer sitzen in der Regel vor den Fernsehschirmen, vor den Radios oder vor ihren Zeitungen. Die Zuschauer dürfen nicht wissen, was gespielt wird. Sie sehen in der Regel nur die Tragödien, die ihre Bildreporter oder Journalisten aufzeichnen. Unsere Theaterstücke haben nur interne Codenamen, und alle Handelnden haben auch nur Codenamen. Niemand darf uns kennen. Niemand darf wissen, dass wir Mitarbeiter der Geheimdienste sind. Die Drehbücher schreiben die Strategen bei den Geheimdiensten. Die Regisseure sind die Agenten der Geheimdienste.

Als Schauspieler, als Verbindungsleute, werden häufig Kriminelle, intelligente Radikale, am besten kriminelle Radikale, ausgewählt. Vor ihrer Einstellung werden sie von den Agenten über längere Phasen überwacht. Am liebsten sind den Intendanten, den Leitern der Geheimdienstämtern, solche Leute, denen sie gleich zu Beginn des Kontaktes einen großen Gefallen tun können, beispielsweise sie aus dem Gefängnis holen oder ihre Haftzeit verkürzen oder ihnen aus Geldnot helfen oder sie erpressen können. Die Schauspieler werden langsam und allgemein auf ihre Rollen als Demonstrant, Säufer, Statist, einfacher Musikant, als Fahnenträger, Grimassenschneider, Trottel, Sprüher, Verfasser von Hetzartikeln, Radikalisierer, Redner, Koordinator, Schläger, Bombenbauer, Scharfschütze, Bombenleger usw. vorbereitet.

Insbesondere diese Koordinatoren, Radikalisierer und Verfasser von Hetzschriften werden angehalten, unter jungen Menschen weitere Schauspieler anzuwerben. Den Werbern werden dafür Räume, Ausrüstungen und viel Geld zur Verfügung gestellt. Haben die angeworbenen Leute die Fähigkeit erlernt, als Säufer, radikalisierter Demonstrant, Schläger, Bombenleger, Zündler usw. eingesetzt zu werden, kann das öffentliche Schauspiel beginnen.

Sie als weißer Ritter bereiten sich auch auf das Schauspiel vor. Sie müssen nur wenig erlernen. Wenn die Tragödie ihren Höhepunkt überschritten hat, treten Sie auf, machen ein sehr ernsthaftes Gesicht und sagen: 'Dieses Verbrechen kann nicht geduldet werden. Die Schuldigen sind zu ermitteln und hart zu bestrafen. Ich werde mich mit aller Kraft dafür einsetzen, dass solche Straftaten nie mehr passieren.' Abhängig von der begangenen Straftat werden Sie oder Ihre Stellvertreter dramatischer oder sanfter argumentieren."

Der Regierungschef fragte: "Wann finden denn die Aufführungen statt?"

Der Geheimdienstkoordinator zuckte die Schultern und sagte: "Bei den weniger dramatischen und einfachen Aufführungen steht der Zeitpunkt fest, die anderen ereignen sich nach Laune der Schauspieler. Die scheußliche Demo, von der die Bilder stammen, wurde bei der Stadtverwaltung angemeldet, genehmigt, Fernsehen, Rundfunk und Presse verständigt, von zwei Beamten des Geheimdienstes begleitet und dokumentiert und ordnungsgemäß beendet. Das ist laufende Routine.

Bei den spontanen Aufführungen geht es meistens wesentlich dramatischer zu. Ein V-Mann, ein paar gelangweilte, angetrunkene, aber von Verbindungsleuten stark radikalisierte Jugendliche meinen plötzlich, sie müssten das, was sie von ihren älteren Schauspielerprofis gelernt haben, in die Tat umsetzen und 'feindliche' Hasen- oder Schweineställe anzünden. Dann weiß natürlich niemand, dass die Jugendlichen morgens um 4 Uhr Brandbomben in ein Haus schmeißen. Aber das Drehbuch und die Regieanweisungen sehen eben auch gerade solch dramatische Fälle vor.

Auch das Drehbuch ist ganz einfach: Alle, die die Häschen nicht willkommen heißen, sind brutale Menschen, sind Killer, die die friedlichen, sanftmütigen, unschuldigen Tiere umbringen. Mit Unterstützung der Mainstream-Medien, die hier mitspielen, wird diese Dramaturgie erzeugt."

Der Regierungschef schaute skeptisch: "Und auch solche Theaterstücke, die nach Regieanleitung zu meinem Vorteil und nicht zu meinem Nachteil abgewickelt werden, zeigen immer die vorgedachte Wirkung auf die Zuschauer, die Wähler?"

„Da haben wir mittlerweile viel Erfahrung", antwortete der Geheimdienstbeamte und fuhr fort: "Besonders dann, wenn die Tragödie den Höhepunkt erreicht und es zu Tötungen kommt, werden alle Register gezogen. Mit einem Fortissimo werden die Zuschauer durch unsere tragischen Schauspieler mitgerissen. Auch Ihr Auftritt muss der Dramatik angemessen sein. Wir organisieren dann auch einerseits die Gegendemonstrationen und, wenn Sie es für notwendig erachten, auch die Lichterketten. Aber auf jeden Fall sorgen wir für eine nachhaltige Wirkung auf die stigmatisierten Zuschauer, indem wir den dann Nicht-Mehr-Schauspieler, sondern Extremisten, für einen lange dauernden Prozess einem Richter zuführen. Mit einer Verurteilung finden wir ein einigermaßen beruhigendes Theaterende.

Hat ein Schauspieler im Rang eines Verbindungsmanns selbst geschossen oder gebombt, ist es zweckmäßig, wenn er dabei selbst ums Leben kommt. Vor dem Richter könnte es zu peinlichen Situationen kommen. Wenn der Täter tot ist, gibt es keinen Prozess. Wenn es für die Geheimdienste kritisch werden könnte, sieht das Drehbuch Beweismittelfälschung vor.

Nur den Schlussapplaus gibt es bei uns nicht. Wenn geschossen wurde, dann flogen Kugeln. Explodierte eine Bombe, dann flogen Splitter. Wenn es brannte, gab es richtiges Feuer. Wenn es blutete, war es kein Theaterblut, und die Toten standen nicht mehr auf. Aber die Zuschauer waren geschockt, flehten den weißen Ritter um Hilfe an und wählten die ihn stützenden Parteien.

Sie sehen, unsere Regisseure, die Agenten und V-Männer sowie V-Frauen sind die absolut geschicktesten Theatermacher in diesem Lande. Sie haben Zeit, sie haben Geld, sie haben Phantasie, sie haben Lust an der Täuschung der Stubenhocker, die vor ihrer Glotze sitzen und in ihren imaginären Bart hineinbrummen, aber, wenn es darauf ankommt, zu feige sind, für ihre Überzeugung auf die Straße zu gehen und zu demonstrieren. Wir haben sie alle stigmatisiert, fest im Griff."

Der Regierungschef lehnte sich beeindruckt zurück und fragte: „Was sind denn die kritischen Momente in Ihrem Spiel?"

„Wenn ein V-Mann oder ein Agent enttarnt wird", antwortete der Geheimdienstkoordinator spontan und erklärte: "In diesem Moment wird er zum Spion und zum Verbrecher. Er muss sich sofort in Sicherheit bringen, damit er nicht angegriffen werden kann. Dann haben wir gute Möglichkeiten, die Angelegenheit zu unserem Vorteil und zum Vorteil des Mitarbeiters zu bereinigen. Unsere Tarnmittelstelle gibt ihm eine neue Identität, und häufig bringen wir ihn dann auf unsere Kosten zumindest für einige Zeit ins Ausland. Manche unserer V-Leute wollten den Helden spielen und meinten, den Geheimdienst verpfeifen zu müssen. Da mussten wir schon die Konsequenzen ziehen und ihn nicht abschalten, sondern ausschalten."

„Das alles lässt sich vor der Öffentlichkeit gut verbergen, wie machen Sie das?", bohrte der Regierungschef nach.

Der Geheimdienstkoordinator gab sich sicher: "Von Ihnen und den anderen politisch Mächtigen des Landes brauchen wir nichts zu befürchten, da sie unsere Auftraggeber sind, und damit würden sie selbst zu Verbrechern werden, wenn sie gegen uns vorgingen. Die Mitglieder des Parlamentarischen Kontrollgremiums überwachen wir sehr genau und wissen, was sie vorhaben. Sollten sie Akten haben wollen, die uns kritisch erscheinen, dann schreddern wir diese. Sollten sie V-Leute oder Agenten einvernehmen wollen, präparieren wir diese auf der Grundlage unseres Wissens aus unserer Überwachung, und sollte das gar nicht reichen, dann musste schon mal ein V-Mann eine tödliche Krankheit erleiden. Die Geheimdienste klagen sich selbst nicht an. Klagt uns mit Beweisen ein Beamter an, muss er sich gut schützen, sonst killen wir ihn. Geheimdienste anderer Länder klagen uns auch nicht an, weil sie dieselben Methoden anwenden und wir auch ihre Verbrechen kennen. Und unsere Akten sind doppelt gesichert verwahrt.

Richter haben kein Recht, Akten des Geheimdienstes anzufordern, und sollten welche in ihre Hände gelangen, können wir sie sperren, so dass die Richter die Akten nicht verwerten können. Die Privatdetektive und Rechtsanwälte bei Prozessen mit Geheimdienst-Beteiligung haben keine Chance, an unsere Akten heranzukommen. Kritische Anwälte überwachen wir sehr genau."

Und der Beamte weiter: "Aber, Herr Präsident, Sie wissen doch, dass das Geheimdienstrecht so konzipiert ist, dass nicht diejenigen Agenten und Verbindungsleute bestraft werden, die Verbrechen begehen, sondern diejenigen, die es wagen mitzuhelfen, Verbrechen der Politiker und Agenten aufzuklären, die Whistleblower. Im politischen Bereich gibt es ein Antiaufklärungsrecht."

Die Einsatztruppe, die die scheußlichen Demos durchführte, war mittlerweile gut geschult und aufeinander abgestimmt. Die Räume, wo sich die Mitglieder der Einsatztruppe trafen, hatten die V-Leute langfristig angemietet. Im Keller unterhalb eines Raumes war früher eine Kegelbahn. Die nutzten jetzt einige speziell ausgebildete V-Leute der Einsatztruppe für Schießübungen. "Diese Gruppe haben wir mit Sturmgewehren, Handgranatattrappen, Pistolen, Munition und Sprengstoff ausgestattet. Das sind Präventivmaßnahmen. Vielleicht brauchen wir ja mal eine Kampftruppe", hob der Geheimdienstkoordinator hervor.

Stammtisch

In einer Gaststätte in einer Vorstadtsiedlung mit älterem Häuserbestand trafen sich wöchentlich Nachbarn zu einem Stammtisch, die über Gott und die Welt plauderten. Gott kam in den Gesprächen häufig vor, da ein Priester zu der Runde gehörte. Regelmäßig kamen auch eine Lehrerin, der Inhaber eines Ladengeschäftes, ein Landwirt, und gelegentlich nahm auch der Ehemann der Lehrerin an dem Stammtisch teil.

Wie so häufig fing auch diesmal das Gespräch wieder mit den Häschen an. Der Landwirt fand es unmöglich, dass ein Tierpfleger bestraft wurde, nur weil er und seine Familie einen Hasenbraten aßen. Der Priester sah die Notwendigkeit, die Gesetze zu achten. Danach habe der Tierpfleger einen Mord an einem friedlichen sanftmütigen Tier begangen.

Der Landwirt konterte: "Wir hatten jahrhundertelang Kaninchen auf unserem Bauernhof gezogen. Ich konnte nie feststellen, dass Häschen sanftmütig sind. So ein Unsinn konnte nur einem Bischof einfallen. Die Kaninchen sind gnadenlose Raufbolde, das wollen die hohen Herren immer noch nicht sehen. Ich verstehe unsere Arbeiter, wenn sie nicht mehr in den Gehegen arbeiten wollen. Wenn sich Häschen gegenseitig umbringen, werden die Arbeiter von Presse und Fernsehen verantwortlich gemacht."

Priester: "Du solltest den Bischof nicht angreifen, er hat nur das Beste gewollt."

Landwirt: "Mit dem Besten hat er uns in die Katastrophe geführt. Wir alle sollten einfach nicht mehr auf solche Heiligen hören. Die Schäden, die sie uns zufügen, sind nicht mehr wiedergutzumachen."

Ladenbesitzer: "Als Ersatz für unsere Arbeiter gibt es eine Lösung. Wir holen einfach Gastarbeiter ins Land, die auch für wenig Geld den Gestank und den Dreck und die vielen toten Tiere in den Gehegen ertragen."

Ehemann der Lehrerin: "Und du beschäftigst auch den Gastarbeiter, damit der die anderen Gastarbeiter bedient."

Ladenbesitzer: "Du musst dir einfach vorstellen, wir haben für die Gastarbeiter, die in der Regel mit der Plastiktüte zu uns kommen, Häuser, Straßen, Kliniken usw. gebaut und Polizisten, Lehrer und andere Dienstleister eingestellt. Und die Gastarbeiter leben und arbeiten bei uns und übernehmen häufig die Dreckarbeit."

Landwirt: "Es wäre natürlich auch ohne Gastarbeiter gegangen, wie das die vielen Völker Asiens zeigen. Unser Raffer hätte den Menistanern wegen der schlechten Arbeitsbedingungen einfach mehr Geld geben müssen. Dann hätte er aber nicht mehr so viel raffen können. Und das ist wohl der einzige Grund, warum wir Gastarbeiter gebraucht haben. Die Löhne für die Arbeiter konnten damit insgesamt gedrückt werden.

Wie es den Arbeitslosen geht, interessiert niemanden. Wenn sie länger arbeitslos bleiben, verdoppelt sich ihre Sterberate."

Ehemann der Lehrerin: "Darunter leiden heute alle Arbeiter, die kein hohes Bildungsniveau erreichen. Die Eltern streben deshalb an, dass ihre Kinder eine Universitätsausbildung erhalten."

Lehrerin: "Auch alle Kinder und ihre Lehrer leiden besonders unter dieser Lohndrückerei. Die Gastarbeiter sind nicht so sesshaft wie die Menistaner. Ihre Kinder kommen häufig mitten im Schuljahr ohne Sprachkenntnisse in eine fremde Kultur und müssen sich dort zurechtfinden. Das Ministerium hat uns angewiesen, diese Kinder in den Schulen besonders zu fördern. Ein normaler Unterricht ist nicht mehr möglich. Ist auch nur ein Kind in der Klasse, das die Sprache nicht beherrscht, wird der ganze Unterricht gestört. Für diese Kinder werden eigene Pädagogen eingesetzt, die sie unterstützen. Unsere Kinder leiden erheblich unter diesen Störungen. Die Bildung wird deshalb immer stärker vernachlässigt."

Priester: "Die Förderung der Gastarbeiterkinder muss erste Priorität haben. Wenn sie bei uns bleiben wollen, müssen sie eine gute Ausbildung bekommen. Sonst werden sie nur zu Sozialfällen oder, vielleicht schlimmer, zu Terroristen."

Lehrerin: "Was sagst du einer einheimischen Mutter, wenn sie dich fragt: Wer fördert mein Kind? Ist mein Kind, sind die Kinder unseres Volkes weniger wert als die Kinder der Gastarbeiter? Was treibt ihr hier für einen sozialen Rassismus?"

Priester: "Das darf man so nicht sehen."

Lehrerin: "Ist das politisch nicht korrekt, was die Mutter fragt? Natürlich sind die Kinder der Gastarbeiter traumatisiert, wenn sie ihre

Freunde zuhause verlassen mussten, hier in eine völlig neue Kultur geworfen werden, kein Wort verstehen, in der Schule nicht mitkommen und damit ihr ganzes Leben lang negativ vorgeprägt sind."

Ehemann der Lehrerin: "Aber das interessiert die Raffer und die bezahlten Politiker nicht. Sie brauchen Gastarbeiter, wie andere ein paar Schuhe brauchen. Die Menschen werden zu Dingen, die man braucht."

Landwirt: "Und die Priester und Hilfsbeflissenen fühlen sich glücklich, sie sehen Kinder, denen sie helfen können. Die Edlen empfinden nur Barmherzigkeit und übersehen die Ursache, die zu dieser Not führte. Nur weil die Raffer sich die Taschen vollstopfen und den Lohn der Arbeiter drücken wollen, brauchen wir Gastarbeiter, und mit ihnen kommen viele Kinder ins Land, die unseren Kindern in der Schule vorgezogen werden müssen. Müssen wir alle, Inländer und Ausländer, zurücktreten, damit die Raffer noch mehr verdienen und mit ihnen die geschmierten Politiker noch mächtiger werden?"

Priester: „Aber die Gastarbeiter haben doch in ihrer Heimat keine Arbeit."

Ehemann der Lehrerin: „Gibt es bei uns nicht vier Millionen Menschen, die keine Arbeit haben?"

Landwirt: „Mein lieber Freund, schau dich doch in den Heimatländern der Gastarbeiter um, da gibt es unendlich viel zu tun. Und sage nicht, die Menschen hätten kein Geld, um aufzubauen. Geld kann man drucken, wie unsere Notenbank das vormacht. Und wenn die Wirtschaft einmal zulegt, dann strömt auch Geld von Spekulanten in das Land, weil die an den Renditen der Geschäfte profitieren wollen. Erfolgreiche Länder in Asien zeigen, wie man das macht."

Ladenbesitzer: „Womit wir uns wieder einmal bei der Politik und den Raffern festgebissen haben. Ich weiß ja, dass es den Landwirten schlecht geht. Sie leben nur noch von unseren Steuern, von Subventionen. Aber unsere Politiker liebäugeln schon damit, euch ganz abzuschaffen und nur noch landwirtschaftliche Industriebetriebe mit Gewächshäusern zu fördern, die bis in den Himmel reichen."

Landwirt: „Und das Gemüse schmeckt dir, das in einer Aquakultur mit künstlicher Beleuchtung gezogen wird? Das braucht die Regierung doch nur, um die sanftmütigen Tiere zu füttern."

Häschen-Union

Die Untersuchungskommission der Regierung hatte festgestellt, dass die bestehenden 98 Gehegeeinrichtungen für den Winter nicht ausreichten und dass Handlungsbedarf bestehe, die Tiere in den Gehegen zu verringern. Es wurde errechnet, dass mittlerweile vier Millionen Kaninchen und drei Millionen Schweine sowie Schafe versorgt werden müssten.

Der Außenminister hatte Kontakt mit Ländern der Region aufgenommen und dort durchaus bei manchen Ländern eine gewisse Bereitschaft gesehen, Häschen im größeren Stil aufzunehmen. Diese Länder hatten bereits eine lebendige Kultur des Tierschutzes. Nach der Einrichtung von Gehegen in Menistan hatten sich dort starke Verbände gebildet, die ebenfalls den Lebensschutz für sanftmütige Tiere im eigenen Land reklamierten. Insbesondere hatten dort auch die Gläubigen das Wort des Erzbischofs von Menistan vernommen, dass Gott auch den sanftmütigen Tieren ein schützenswertes Leben gab.

Das Kabinett beschloss deshalb, an die anderen Länder heranzutreten, ihnen Geld zum Aufbau der Infrastruktur für den Schutz des Lebensrechts der sanftmütigen Tiere anzubieten und sie zu bitten, Tiere aus den Gehegen von Menistan aufzunehmen.

Im Geheimen beauftragte der Regierungschef seinen Geheimdienstkoordinator mit der Aufgabe, über Agenten die wohlwollenden Tierschutzverbände und Medien in potentiellen Aufnahmeländern finanziell zu unterstützen, damit dort die Bereitschaft erhöht würde, Häschen aus Menistan zu übernehmen.

Als Tierlebensschützer getarnte Agenten luden Medienmacher der Nachbarländer zu Besuchen in Menistan ein, um einerseits Kontakte zu knüpfen und andererseits die Journalisten und Bildreporter in ihrer Haltung zum Lebensschutz für sanftmütige Tiere zu beeinflussen.
Die Frauen und Männer wurden in den Tophotels der Hauptstadt untergebracht, ihnen wurde das Vorzeigegehege für sanftmütige Tiere in der Nähe der Landeshauptstadt gezeigt, und sie erlebten einen herrlichen Abend im dortigen Theater auf Ehrenplätzen bei guter Musik. Natürlich besuchten die Herren auch Bars und die Damen eine Modeschau. Zum Abschied erhielten die Gäste ein kleines Geschenk und die Zusicherung, dass sie bald wieder eingeladen würden, wenn sie die großartige Idee des Lebensschutzes in ihrem Land unterstützten. Wieder in ihren Ländern zurück waren die anschließenden Berichte der Medienmacher in ihren Zeitungen, Fernsehsendungen und Internetberichten häufig so positiv, dass die Kontakte zwischen den Agenten und einigen Medienmachern ausgebaut und auf einer persönlichen Ebene vertieft werden konnten.

Aus den Nachbarländern berichteten die dort eingeschleusten Agenten über die Stimmung im Lande, über ihre Kontakte zu kirchlichen und anderen Lebensschutzverbänden für sanftmütige Tiere. Da flossen dann schon mal großzügige Spenden, um bei lebensschutzfreundlichen Inseraten in Zeitungen und Werbeminuten im Fernsehen die Namen der Verbände nutzen zu dürfen.

Der Regierungschef von Menistan äußerte sich in der wöchentlichen Routinebesprechung mit seinem Geheimdienstkoordinator sehr lobend über die Arbeit des Geheimdienstes, eine positive Stimmung in den Medien der potentiellen Aufnahmeländern erzeugt zu haben.

Viele Besuche des Regierungschefs, des Außenministers und auch anderer Minister in den Nachbarländern vertieften die Kontakte zu den Regierungsmitgliedern und Medien dort. Der Regierungschef und seine Minister wurden von Journalisten und Bildreportern aus Presse und Fernsehen sowie von Firmenbossen begleitet. Die von der Spitze der Politik speziell eingeladenen Damen und Herren wurden im Vorfeld von Kontaktpersonen des Geheimdienstes und der Parteibüros ausgewählt. Natürlich hatten nur solche Personen eine Chance mitgenommen zu werden, die der Partei angehörten oder zumindest dem Regierungschef und dem Lebensschutz für sanftmütige Tiere positiv gegenüberstanden.

Vor der Reise wurden die neu Eingeladenen in die jeweiligen Ministerien gebeten, und sie wurden über den Ablauf der Reise informiert. Sie sollten mit Chauffeur oder Taxi zum festgelegten Zeitpunkt zum Ministerium kommen, von dort würden sie nach Ausweiskontrolle mit Dienstwagen zum Flughafen gefahren und die Regierungsmaschine besteigen. Am Zielort würden sie von Begleitpersonal zu den Tophotels gebracht. Sie hätten Gelegenheit, an mehreren Veranstaltungen, insbesondere an Pressekonferenzen und Kontaktaufnahmen mit den jeweiligen Regierungsvertretern und Beamten, in den besuchten Ländern dabei zu sein.

Natürlich sei auch Zeit eingeplant, z.B. zum Shoppen oder Sightseeing. Sie sollten bitte aber keine großen Gegenstände kaufen, da sie nach Ankunft der Regierungsmaschine am Zoll vorbei unmittelbar zu den Regierungslimousinen gebracht würden und dort könne zwar ihr Koffer gut verstaut werden, aber beispielsweise kein großer Teppich. Selbstverständlich werde der Staat alle Kosten der Reise übernehmen.

Der Alfajournalist Reiter traf sich mit seinem Schulfreund Schröder, der ebenfalls als Journalist tätig war, aber als freier Mitarbeiter. Schröder fragte seinen Freund, ob er schon wieder mit einem Minister im Ausland gewesen sei. Reiter antwortete und grinste dabei: „Nein, aber mit dem Regierungschef."

„War der Regierungschef noch spendabler?", wollte sein Freund wissen.

„Nicht spendabler, aber interessanter. Wie üblich begrüßte uns der Politiker mit Champagner im Flugzeug. Er forderte uns unumwunden auf, ihn bei dem großen Werk zum Schutz des Lebensrechts für sanftmütige Tiere zu unterstützen. Die ca. 80 Anwesenden stießen darauf an, dass ein lebendiger Bund von Tierlebensschützern in dieser hoch zivilisierten Ecke der Welt entstehen möge. Der Regierungschef betonte, dass er uns als die Spitze der ethischen, kulturellen und lebensbejahenden Elite von Menistan zu dem Staatsbesuch im Nachbarland eingeladen habe. Er biete uns damit die Möglichkeit, aktuellste Informationen aus erster Hand sowohl von ihm als auch von der Regierung des Nachbarlandes zu erhalten. Er wünschte uns allen durchschlagenden Erfolg."

„Von den Unzulänglichkeiten in unseren staatlichen Gehegen, von der hohen Tötungsrate an sanftmütigen Tieren, der großen Enge wegen der starken Vermehrung und des Gestanks hatte er nicht gesprochen?", wollte sein Schulfreund wissen.

„Du siehst die Dinge völlig falsch", belehrte ihn der Alphajournalist: „Wenn es um große Dinge wie den Lebensschutz geht, dann muss man auch ein paar tausend Unfälle hinnehmen. Für den Regierungschef ist das Lebensschutzthema ein Thema wie viele andere. Aber mit Unterstützung der Medien und der damit einhergehenden Meinungshoheit bekommen die Partei des Regierungschefs und auch er die notwendigen Stimmen, um regieren zu können. Er versteht es hervorragend, die Sache glaubwürdig zu vertreten".

Schröder unterbrach ihn: „Das ist doch Zynismus. Das sind doch Vernichtungsspiele. Wollt ihr nicht die aussichtslose Lage, die vielen Tötungen von sanftmütigen Tieren, den Stress der Tiere und der Arbeiter in den Gehegen sehen? Lässt euch das alles kalt?"

„So ist es! Die Realität lässt uns völlig kalt. Ab einer bestimmten Führungsebene kann man sich nicht mehr um Einzelheiten kümmern. Der Regierungschef hat selbst großen Stress. Er wird von seinen Parteimitgliedern ständig bedrängt, mehr für die Partei zu tun, um die nächste Wahl zu gewinnen und mehr Parteimitglieder in hohe Ämter zu hieven. Er muss sich um Geldquellen kümmern, um die ihn unterstützenden Parteimitglieder bei Laune zu halten. Er muss dafür sorgen, dass möglichst viele große Spenden eingehen, denn nur so lassen sich die Extras in Wahlkämpfen finanzieren. Um Spenden wird er beispielsweise Herrn Raffer gebeten haben. Er muss uns Journalisten hofieren, damit wir ihn und seine Partei in der öffentlichen Meinung alternativlos gut aussehen lassen", konterte der Alphajournalist.

„Und das alles auf Staatskosten. Der Steuerzahler zahlte die korruptiven Einladungen, damit er euch den grenzenlosen Luxus auf euren Reisen bieten konnte", unterbrach Schröder den Redefluss seines Freundes und wollte zusätzlich wissen: „Hast du die Profiteure Raffer und seinen Investor bei der Reise beobachtet?"

Finster dreinblickend reagierte der Alphajournalist auf diese Frage: „Du weißt, dass mir dieser Raffer die Zornesröte ins Gesicht treibt. Aber ich habe es noch nicht geschafft, den Herrn auszuhebeln, ohne unseren Regierungsparteien, unserem Regierungschef und vielleicht auch mir weh zu tun. Raffer agiert sehr geschickt. Der Regierungschef hat sich im Flugzeug speziell neben ihn gesetzt, und ich habe gehört, wie Raffer auf ihn einredete: ‚Als zahlungsstarkes Parteimitglied bitte ich Sie, Herr Präsident, mich bei unseren Nachbarstaaten ins Spiel zu bringen, mich bei den dortigen Regierungsmitgliedern, aber auch leitenden Beamten bekannt zu machen und auf mein überaus erfolgreiches Wirken in Menistan hinzuweisen. Meine Firma und mein Investor könnten grenzüberschreitend aktiv werden und Ihnen so Einfluss auf die Gestaltung des Lebensschutzes in den benachbarten Ländern verschaffen. Das Ganze wäre sicherlich für Sie und unsere Partei sehr lohnend'."

„Und was sagte der Regierungschef dazu?", schaute ihn sein Freund an.

„Er hat ihn beruhigt. Die Tatsache, dass er bei nahezu allen Reisen seiner Minister und auch von ihm mitgenommen werde, zeige doch, welche Wertschätzung er ihm gegenüber habe. Als Raffer dann aber weiter insistierte, hatte der Regierungschef das Gespräch abgebrochen und sich einem anderen Gast zugewandt. Auf meiner Shoppingtour habe ich dann gesehen, wie Raffer an der Tür eines sehr teuren Juwelierladens mit Handschlag verabschiedet wurde", schimpfte Reiter.

„Und du hast auch schön eingekauft?", wollte sein Freund wissen.

Etwas verlegen antwortete der Alphajournalist: „Ich war nicht in dem Juwelierladen, in dem Raffer einkaufte und wo das billigste Schmuckstück 20 000 Taler kostet. Ich habe nur einige Andenken für meine Frau und meine Tochter beschafft. Der zollfreie Import reizt schon immer wieder".

Schröder antwortete darauf zynisch: „So ein bisschen Raffer steckt halt auch in dir, nur strebst du weniger nach Geld als nach Macht."

„Eigentlich müsste ich dich jetzt einen Mäusedreck nennen, der es zu nichts gebracht hat, aber wir zwei schätzen uns zu lange, um auf so kleine Spitzen negativ zu reagieren", grinste Reiter und gab seinem Freund die Hand, um sich zu verabschieden.

Bald wurde mit den potentiellen Aufnahmeländern für Häschen eine Konferenz abgehalten, und man einigte sich darauf, eine Union für den Lebensschutz der sanftmütigen Tiere zu bilden. Eine Behörde sollte über die Einhaltung der geschlossenen Verträge wachen und dafür sorgen, dass der Lebensschutz der sanftmütigen Tiere in allen Ländern einheitlich gestaltet werde. Zusätzliche politische Elemente wurden vereinbart, wie die Förderung des Warenaustausches, mehr Arbeiterfreizügigkeit, Zusammenarbeit in finanzpolitischen Angelegenheiten, Schüleraustausch usw. Die hohen Zuwendungen von Menistan an die Nachbarn in der Häschen-Union rechtfertigten die Politiker in Menistan damit, dass sie weniger Ausgaben für die eigenen staatlichen Gehege hätten.

Nach dem festlichen Vertragsabschluss ging man hurtig ans Werk, da der kommende Winter für Menistan zu einem Problem werden konnte. Bald waren in anderen Ländern auch größere Gehege notdürftig hergerichtet. In den Gehegen von Menistan wurden viele Häschen eingefangen und auf Tiertransporter verladen. Schweine sahen die anderen Länder der Union nicht als sanftmütige Tiere an, so dass Menistan auch keine Schweine abgeben konnte.

Der Erzbischof und der Regierungschef verabschiedeten den ersten Transport in ein Nachbarland. Der Erzbischof verwies darauf, dass das Lebensrecht der sanftmütigen Tiere nicht eine Angelegenheit eines Landes, sondern der ganzen Menschheit sei. Als die Tiertransporter die Landesgrenze überschritten, hatten sich viele Menschen, darunter die Außenminister der angrenzenden Staaten, versammelt. Auch hier wurden die hehren Ziele der neuen Union gefeiert. Natürlich gab es auch Gegendemonstranten, die die Union nur als Häschen-Union verunglimpften.

Die Bevölkerung in den Ländern war gespalten. Neben den Tierlebensschützern, die alles für das Leben und das Wohlergehen der sanftmütigen Tiere tun wollten, stand die breite Masse der Bevölkerung, die in der starken Vermehrung und der Gefräßigkeit der Tiere eine Bedrohung ihrer wirtschaftlichen Situation und ihrer Kultur sahen. Um der breiten Masse entgegenzuwirken, wurden Gemeinschaftspreise und Gemeinschaftsveranstaltungen eingerichtet. Politiker, die sich besonders für die ‚Union für den Lebensschutz der sanftmütigen Tiere' eingesetzt hatten, erhielten den Unions-Preis, andere einen Lebensschutz-Preis und wieder andere die Häschen-Trophäe verliehen. Die von den Bürgern in den Medien wahrnehmbare Oberfläche der Häschen-Union war nur glitzernd, golden, selig, bunt und erfolgreich. Die Wirklichkeit in den Tiergehegen sah ganz anders aus: Kampf, Stress, Blut und Tod, Krankheiten und Verletzungen, dazu Gestank, Fliegen, Dreck und Abfall sowie immer mehr drangvolle Enge waren dort prägend.

Bittere Erkenntnisse

Wenige Wochen nach der Übergabe sanftmütiger Tiere an die Nachbarländer der Häschen-Union kam der zuständige Parlamentsausschuss zum Ergebnis, dass das bisherige Vorgehen untragbar sei. Die unkontrollierte starke Vermehrung und das daraus resultierende Aufeinanderprallen der Familienverbände mit jährlich Hunderttausender toter Tiere könne so nicht weitergeführt werden. Mögliche Alternativen seien:
- Kastration eines Großteils der sanftmütigen Tiere
- Auflösung der Gehege und Verteilung der sanftmütigen Tiere an die Bürger des Landes, die dafür Sorge zu tragen hätten, dass das Leben und die körperliche Unversehrtheit der Tiere gewahrt, eine Vermehrung jedoch weitgehend ausgeschlossen bliebe
- sanftmütige Tiere zwangsweise mit Antikonzeptionsmitteln füttern, damit die Nachkommen drastisch verringert würden.

Da die Tiere selbst keine Verantwortung für ihr Tun übernähmen, müssten verantwortungsvolle Menschen dafür sorgen, dass die karnickelartige Vermehrung und die damit einhergehende Tötungsgewalt unter den Tieren sowie die Beeinträchtigung der anderen Lebewesen, also insbesondere der Menschen, weitgehend unterbliebe.

Dies führte zu einer heftigen Reaktion im Lande. Sehr viele Abgeordnete insbesondere der linken Parteien reagierten mit Empörung auf die Vorschläge des Parlamentsausschusses. Sie sahen darin keine Basis für weitere Verhandlungen. Vielmehr erkannten sie in den Beschlüssen dumpfes rechtsradikales Gedankengut, von dem sich offenbar auch Parlamentsabgeordnete hätten anstecken lassen.

Die Mehrheit des Parlamentsausschusses fühlte sich zu Unrecht verunglimpft. Sie hätten nur vernunftgetrieben, getreu ihrem Verfassungseid das Thema bearbeitet und hätten nicht auf radikale Parteien geschielt. Sie wüssten auch, dass ihre Vorschläge der bisherigen Grundidee des Lebensschutzes zuwiderlaufen. Doch zeige die Realität, dass in den derzeitigen Gehegen kein paradiesischer Zustand herrsche.

Dies war den vielen Tierlebensschützer im Lande zuviel. Offenbar sollten sie von der Mehrheit des Parlamentsausschusses als Idioten hingestellt werden, weil sie an der Realität vorbei den höchstmöglichen Lebensschutz der sanftmütigen Tiere organisieren wollten.

Nach den Jahrhunderten der Demütigung wäre man jetzt endlich froh, die Zwangskastration überwunden zu haben. Man könne den Bürgern nicht zumuten, zwangsweise Häschen, Schafe und Schweine einquartiert zu bekommen. Die Tierlebensschützer fragten auch, wer dem Parlamentsausschuss das Recht gab, Beschlüsse zu fassen, die den sanftmütigen Tieren ihr Selbstbestimmungsrecht entziehen würden. Im Übrigen sei nicht klar, wer das Geld dazu hätte, den sanftmütigen Tieren taggenau Antibabypillen zu füttern.

Die finanziellen und emotionalen Profiteure an dem Chaos in den staatlichen Häschengehegen hatten große Erfahrung in ihren Lebensretter-Argumentationen. Wenn sie auch bisher häufig zänkisch sich gegenseitig beim Abschöpfen von Fördergeldern bzw. Spendenaufkommen bekämpften, so sahen sie plötzlich ihre Felle davonschwimmen.

Der Chef der Firma Tierfreund, Raffer, organisierte ein Treffen von Vertretern seiner Firma mit Nichtregierungsorganisationen, Gewerkschaften, Unternehmen mit Bezug zum Lebensschutz von sanftmütigen Tieren, Fördervereinen, Kirchen, Verlegern und Politikern. Bei dem geheimen Teil des Treffens waren sich die Vertreter schnell einig, dass sie wesentlich mehr medienwirksame Macht und finanzielle Mittel und damit wesentlich mehr Durchschlagskraft in der öffentlichen Meinung als der Parlamentsausschuss hätten. Sie beschlossen, über öffentlichkeitswirksame Kampagnen durchzusetzen, dass der Tierlebensschutz in vollem Umfang aufrechterhalten werden müsse.

Sie stellten schnell fest, dass die Linken in der Gesellschaft mit ihrem universalen Anspruch auf Teilung aller Güter und Gleichbehandlung aller Lebewesen ihren Intentionen wesentlich dienlicher wären als die Konservativen, die ihre Kultur, ihr Häuschen mit Garten, ihre Idylle, ihren Frieden im Dorf oder im Stadtviertel, ihr Brauchtum und ihre Tradition, ihren Wohlstand, ihre Selbstbestimmung und ihre Verfügungsgewalt über ihre selbsterarbeiteten Vermögen behalten wollten. Deren Haltung machten sie an dem Begriff 'Heim' fest. Raffer und die Vertreter der Nichtregierungsorganisationen, Unternehmen, Fördervereinen und Medien einigten sich darauf, dass sie Millionenbeträge in die Hand nehmen, mit denen sie eine Kampagne für das Tierlebensrecht finanzieren und dabei das Schlagwort 'Kampf gegen Einheimisch' verwenden wollten mit dem Ziel, einerseits den Status quo in Sachen Lebensschutz nicht zu ändern und zum anderen das Parlament und die Regierung zu zwingen, auch Geld für den 'Kampf gegen Einheimisch' zur Verfügung zu stellen.

Als nur noch ein kleiner Kreis von Profiteuren zusammenstand, war Raffer und den Vertretern aus Politik, Medien und Unternehmen klar, dass jetzt ganz konsequent gehandelt werden müsse und alle Gegner mit Moralkeulen als Lebensfeinde, als Schießwütige, als Kastrierer, als Tierrassisten gebrandmarkt werden müssten.

Wenige Tage später lief die Kampagne 'Kampf gegen Einheimisch' auf breiter, öffentlichkeitswirksamer Front mit viel Kapitaleinsatz an.

Karnickel-Eldorado

Bei der wöchentlichen Routinesitzung des Regierungschefs mit seinem Geheimdienstkoordinator machte der Politiker ein sehr verärgertes Gesicht: „Warum haben Sie mich und meine Partei so ins offene Messer laufen lassen?"

Der Angegriffene verteidigte sich: „Ich habe gewarnt. Ich darf Sie an unsere letzte Besprechung erinnern, auf der ich Ihnen eine Vorwärtsstrategie vorgeschlagen hatte."

Der Regierungschef resignierte: „Dass die Meute mich hetzen will, damit hatte ich nicht gerechnet."

„Raffer mit seinen Profiteuren, die Kirchen und die Verleger- sowie Fernsehbarone haben eine dominante Stellung aufgebaut, sie haben die volle Meinungshoheit", bestätigte der Geheimdienstkoordinator.

Der Regierungschef schimpfte weiter: „Die haben mich, mein Kabinett und die Koalitionsparteien in dieser Sache voll im Griff."

„Sie wollen staatliches Geld", erläuterte der Beamte.

Der Regierungschef schnauzte den Beamten an: „Sie wollen staatliches Geld sogar für ihre Kampagne gegen mich und meine Partei, sie wollen mit mehr Häschen- und Schweineübel noch viel mehr Geld verdienen, um noch mächtiger zu werden, um mich, ja die ganze Politik nach ihrem Belieben lenken und leiten zu können. Haben Sie keine Mittel gegen diese Leute?"

Der Geheimdienstkoordinator runzelte die Stirne: „Auf unserer letzten Koordinierungssitzung der Präsidenten der Geheimdienste haben wir die Gefechtslage ausgiebig erörtert. Dabei sind wir zum Ergebnis gekommen, dass es für Sie jetzt noch wesentlich gefährlicher wäre, mit geheimdienstlichen Aktionen gegen die Meute mit Medienmacht anzukämpfen. Die Geldprofiteure, die Kirchen und die Medienbarone sind eine verschworene Bande. Wir könnten schon gegen Herrn Raffer vorgehen, der sehr viel Dreck am Stecken hat. Wir bräuchten aber dann die Medien, um ihn auszuschalten. Den Gefallen werden die uns aber jetzt nicht tun.

Die Pressebarone mit verdeckten Gewaltaktionen anzugreifen könnte leicht schiefgehen. Nicht nur wir haben Verbindungsleute bei der Presse, auch die Presse dürfte sichere Quellen auch bei uns haben. Die Berichte und Kommentare in den Zeitungen, den Sendeanstalten und im Internet sind so polarisierend, dass eine normale Kommunikation mit Ihren Gegnern nicht mehr möglich ist."

Der Regierungschef antwortete: „Die Kapitulation beginnt also mit einem Kniefall, dem Gelöbnis, künftig alles so zu tun, wie es meine Gegner wollen, insbesondere meinen speziellen Freunden, den Linken, viel Steuergeld zuzuschieben und noch viel mehr Steuergelder bereitzustellen, damit sich Raffer und seine Profiteure an noch mehr Gestank bereichern können."

Der Geheimdienstkoordinator machte den Regierungschef zusätzlich auf Strömungen in der Häschen-Union aufmerksam. Aus sicheren

Quellen wisse er, dass einige Länder der Häschen-Union die Schwäche des Regierungschefs nutzen wollten, um einen deutlichen Nachschlag von Menistan zu fordern.

Der Regierungschef stimmte seine Reaktion auf die Medienkampagne der Gegner mit den obersten Gremien seiner Partei und mit seinem Koalitionspartner ab, dann kapitulierte er gegenüber der Medienmacht. Damit war dem Regierungschef und seinem Kabinett klar, dass in Zukunft regelmäßig Geld für den 'Kampf gegen Einheimisch' eingeplant werden müsse, dass wohl von jetzt an regelmäßig Forderungen der Länder aus der Häschen-Union erfüllt werden müssten und dass mehr Geld für den Ausbau der Gehege ausgegeben werden müsse.

Mehr Personal wurde notwendig, um die sanftmütigen, friedliebenden und geselligen Tiere voreinander zu schützen, damit sie sich nicht gegenseitig umbrachten. Den Raffern bescherte es mehr Profit.

Winter mit Willkommenskultur revival

Kurz vor Einbruch des Winters kam eine Untersuchungskommission der Regierung zum Ergebnis, dass die Zunahme der sanftmütigen Häschen durch das Wegbringen von Tieren in andere Länder nur etwa sechs Monate unterbrochen wurde. Kabinett und Parlament beschlossen, dass Geld für Sofortmaßnahmen bereitgestellt werden müsse, um über den Winter zu kommen.

Die vielen Toten in den Gehegen erinnerten die Tierlebensschützer an ihre Willkommenskultur. Man könne nicht zusehen, wenn in den Gehegen Hunderttausende insbesondere junge sanftmütige Tiere in Kämpfen zwischen den Familienverbänden oder einzelnen Tieren verletzt oder sogar getötet würden. Raffer und die anderen großen Profiteure und vor allem die Medien wussten von den Gehegen, die in den Städten und Dörfern eingerichtet worden waren, um dort vorübergehend sanftmütige Tiere zu pflegen. Sie machten sich sogleich an die Arbeit und forderten von den Staaten der Häschen-Union und den Gemeinden, dass Gehege in den Städten zur Nutzung hergerichtet werden sollten. Der Staat Menistan und seine Gemeinden sahen sich gezwungen, für viele Millionen Taler die kleinen Gehege in den Parks und öffentlichen Plätzen wieder herzurichten und Personal für die Pflege dieser Einrichtungen einzustellen.

Die Tierlebensschützer wollten von vornherein ausschließen, dass sich Widerstand in der Bevölkerung regt, und hatten deshalb im ganzen Lande Demonstrationen für eine Willkommenskultur zur Eingliederung von sanftmütigen Tieren in den Gemeinden veranstaltet. Sie zeigten auf Plakaten und Tafeln Bilder, wo bittend und bettelnd junge Häschen die Betrachter anblicken oder Lämmer halb verhungert im Schlamm lagen. Auf ihren Transparenten stand: 'Gebt dem Leben, gebt den Häschen eine Chance' oder 'Helfen Sie mit, die friedfertigen, sanftmütigen und geselligen Tiere in unsere Gemeinschaft zu integrieren'. Die Zeitungen waren voll von Berichten über Gräuel in den großen Gehegen. Im stündlichen Abstand brachten die Fernsehsender und Radiostationen Bilder und Berichte über das Leid der Häschen, der Schäfchen und der Schweinchen. Die große Mehrheit der Bevölkerung sah die Notwendigkeit, den leidenden Tieren zu helfen.

Insbesondere viele Häschen, aber auch vor allem exotische Schafe und Schweine, wurden aus den großen Gehegen in die städtischen Unterkünfte verlagert. Von den einströmenden Tiermassen unmittelbar betroffene Menschen sahen die Entwicklung mit Argwohn, doch 'Heilige' hatten ihnen mit den Moralkeulen schon so oft auf den Kopf geschlagen, dass sie es nicht mehr wagten, dagegen zu protestieren.

Doch es blieb nicht bei der Aufnahme der Tiere in die Gehege der Städte und Dörfer. Die Willkommenskultur ging weiter. Immer mehr entlaufene Häschen, Schafe und Schweine zogen auf den Straßen und Wegen in die Orte, um dort nach Futter zu betteln. Sie waren es nicht gewohnt, sich selbst Futter zu suchen. Dort sah sich eine ältere Dame veranlasst, einen Futterplatz vor ihrem Haus einzurichten, und die Schweine kamen täglich in immer größerer Zahl. Der älteren Frau wurde dies zuviel. Als sie nicht mehr lieferte, hämmerten die Eber mit ihren Hauern gegen die Tür. Die Frau bekam es mit der Angst zu tun. Sie verbarrikadierte sich.

Die Polizei musste anrücken, um mit ihren Autos, Schlagstöcken und Peitschen die hungrigen und wildgewordenen, friedliebenden und sanftmütigen Tiere zu vertreiben. Die Tiere hatten den Vorplatz des Hauses vollkommen verschmutzt, und so musste die Stadtreinigung anrücken, um zumindest den Gehsteig und die Straße zu reinigen. Das ging in den nächsten Tagen so weiter. Es sprach sich im Ort herum. Alle sagten, wenn die Frau so dumm sei und den brutalen Tieren Hilfe anbiete, so müsse sie mit den Folgen auch selbst zurechtkommen. Niemand bot mehr den vagabundierenden Tieren Futter oder gar Bleibe an. Der Ort musste einen Futterplatz für die hungrigen Tiere schaffen, da sonst die Menschen nicht mehr auf die Straße gehen konnten, ohne dass sie von den sanftmütigen Tieren mit Gewalt attackiert wurden.

Das Zusammenleben der Menschen mit den Tieren wurde immer stärker vergiftet. Die Polizei durchlebte einen nie dagewesenen Stress.

Regierung und Parlament untätig

Zum Frühlingsbeginn stellte der Krisenstab der Regierung fest, dass bis Ende des Jahres die Zahl der Häschen bei mehr als 100 Millionen sanftmütiger Tiere liegen dürfte und dass es zusätzlich zwölf Millionen Schweine geben würde. Die Experten deuteten an, dass bei der gegebenen Vermehrungsrate nach einem Jahr 30 Prozent des gesamten Landes eingezäunt werden müsste und dass die Menschen des Landes gar nicht ausreichen würden, um die verschiedenen Arten Tag und Nacht voreinander zu schützen, sie zu füttern und ihnen Schutz vor Kälte, Schnee und Wind zu bieten. Niemand hätte das Geld, die Tiergehege weiterzuführen.

Der Regierungschef zeigte sich besorgt gegenüber seinem Geheimdienstkoordinator bei der wöchentlichen Routinebesprechung. Er habe seiner Partei verboten, noch einmal ein Konzept gegen den Häschen-Wahnsinn vorzulegen. Andererseits sah er auch, dass es so nicht weitergehen könne. Der Beamte betonte, dass die Gegenspieler des Regierungschefs nach wie vor zum großen gegenseitigen Nutzen zusammenhielten. Nur wenn der Regierungschef sein Gelöbnis weiterhin einhalte, werde seine Partei und seine Regierung nicht angegriffen. Die Bevölkerung selbst lasse sich dagegen durch die Geheimdienste und die Raffer gut manipulieren.

Politisches Umfeld ändert sich

Das Ende der Fahnenstange schien bald erreicht.

Jeden Tag wurden Zigtausend Häschen geboren, im Frühjahr kamen Hunderttausende Lämmer und Millionen Schweine zur Welt. In den Gehegen wurde es unerträglich eng. Neben den vielen Tieren arbeiteten dort Hunderttausende Menschen, um Tag und Nacht die Tiere zu schützen und zu versorgen. Zwar freuten sich die Kinder, wenn sie kleine Häschen im Park über den Rasen hoppeln sahen oder ein Lämmchen an seiner Mutter trank, doch ihre Eltern wussten, dass die nächste Generation von friedlichen, sanftmütigen und geselligen Tieren die Probleme in den Gemeinden mehr als verdoppeln würde.

Die aus den Gehegen häufig ausströmenden Tiere überfielen immer öfter die Gärten und Felder in der Nachbarschaft und verursachten große

Schäden. Die Regierung bot den Bauern und Gartenbesitzern eine Wiedergutmachung ihrer Schäden an, forderte sie aber auf, Versicherungen gegen Einbrüche durch sanftmütige Tiere abzuschließen. Sie boten den Bauern und Gartenbesitzern zusätzlich Steuererleichterungen an, wenn sie in Schutzmaßnahmen zur Festigung ihrer Einrichtungen gegen das Eindringen von sanftmütigen Tieren investierten.

Wegen des Verbots, die sanftmütigen Tierchen zu töten, verbreiteten sich die entlaufenen Tiere schnell über das ganze Land, und sie versuchten auch in die Nachbarländer einzudringen. Diese reagierten damit, an ihren Grenzen Zäune zu errichten, die Grenzen stärker zu bewachen, Tiere, die eingefangen wurden, wieder nach Menistan abzuschieben.

Die Bauern und Hausbesitzer in Menistan wurden immer aufmüpfiger. Einige Bauernsöhne hatten 100 sanftmütige Kaninchen eingefangen und ließen sie bei Nacht und Nebel im Garten des Erzbischofs frei. Als seine Exzellenz am nächsten Morgen in seinen Garten blickte, war er entsetzt, da seine schönen Blumenbeete verwüstet waren und Kot auf den Wegen lag. Besonders eifrige Polizisten ermittelten die Übeltäter, und die Staatsanwaltschaft verklagte die vier jungen Burschen wegen Hausfriedensbruch und Beschädigung fremden Eigentums beim ansässigen Bezirksgericht. Dies führte jedoch zu gewaltigem Aufruhr bei den Bürgern. Tausende zogen vor die Staatsanwaltschaft. Die Polizei stand daneben und schaute zu.

Herrschende Politiker verunsichert.

Jetzt war den führenden Politikern klar, dass die Stimmung bei den Bürgern und Wählern wohl gekippt war. Schlimmer noch war, dass die Stimmung bei der Polizei am Nullpunkt angelangt war. Immer mehr Polizisten waren nicht mehr bereit, den Anweisungen ihrer Politiker zu folgen und das Leben der Häschen zu schützen. Sie solidarisierten sich mittlerweile offen mit der außerparlamentarischen Opposition.

Der Regierungschef berief die Chefs der Polizeien und Staatsanwaltschaften in sein Amt ein. Zunächst hörte er sich ihre Sorgen an. Ein Staatsanwalt ging dabei offen auf ihn los. Er sagte dem Regierungschef ins Gesicht, dass er dessen Politik weder verstehen noch unterstützen könne. Diese Politik zerstöre das ganze Volk. Er habe doch geschworen, Schaden von seinem Volk abzuwenden und das Wohl zu mehren, doch genau das Gegenteil tue er.

Der Regierungschef verbat sich eine derartige Sprache. Er sei vom Volk gewählt und er, der Herr Staatsanwalt, habe seine Weisungen zu befolgen. Der Staatsanwalt verwies darauf, dass auch er der Verfassung verpflichtet sei, und in der stehe nicht, dass er bedingungslos seinem politischen Führer zu folgen habe. Das erzürnte den Regierungschef sehr. Er schaute die anderen Sitzungsteilnehmer an, und da er dort keine Regung sah, ihn zu verteidigen, brach er die Sitzung ab, nachdem er alle darauf hingewiesen hatte, dass sie ihren Dienst gewissenhaft nach den Vorgaben von Recht und Gesetz durchzuführen hätten.

Als die Chefs von Polizeien und Staatsanwaltschaften das Gebäude verlassen hatten, unterhielten sie sich noch kurz vor ihrem Auseinandergehen über die Besprechung. Einige schimpften über die Regierungsmaßnahmen, andere nannten die Politiker blind, doch eine Mehrzahl der Beamten zuckte nur die Schultern und verwies darauf, dass sie den Weisungen ihrer politischen Vorgesetzten Folge zu leisten hätten. Sie hatten in ihrer Partei jahrelang dafür gekämpft, dass politisch einer der ihren an die Macht kam. Jetzt hatten sie ihren Regierungschef aus ihrer Partei, der sie auch noch auf ihre Amtsleiterposten befördert hatte. Dem konnten sie doch jetzt nicht in den Rücken fallen. Sie bestiegen ihre Dienstwagen, und ihre Fahrer brachten sie wieder zu ihren Ämtern zurück.

Der Regierungschef war wütend. Zusammen mit dem Innenminister und dem Koordinator für die Geheimdienste besprach er die innenpolitische Lage. Der Geheimdienstkoordinator, der unmittelbar aus einer Sitzung der Chefs der Geheimdienste kam, war zuversichtlich, die schlechte Stimmung im Volk und bei der Polizei wieder in den Griff zu bekommen. Wenn der Regierungschef im Einklang mit der Presse handle, hätten die Geheimdienste genügend Möglichkeiten. Auch Chefs der Polizeien und der Staatsanwaltschaften seien keine Engel, auch sie hätten Schwächen im persönlichen oder dienstlichen Umfeld, und dies würde in den Dossiers der Geheimdienste vermerkt sein. Mit Unterstützung der Medien ließe sich damit jeder aufmüpfige Staatsanwalt oder Polizeidirektor kaltstellen.

Als der Innenminister weggegangen war, wandte sich der Regierungschef an den Geheimdienstkoordinator und forderte ihn auf, sicherzustellen, dass sich keine außerparlamentarische Opposition entwickeln könne. Der Beamte fing an, dem Regierungschef seine Möglichkeiten und die seiner Geheimdienste aufzuzählen:

- „Staatsterror, eine kleine Bombe oder so, deren Bau und Zündung ihren Gegnern zugeschoben werden, erhöht die Beliebtheit der Regierung schnell und dauerhaft. Sie als Regierungschef versprechen dann den Bürgern, die Terroristen zu ermitteln und ihrer gerechten Strafe zuzuführen. Wir werden mit entsprechenden Beweismittelfälschungen dafür sorgen, selbst Gerichte in die Irre zu führen. Wie aus den Akten zu entnehmen ist, hat sich das schon mehrfach im In- und Ausland bewährt. Für solche Einsätze stehen trainierte Trupps zur Verfügung.

- Wir haben ausgebildete Gangster aus Gefängnissen, die von uns angeworben und als Verbindungsleute gut bezahlt werden, die Bosse von Oppositionellen bedrohen und einschüchtern können.

- Auch Ihrem bravsten Gegner können wir mithilfe unserer Mittelsmänner bei der Presse einen Makel anhängen und durch ständige Wiederholung in allen Medien bei den Bürgern die Gewissheit erzeugen, dass der Makel zutreffend ist."

Der Regierungschef unterbrach seinen Geheimdienstkoordinator: „Meine Gegner, ggf. auch in der Partei, auszuschalten, mögen Sie vielleicht beherrschen. Aber was ist, wenn sich die Karnickel so extrem stark vermehren, dass die Gehege überlaufen und die Menschen mich dafür schuldig sprechen? Da die Häschen niemand totschießen, vergiften oder schlachten darf, vermehren sich die Karnickel nach Karnickelart auch außerhalb des Geheges in unseren Dörfern, Städten, Parks und Gärten."

„Auch daran habe ich natürlich gedacht", entgegnete der Geheimdienstkoordinator: „Dafür haben wir zielgerichtete Möglichkeiten:

- Verdeckte Gewalt ist immer gut, wir brennen einen Häschen-Stall ab. Selbst wenn der Stall leer ist, wird Gewaltanwendung von den Bürgern nicht akzeptiert. Sie werden nie erfahren, dass unsere Verbindungsmänner im Finstern gezündelt haben. Bis ein neues Haus errichtet ist, werden wir für Erleichterung sorgen und eine passende Zahl an Häschen aus dem Gehege verschwinden lassen.

- Wir werden regelmäßig Löcher in die Zäune schneiden, und draußen werden dann die Füchse, Sperber, Iltisse usw. sich freuen über die fettgefressenen Karnickel. Wenn das nicht reicht, müssen wir eben infizierte Möhren in die Gehege werfen und eine tödliche Krankheit ausbrechen lassen. Von den Wachleuten in den Gehegen haben wir bereits einige als Verbindungsleute angeheuert, die uns bei derartigen Aktionen behilflich sein werden. Ermittlungen und Verhaftungen lassen sich beispielsweise mit Bekennerschreiben von uns so steuern, dass wir mit unserem Ermittlungsmonopol und unserer Anklagehoheit Häschengegner beschuldigen und von der Polizei verhaften lassen."

„Haben Sie denn auch schon Richter als Verbindungsleute requiriert?", wollte der Regierungschef wissen.

„Das ist nicht unser Ressort. Die Justiz hat ihre eigenen Verbindungsleute. Bisher hat die Zusammenarbeit mit dem Justizressort meistens gut geklappt, die Richter wussten, dass sie sich staatstragend zu verhalten haben", referierte der Geheimdienstkoordinator.

Der Regierungschef wiegte den Kopf und meinte mit mitleidsvollem Gesicht: „Damit können Sie zwar einige Häschen-Gegner kaltstellen, aber ihre Zahl nimmt dennoch ständig zu, und sie werden immer opferbereiter."

„Ja, die Opferbereiten machen mir auch immer mehr Kopfzerbrechen. Es gibt auch schon Abgeordnete, Polizisten, Soldaten und Lehrer sowie Staatsanwälte und Richter, aber auch viele Medienmacher und Publizisten, die sich den Häschen-Gegnern angeschlossen haben", runzelte der Geheimdienstkoordinator seine Stirn. "Wir müssen also das Risiko in Kauf nehmen, von innen heraus aufgerollt zu werden. Es bleibt uns dennoch nur die Möglichkeit, die Häschen-Gegner in der Bevölkerung möglichst schlecht aussehen zu lassen und sie damit zu isolieren. Insbesondere dürfen sie keine Partei aufbauen, die in die Parlamente einzieht. Aber es gibt durchaus Möglichkeiten, Verbände und insbesondere Parteien auszubremsen:

- Unsere Verbindungsleute können bei einer Demonstration Steine auf Polizisten werfen, ein Polizeiauto umstürzten oder Fensterscheiben zum Klirren bringen. Presse und Fernsehen lieben solche Bilder, und den Akteuren steht nicht auf die Stirn geschrieben, dass sie unsere Verbindungsleute sind und von uns dafür bezahlt werden.

- In unerwünschte Parteien haben wir unsere gut ausgebildeten und trainierten Verbindungsleute eingeschleust. Sie bekamen viel Geld mit, konnten ihre Parteimitgliedsbeiträge zahlen, große Spenden an die Partei leisten, und da sie weitgehend von Erwerbsarbeit freigestellt sind, hatten sie auch Zeit, an allen Parteiveranstaltungen teilzunehmen. Mit guter Ausbildung von uns haben sie schnell wichtige Positionen in der unerwünschten Partei besetzt. Sie berichten uns über die Aktivitäten und Strategien der Partei, so dass wir wissen, wie wir die Partei mit unseren Verbindungsleuten von innen heraus und durch strategische Angriffe von außen in den Graben zu steuern haben.

- Etabliert sich eine Gegenpartei, die das Potential hätte, in die Parlamente einzuziehen, so gründen wir mit unseren Verbindungsleuten eine Parallelpartei, und wenn es sein muss auch mehrere, die das ähnliche Parteiprogramm haben wie die zu bekämpfende Partei. Bei Wahlen fallen dann alle unter die Fünfprozenthürde. Nur die etablierten Parteien ziehen dann ins Parlament ein."

Zum Schluss schaute der Geheimdienstkoordinator den Regierungschef an und sagte: „Herr Präsident, Sie können sich darauf verlassen, dass ich mit den Chefs der Geheimdienste die richtige Mischung von Maßnahmen finden werde, um die Bürger im Land zu besänftigen, sie in die Irre zu führen, Ihre Gegner auszuschalten und Ihre Wiederwahl in zwei Jahren zu gewährleisten. Natürlich können Sie uns auch einsetzen, Ihre Gegner in unserer Partei ruhigzustellen. Wir machen dies ganz im Verborgenen und sehr diskret mithilfe unserer Dossiers und unserer Verbindungsleute bei Presse und Fernsehen. Voraussetzung ist nur, dass Sie mich weiter in meiner politischen Entwicklung unterstützen."

Damit war ein nahezu privater Pakt zwischen dem Regierungschef und dem zentralen Kopf der Geheimdienste geschlossen. Der Regierungschef kannte seine vollständige Abhängigkeit von der Durchschlagskraft der Geheimdienste und damit seine Abhängigkeit vom Geheimdienst.

Vermehrungs-Syndrom

Das Häschenthema blieb in der öffentlichen Wahrnehmung überall präsent. Ein Fernsehsender wollte die Sache genauer wissen und erinnerte sich an den Biologielehrer mit seinem Karpfenbeispiel. Eine Talkshow-Moderatorin sollte das Thema mit Experten in einer Sendung diskutieren. Sie lud also fünf Häschen-Experten und den damals geächteten Biologielehrer ein. Der sah die Einladung als eine Bestätigung seiner auf wissenschaftlichen Erkenntnissen fußenden Lehrtätigkeit. Im Unterricht griff er das sehr aktuelle Thema verstärkt auf.

In einer oberen Klasse trug er seinen Schülern vor: „Wir alle wissen, dass in den 98 Gehegen von Menistan ca. 100 Millionen Häschen leben. Jeder Familienverband beansprucht ein gewisses Revier, und der Rammler kämpft gegen jeden, der ihm diesen Platz streitig macht. Der gesamte besiedelbare Platz in den Gehegen ist mittlerweile belegt. Wenn Häsinnen Junge zur Welt bringen, und diese Jungen sind herangewachsen, so haben sie nur die Möglichkeiten, in den Gehegen entweder ein Revier zu erobern, wo sie einen Familienverband neu gründen können, oder unterzugehen. Die Häschen teilen ihre Reviere nicht mit anderen. Eine Vergrößerung der Gehege bringt nichts, weil in wenigen Monaten auch diese Gehege voll wären, und dann würden noch mehr Häschen umkommen. Mit den Willkommensrufen hat die Regierung effektiv den Wächtern der Gehege befohlen, die Schleusen zu öffnen, und die Tiere strömen ins Land. Ganz Menistan ist damit zu einem großen Gehege geworden.

Da eine Häsin im Jahr 20 und mehr Junge zur Welt bringt, werden also viele Millionen Häschen aus den Gehegen fliehen oder in unseren Städten zur Welt kommen. Ähnliches gilt natürlich auch für die Schafe, Ziegen und Schweine. Bald werden unsere Städte und dann das ganze Land so heruntergekommen aussehen, wie heute die Gehege sich präsentieren. Die Tiere zerstören ganz nebenbei langsam aber sicher unsere Sicherheit, unsere Freiheit, unser gewohntes Zusammenleben und damit unsere Kultur.

Nicht nur Mangel an Platz kann zu solchen Problemen führen. Wenn wir Menschen aufhören würden, die Häschen zu füttern und zu tränken, würden auch viele Millionen umkommen. Es wären jedoch viel, viel weniger, als wenn wir so weitermachen wie bisher, ihnen immer mehr Wohnraum geben und füttern."

Seinen Schülern gab der Lehrer eine Hausaufgabe: „In einem Staat leben Menschen mit zwei unterschiedlichen Kulturen, sagen wir, sie gehören unterschiedlichen Religionen an. Die Menschen der Religion A haben einen Bevölkerungsanteil von 80% und ein ausgeglichenes Vermehrungsverhalten, d. h. es werden nur so viele Kinder geboren wie Menschen sterben. Die Mitglieder der Religion B mit einem Bevölkerungsanteil von 20% vermehren sich jährlich um 2,5 Prozent. Es wird angenommen, dass sich die Mitglieder der Religionen nicht vermischen. Nach wie vielen Jahren hat der sich vermehrende Bevölkerungsanteil mehr Mitglieder als der andere?"

Wie die Schüler leicht errechnen konnten, würde das Bevölkerungsäquivalent bereits nach 57 Jahren erreicht. Die vielen Kinder der Religion B müssten nur noch heranwachsen. Der Biologielehrer ergänzte: „Dass dies zu starken internen Spannungen in dem Land führt, kann angenommen werden. Das heißt, innerhalb eines Menschenlebens ändern sich die Gesellschafts- und Machtverhältnisse im Land vollständig. Dies geschieht nicht mit einem Schlag. Vielmehr dringen die neuen Mitglieder der Religion B immer stärker in die Lebensbereiche der Religion A ein und werden dort mehr und mehr dominant. Es ist kein blutiger

Krieg, es ist kein Kampf notwendig, die stärkere Vermehrung der einen reicht völlig aus, um den anderen ihre gesellschaftliche und wohl auch politische Dominanz wegzunehmen, das Machtverhältnis umzukehren, die Religion B wird dominant."

Mit einer starken Vermehrung würden natürlich auch viele andere Probleme einhergehen, wie am Beispiel der Kaninchen zu beobachten sei:
„Es steigt der Bedarf an Nahrungsmitteln und Wasser, Gesundheitsversorgung und Sicherheitsvorkehrungen. Während der Nahrungsmittelverbrauch und damit der Abfall proportional zur Entwicklung der Zahl der Tiere steigen, entwickeln sich die beiden anderen Komponenten, Häufigkeit von Krankheiten und Kampf zwischen den Mitgliedern, stark überproportional, je enger die Tiere in freier Wildbahn oder in einem Gehege zusammenleben. Die Vermehrung reicht völlig aus, dass wegen der Enge, aber auch wegen Nahrungs- und Wassernot sanftmütige Tiere sehr aggressiv werden und sich umbringen. Sie leiden unter Stress, es kommt zu permanenten Kämpfen und Epidemien."

‚Vermehrung' in der Talkshow

Die Sendung fand abends zu einer guten Sendezeit statt. Die Moderatorin stellte in den Raum, dass die Verantwortlichen des Staates, der Kirchen und der gesellschaftlichen Kräfte die Dynamik der Fortpflanzung von sanftmütigen Tieren falsch eingeschätzt hätten. Auch sie habe in der Euphorie, den Lebensschutz für sanftmütige Tiere zu fordern, auf Warnungen nicht gehört und habe das alles als übertrieben angesehen. Dem Biologielehrer, der das Karpfenbeispiel seinen Schülern erläutert hatte, wurde eine Rüge erteilt, weil man es als destruktiv ansah, wenn jemand die Wahrheit sagte. Und so begrüßte sie den Biologielehrer als ersten in ihrer Runde.

Sie stellte auch die anderen fünf Experten vor, die sich jetzt über Jahre für den Lebensschutz der sanftmütigen Tiere eingesetzt hätten, aber natürlich mit verschiedenen Schwerpunkten. Da gab es den Verwaltungsfachmann für die Zusammenarbeit in der Häschen-Union, die Psychologin für die Forschung über das Zusammenleben unterschiedlicher Kaninchenrassen, den Ingenieur für die Unterbringung der Tiere, den Juristen, der rechtliche Fragen im Zusammenhang mit Tötungsdelikten an sanftmütigen Tieren kommentiert hatte, den Richter, der über Verbrechen an sanftmütigen Tieren urteilte, und den Veterinär, der das Fressen der Tiere zusammenstellte. Er hatte insbesondere auch darauf zu achten, dass kranke Tiere spezielles Futter bekamen. Der Broterwerb dieser Experten war also unmittelbar damit verbunden, dass aufgrund des Lebensschutzes für sanftmütige Tiere Gesetze erlassen und entsprechende Einrichtungen geschaffen wurden.

Nachdem alle Experten und der Biologielehrer ein kurzes Statement zu ihrer Tätigkeit abgegeben hatten, richtete die Moderatorin die erste Frage an den Biologielehrer: „Kümmern sich die Männer bei den Kaninchen auch um ihren Nachwuchs?"

Der Biologielehrer sah die Chance, die Lacher auf seine Seite zu ziehen und sagte: „Wenn sich der Geburtsvorgang abzeichnet, werden die Häsin und dann auch ihr Rammler unruhig. Die Häsin geht dann in ihr vorbereitetes Wurfnest, und er folgt ihr. Dann wirft die Häsin und säubert ihre Jungen. Und der Rammler, der versucht sie sofort wieder zu decken. Das sorgt für die sprichwörtliche karnickelartige Vermehrung. Seine Jungen kümmern ihn überhaupt nicht."

Es folgte großes Gelächter im Raum.

Die Moderatorin fragte weiter nach: „Wieviele Frauen, oder besser Häsinnen, hat denn ein Rammler?"

„Bei Wildkaninchen sind es in der Regel sechs bis acht, bei Zuchtkaninchen ordnet man dem Rammler zehn bis zwanzig Häsinnen zu, er würde aber auch eine wesentlich höhere Anzahl an Häsinnen decken", antwortete schmunzelnd der Biologielehrer.

Wieder folgte Gejohle von den Zuschauerbänken.

Die Moderatorin wandte sich noch einmal an den Biologielehrer und fragte: „Wenn man 80% der Rammler aus den Gehegen herausnehmen würde, was würde sich am Vermehrungsverhalten im Gehege ändern?"

Der Lehrer überlegte nicht lange und meinte: „Die Stresssituation in den Gehegen würde sich deutlich vermindern, so dass mehr Junge überleben würden. Beim Deckverhalten würde sich kaum etwas ändern, da ohnedies nur ca. 15% der Rammler tatsächlich zum Zuge kommen. Die anderen kämpfen und streiten sich untereinander und mit dem starken Rammler bei jeder passenden Gelegenheit um Platz, Futter und Weibchen. Das endet häufig blutig."

Die Moderatorin lachte zu den Zuschauern hinüber. Der Start der Show war geglückt, es ging locker zu.

Jetzt meldete sich aber der Richter und machte darauf aufmerksam, dass er nicht angereist sei, um über das Gattungsverhalten der Häschen unterrichtet zu werden. Die Moderatorin scherzte aber gerne weiter und erklärte dem Richter, dass diese Aufklärung sehr wohl wichtig sei.

Die Psychologin, die das Zusammenleben der Häschen untersucht hatte, betonte, dass bisher nur eine Dimension zur Sprache gekommen wäre. Tatsächlich gäbe es aber Hunderte verschiedener Wild- und Zuchtrassen, und obwohl alle ähnliches Verhalten hätten, wäre das Zusammenleben der unterschiedlichen Häschen im Gehege äußerst schwierig. Die Schnelleren und Stärkeren vertrieben die anderen aus deren Revieren, sie kratzten und bissen dabei, und nicht selten stürben deshalb ganze Würfe in den Wurfröhren. Gerade das Zusammenleben auf engem Raum würde zeigen, dass Gruppen von Häschen sehr unterschiedliche Charaktere hätten, und ein Angorahäschen werde beispielsweise nicht friedlich in einem Familienverbund von Zwergkaninchen leben und umgekehrt.

Der Verwaltungsbeamte für die Häschen-Union berichtete, dass die Partnerländer von Menistan hohe laufende Zahlungen fordern, und die Regierung wäre mittlerweile bereit, den Forderungen zumindest großenteils nachzugeben. Auch in den anderen Ländern müssten die Gehege vergrößert werden, und es müsste viel zusätzliches Personal dafür eingesetzt werden. Die Kosten seien unübersehbar.

Deshalb hätten sich die Notenbanken der Häschen-Union bereitgefunden, unter Leitung ihres Sprechers monatlich viel Geld zu drucken, um damit die Ausgaben der Staaten decken zu können. Der Biologielehrer merkte dazu an, dass mit dem vielen Geld der Notenbanken der zutiefst unzufriedenstellende Status in den Gehegen künstlich aufrechterhalten werde, obwohl dringend Reformen notwendig seien.

Prinzipiell sahen das die anwesenden Teilnehmer an der Talkshow genauso, man verwies jedoch darauf, dass erst noch eine befriedigende Lösung des Problems gefunden werden müsse. Den Hinweis des Lehrers, wieder zu einer natürlichen Behandlung des Umgangs mit den sanftmütigen Tieren zu kommen, wieder so normal zu werden wie die meisten Länder der Erde, lehnten die Experten ab, da diese Form gerade überwunden wurde und auch viel zu primitiv wäre.

Der Veterinär zeigte an einer Schautafel den erstaunten Zuschauern, dass die Kosten für Nahrungsmittel und insbesondere Medikamente sprunghaft angestiegen waren.

Der Richter ärgerte sich über den bedrohlichen Anstieg von Angriffen auf das Leben der sanftmütigen Tiere. Dabei müsse er feststellen, dass offenbar immer mehr ewig Gestrige mit brutaler Gewalt gegen die Einrichtungen zum Schutz der sanftmütigen Tiere vorgingen und das so geschickt betrieben, dass die Polizei sie nicht zu fassen bekäme. Auch würden sich außerparlamentarische Gruppen bilden, die offen gegen das Lebensrecht der Tiere opponierten.

Auf die Frage der Moderatorin, ob er denn eine Lösung für die absehbare Katastrophe hätte, antwortete der Richter, dass dies eher ein technisches und soziales Problem sei und die rechtliche Frage davon unabhängig wäre, da das Parlament Rechtsnormen für den Lebensschutz gesetzt habe. Diese Art zu denken verstanden weder der Biologielehrer noch der Veterinär und schon gar nicht der Ingenieur. Aber sie hielten den Mund, da sie wohl davon ausgingen, dass bei einer Diskussion der Richter und sie aneinander vorbeireden würden.

Der Richter war erschüttert, wie man in den staatlichen Gehegen mit dem Lebensschutz der Häschen umging. Er betonte, dass er schon viele Kriminelle selbst zu Gefängnisstrafen verurteilt habe, die Häschen verletzt oder getötet hatten. Von den Zuschauern erntete er Buhrufe.

Die Moderatorin stellte die Frage, wie man die Enge in den Gehegen verringern könne. Der Ingenieur meinte, man könne die Anzahl der Gehege verdoppeln. Da meldete sich der Verwaltungsbeamte und erinnerte, dass der Regierungschef jede Erweiterung der Gehege strikt ablehne. Nach kurzer Zeit wären dann diese Gehege wieder voll, und so könnte man das Spiel ständig fortsetzen, bis der ganze Kontinent nur noch von Häschen, Schafen und Schweinen besiedelt wäre.

Der Veterinär antwortete darauf: „Dann bekommt jeder Bürger und jede Bürgerin je ein Häschen in die Wohnung gesetzt, und drei Bürger müssen zwei Schweine und ein Schaf übernehmen." Wegen des

Gejohles von den Zuschauerreihen unterbrach die Moderatorin den Veterinär. Der drehte sich zu den Zuschauern, lachte und klatschte.

Der Verwaltungsbeamte, der Richter, der Jurist und die Psychologin fanden die Äußerungen gar nicht witzig. Der Veterinär legte nochmals nach und meinte resignierend, dass sich die Tiere dann wohl selbst auflösen müssten.

Das ging dann der Moderatorin doch zu weit, sie schaute auf die Uhr, und da nur noch wenige Minuten an Sendezeit zur Verfügung standen, bat sie den Biologielehrer mit dem Hinweis auf seine Stigmatisierung zu Beginn der Häschen-Ära, das Schlusswort zu sprechen.

Der Biologielehrer bedankte sich für die große Ehre und führte aus:
„Das Heer der Heiligen hat mir sehr viel Leid zugefügt.
Raffer haben mich einen Schwätzer genannt, weil sie als Profiteure durch meine Äußerungen ihre Geschäfte bedroht sahen.
Heuchler haben mich einen Rassisten genannt, weil ich ihnen vor Augen führte, dass das Zusammenleben von Lebewesen unmöglich ist, wenn sich eine Art oder Gruppe in festliegenden Grenzen stark vermehrt.
Vernichter haben mich eine Bedrohung genannt, weil ich selbst meinen Schülern klarmachen konnte, dass ein Lebensrecht für sanftmütige Tiere mit ihrer starken Vermehrung nicht in den Lebensplan der Welt passt, ihr Lebensschutz tötet, tötet, tötet.
Wir schaffen es nicht einmal, unseren ungeborenen Kindern ein Recht auf Leben zu sichern und töten Millionen auf Staatskosten im Mutterleib. Warum heucheln wir Barmherzigkeit, wenn es um Tiere geht, die sich viel zu schnell vermehren, dann unter Stress leiden und sich gegenseitig bekämpfen."

Demonstration und Gegendemonstration

Immer lauter wurde gestritten, wie der Staat, wie die Bürger mit den sanftmütigen Tieren in den Häschengehegen und mittlerweile auch in den Gärten, auf den Straßen, in den Dörfern und Städten umgehen sollten. Die Bevölkerung litt bereits an Mangelerscheinungen. Man diskutierte schon an den Stammtischen, ob man die Tiere nicht einfach an andere Staaten verkaufen sollte. Die würden dann die Verantwortung übernehmen und könnten sie auch einfach schlachten.

Der Erzbischof sah die Entwicklung mit tiefer Sorge. Er versammelte seine Bischöfe, Priester, Ordensleute und Gläubigen noch einmal um sich und fragte als guter Hirte seine gläubigen Schafe inbrünstig: „Wollt ihr euch wirklich mit tiefer Schuld beladen? Besudelt eure Hände nicht mit dem Blut der sanftmütigen Tiere. Geht mit mir in einer Lichterprozession vom ‚Denkmal für die eingesperrten und getöteten sanftmütigen Tiere' zum Dom. Wir wollen für das Leben der Tiere beten und Gott um Gnade bitten."

Zur Lichterprozession hatten sich Priester und einige Fromme am Denkmal versammelt, das erst vor wenigen Jahren von Politik, Kirche, Honoratioren aus Wissenschaft und Wirtschaft unter großer Anteilnahme der Medien im Gedenken an die gequälten und getöteten sanftmütigen Tiere eingeweiht worden war. Diesmal fehlten die Politiker, die Wissenschaftler und Wirtschaftslenker. Die Medien hofften wohl, dass es zu spektakulären Auseinandersetzungen mit Gegendemonstrationen kommen würde, um wieder Schlagzeilen zu bekommen. Die Bildreporter und Journalisten hatten sich nicht getäuscht.

Eine starke Gegendemonstration aus Bürgern in Wut hatte sich am Denkmal getroffen, die den Oberhirten mit seinen Schäfchen daran hinderten, sich auf dem Platz davor zu versammeln. Viele Polizisten standen bereit, um bei Gewaltanwendung eingreifen zu können. Doch der Erzbischof erkannte, dass die Zahl der Gegendemonstranten sehr viel größer war als die möglichen Teilnehmer an der Lichterprozession. Er kniete nieder, hob die Hände zum Himmel und bat Gott, den Frevlern und Mensch/Tier-Rassisten zu verzeihen.

Den Vorwurf, Mensch/Tier-Rassisten zu sein, nahmen einige Gegendemonstranten dem Erzbischof übel. Sie bewarfen ihn mit Kaninchenkot. Dabei riefen sie: „Da hast du zurück, was deine Häschen bei uns im Garten gelassen haben." Die Polizei stand daneben und schaute zu. Einige grinsten wohl heimlich. Presse und Fernsehen schossen die richtigen Bilder von dem gottergebenen Erzbischof, dessen Ornat mit Kaninchenkot beschmutzt war, und den bösen Gegendemonstranten, die darüber auch noch lachten. Die Bildreporter konnten Bilder festhalten, wie zwei Nonnen sich zwischen den Erzbischof und die Werfer stellten und so mit ihren Gewändern und Händen den Erzbischof vor den Wurfgeschoßen der Gegendemonstranten schützten.

Plötzlich trat aus der Menge der Gegendemonstranten ein dicker Mann hervor, der die Schürze eines Metzgers trug. Er hob die Arme und deutete den anderen Gegendemonstranten an, dass sie sich ruhig verhalten sollten. Aus einer schmalen Ledertasche zog er ein langes Messer langsam heraus. Dann richtete er das Messer nach vorne und schritt auf die Nonnen zu. Die einige Schritte abseits stehenden Polizisten schrieen "Halt" und rannten dem Mann entgegen. Der ließ sein Messer und seine Schürze fallen und mischte sich schnell wieder unter die Gegendemonstranten.

Die Bildjournalisten filmten und fotografierten die Szene ausgiebig. Ein Journalist meinte zum anderen: „Der ‚Metzger' war sicher ein Verbindungsmann, ein agent provocateur des Geheimdienstes. Das Gesicht merke ich mir". Der Angesprochene schaute ihn verdutzt an. Er fand die Szene nur gespenstisch.

Am Abend sendeten alle Mainstream-Fernsehanstalten Sonderberichte über das Geschehen in der Hauptstadt nahezu permanent. Die Topmeldung war, dass eine gewaltbereite Gegendemonstration eine friedliche Demo des Erzbischofs mit seinen Frommen jäh unterbrochen hätte. Insbesondere wurde immer und immer wieder ein Schild der Gegendemonstranten gezeigt mit der Aufschrift ‚Schlachtet die Karnickel' und dann ein ‚Metzger', der aus der Menge der Gegendemonstranten heraustrat und mit einem langen Messer theatralisch auf zwei Nonnen und den Erzbischof zuschritt. Die Aufnahmen zeigten weiter, dass die Polizei einschreiten musste, um Gewalt abzuwenden.

Die herrschenden Politiker wurden live befragt und betonten, dass Gewalt bei Demonstrationen nicht hingenommen werden könne. Besonders verurteilte jedoch der Regierungschef den gewaltbereiten ‚Metzger' mit dem langen Messer aus der Mitte der Gegendemonstranten. Es wäre abscheulich, auch nur Gewaltbereitschaft zu demonstrieren. Er habe die Polizei und die Staatsanwaltschaft angewiesen, gegen die Rädelsführer der Gegendemonstration zu ermitteln, den gewaltbereiten Mann mit dem langen Messer festzunehmen und ihn vor den Richter zu stellen.

Die Menschen im Land waren schockiert. Das Schild mit dem Hinweis ‚Schlachtet die Karnickel' hatten sie ja noch verstanden und den Aufruf akzeptiert, doch dass dann ein ‚Metzger' aus der Menge der Gegendemonstranten heraustrat und mit langem Messer auf friedliche Demonstranten zuschritt, das schockierte sie doch sehr.

Die beiden Organisatoren der Gegendemonstration König und Schmidt besprachen das Ergebnis. Sie waren erschüttert, hatten sie doch nur zu einer friedlichen Demo aufgerufen. Wie konnte es dazu kommen, dass der Bischof mit Kot beworfen wurde? Keiner der Organisatoren hatte beobachtet, dass jemand ein Schild mitgebracht hatte mit der Aufschrift: ‚Schlachtet die Karnickel'. Sie fragten sich, wie es dazu kommen konnte, dass plötzlich ein ‚Metzger' mit einem langen Messer aus ihren Reihen trat? Auch andere Demonstrationsteilnehmer hatten nicht beobachtet, dass ein Mann in dieser Kleidung zur Demonstration erschienen war. Ein Organisator sagte zum anderen: „Ich werde mich nicht mehr für diesen Staat, für diese Gesellschaft engagieren. Meine Frau hat mich einen Narren genannt. Meine Kinder sagen, sie würden in der Schule gemieden. Dabei habe ich weder zu Gewalt aufgerufen, noch war ich gewalttätig. Wenn Menschen die Katastrophe aus der Vermehrung ihrer lieben Tierchen suchen, dann sollen sie sie haben."

Und sein Gegenüber fragte ihn: „Warum kann unser Land nicht so normal sein wie die vielen hundert Länder dieser Erde? Warum können wir mit Karnickeln nicht genauso normal umgehen wie nahezu alle anderen Länder dieser Erde? Warum gibt es bei uns diese trottelhaften sanftmütigen Besserwisser? Wenn wir auch noch aufhören, wer tut dann in diesem Land überhaupt noch etwas für uns und unsere Kinder?" Sein Gegenüber zuckte mit den Schultern.

Als der Geheimdienstkoordinator zur wöchentlichen Routinebesprechung beim Regierungschef erschien, grinste der über das ganze Gesicht. Zur Begrüßung lobte der Regierungschef seinen Beamten und fragte: „Wer hat sich denn den Gag mit den Hasenbeerchen einfallen lassen? Das Gesicht Seiner Exzellenz war not amused."

Der Beamte lachte mit: „Da sind unsere Agenten sehr einfallsreich, ein bisschen Spaß muss sein!"

Hämisch blickend meinte der Regierungschef: „Kam euch die Demo gelegen?"

„Ja sehr! Wir wussten, dass der Bischof wegen der vielen Kirchenaustritte uns bald verlassen würde, und da wollten wir ihm doch noch ein unvergessliches Andenken mitgeben", kommentierte der Geheimdienstkoordinator die Frage seines Chefs.

Der wollte weiter wissen: „Hatten Sie keine Angst, der ‚Metzger' könnte von den Gegendemonstranten festgehalten und verprügelt werden?"

„Da hatten wir vorgebaut, wir hatten viele Verbindungsleute hingeschickt, in ihrer Mitte konnte der V-Mann seine Metzger-Kleidung anziehen, und als er seine Show abgezogen hatte, wurde er von unseren Leuten aufgenommen und dann weggebracht. Außerdem hatten wir vorgesorgt, dass die Polizei eine Prügelei verhindert hätte", antwortete der Geheimdienstkoordinator und ergänzte: „Die Meinungsforscher haben herausgefunden, dass Ihre Beliebtheit bei den Wählern seit dem Fernsehbericht über die Gewalt bei der Gegendemo und Ihr Erscheinen als weißer Ritter deutlich von 35% auf 41% gestiegen ist."

Der Regierungschef schaute ihn streng an und meinte dann: „Das würde bei der Wahl nicht reichen. Bei der letzten Wahl lag meine Beliebtheit in der Bevölkerung bei fast 60%."

Der Geheimdienstkoordinator versicherte ihm: „Mit der Bemerkung wollte ich Ihnen zeigen, dass die Aktionen des Geheimdienstes durchaus wirken. Wir haben natürlich in vielen Bereichen vorgebaut und werden einige Monate vor den Wahlen die einzelnen Aktionen besonders mediengerecht inszenieren. Alle Mitarbeiter der Geheimdienste sind dafür eingesetzt, dass Sie die nächste Wahl gewinnen können."

Das war dem Regierungschef zu wenig, und er fügte hinzu: „Bedenken Sie immer, Blut ist ein besonderer Saft, wir brauchen ein Fanal."

Der Erzbischof war enttäuscht von den Politikern. Er resignierte, wenige Tage später erhielt er ein anderes wichtiges Amt. Die Kirche mischte sich nur mehr allgemein ein, wenn es um das weitere Vorgehen von Politik und Gesellschaft in der Häschen-Politik ging. Zu viele Beitragszahler hatten ihrer Kirche den Rücken gekehrt, was zu hohen Einnahmeverlusten geführt hatte.

Der Journalist Schröder, der nach dem Gegendemonstranten im Metzgergewand näher recherchierte, bekam wenige Tage später von einem ihm bekannten Geheimdienstbeamten den Hinweis, dass seine Vermutung richtig wäre und der Verbindungsmann mittlerweile mit einer hohen Abfindung an einem genannten Ort im Ausland lebe. Der Journalist, dem der Geheimdienst immer suspekter wurde, wollte eine große Story für Presse und Fernsehen machen. Er kratzte sein Geld zusammen und versuchte sein Glück. Er reiste an den Aufenthaltsort des Verbindungsmanns im Ausland.

Verbindungsmann redet

Nach vielen Sackgassen und einigen mit Geld unterlegten Gesprächen mit Kellnern in Kneipen schaffte es Schröder, den von der Tarnmittelstelle des Geheimdienstes gut präparierten untergetauchten V-Mann zu identifizieren. Er konnte sich sogar zu dem schon recht angetrunkenen Zielobjekt setzen und dessen Vertrauen gewinnen. Bald schon fühlte sich der betrunkene V-Mann in seiner Abgeschiedenheit stark und erzählte über seine grandiosen Leistungen für den Geheimdienst. In seinen vielen aktiven Jahren konnte man ihm alle auch noch so hinterlistigen Aufgaben übertragen. Da hätte er gegen gutes Honorar einem Gegner der Regierung die Zähne eingeschlagen, dort nachts die Wände mit verbotenen Parolen beschmiert, er hätte pressewirksam Häschen im Auftrag totgeschlagen, als Mitglied einer Oppositionspartei Geld mitgehen lassen, die Strategie der Partei seinen Auftraggebern verraten, mit anderen Verbindungsmännern zusammen den Wahlkampf der

Oppositionspartei auf Verlust von Wählerstimmen getrimmt, bei einer Demo mit anderen ein Polizeiauto umgeworfen und jetzt eben bei der Gegendemo zur erzbischöflichen Lichterprozession den gewaltbereiten ‚Metzger' gespielt. Da sein V-Mann-Führer herausbekommen hätte, dass die irrlichternde Staatsanwaltschaft hinter ihm her war, hätte man ihn getarnt und im Ausland versteckt, damit die Staatsanwaltschaft keinen Zugriff auf ihn hätte.

Er hätte schon ein langes Strafregister gehabt, bevor er vom Geheimdienst angeheuert wurde. Man habe ihn damals wegen einer Vergewaltigung erpresst. Aber jetzt wäre das gar kein Problem mehr. Jetzt könnte er die Sau auch richtig rauslassen, könnte sicher sein vor Strafverfolgung, da der Staat, wie sein V-Mann-Führer immer wieder betonte, sich nicht selbst anzeige, und er bekäme für die tatkräftige Ausführung seiner Aufträge sogar monatlich ein gutes Gehalt und einen vollen Spesenersatz. Auch hier tränke er täglich auf das Wohl des Geheimdienstes und seines Auftraggebers, der Regierung von Menistan, die ihm aus Dankbarkeit für seine Verbrechen den angenehmen Aufenthalt hier finanzierten. Er könne sich gar nicht mehr vorstellen, dass er als Hugo Schlechter wieder ein Leben in seiner alten Heimat führen könne. Mit den vielen Geldscheinen aus Menistan schmeckten der Wein und die Liebe hier besonders gut.

Der Journalist hatte viel erwartet, doch das, was er hier hörte, versetzte ihn in einen Goldrausch. Das müsste eine tolle Story werden. Den Bürgern in Menistan könnte er vor Augen führen, mit welchen Machenschaften die führenden Politiker die Menschen im Geheimen in die Irre führten, mit Staatsterror, der den Oppositionellen in die Schuhe geschoben würde, auf Wählerfang gingen und ihre Macht mit Lug und Trug im Geheimen zementierten. Presse, Rundfunk und Fernsehen würden ihm seine Story aus den Händen reißen, und die Geldsorgen wären für einige Jahre verflogen.

Wieder in Menistan, recherchierte der Journalist in Zeitungsarchiven und im Internet. Bald sah er überall die Hand, die aus dem Finstern kam, das Ohr, das alles mithörte, das Auge, das hinter der dunklen Brille alles mitverfolgte, den Mund, der nur im Auftrag der Regierenden Falschheiten sprach und die geheime Waffe, mit der viele Verbrechen geschehen waren.

Wozu gab es so viele Geheimdienstbeamte? Warum beschäftigten die Regierenden so viele Verbindungsleute, die offenbar die oft blutige Drecksarbeit für die Geheimdienste und damit für die Regierung erledigten? Was war der Auftrag an diese Leute?

Am Abend gingen der Journalist Schröder und sein Freund, der Geheimdienstbeamte Lauscher, zum Sport und anschließend in eine Kneipe auf ein Glas Bier. Dort fragte der Journalist seinen Freund, ob es richtig wäre, dass ein Geheimdienstmitarbeiter eingesetzt würde, um zirka 2000 Bürger zu überwachen. Der Beamte machte ihn darauf aufmerksam, dass es eine interne Vereinbarung gäbe, nicht über Geheimdienste zu sprechen. Er hätte unterschrieben, dass er mit keinem, nicht mal mit seiner Frau, über Geheimdienstangelegenheiten spreche.

Als die beiden dann noch ein Stück gemeinsam nach Hause gingen, meinte der Beamte, er verstehe auch nicht, warum man die Menschen in diesem Ausmaß überwache und provoziere. Aber die Regierung hätte angeordnet, dass jede Opposition, sei es eine oppositionelle Partei oder eine außerparlamentarische Opposition, unterbunden werden müsse. Dies wäre eine schwierige und personalaufwendige Angelegenheit, insbesondere in so unruhigen Zeiten.

Er, der Journalist, könne sich ja selbst einmal überlegen, welche Maßnahmen hier notwendig wären, um diesen Auftrag erfüllen zu können: „Gehe bei deinen Überlegungen davon aus, dass dir als Chef des Geheimdienstes beliebig viel Geld aus der Staatskasse zur Verfügung steht und dass du exzellent ausgebildete Mitarbeiter in den Geheimdiensten hast. Du überwachst alle Menschen im Land und kennst ihre Schwächen und Stärken. Du kannst für deine Ziele die gut ausgewählten Personen bestechen oder erpressen und du kannst jeden Verbrecher sogar aus den Gefängnissen holen und mit dem Versprechen der Haftverkürzung und insbesondere mit Geld für deine Dienste einsetzen. All die Schweinereien, die dir einfallen, werden auch eingesetzt, um den Auftrag zu erfüllen. Du als Geheimdienstchef brauchst keine Angst vor Strafverfolgung zu haben und du kannst dies auch deinen Mitarbeitern versprechen, da der Staat sich nicht selbst anklagt. Für die herrschenden Politiker zählen der Machterhalt und Machtausbau deutlich mehr als das Leben der Häschen oder die Sicherheit der Menschen."

Der Journalist saß abends mit seiner Frau zusammen und erzählte ihr von dem Gespräch mit seinem Freund. Nach kurzer Diskussion hatten sich die beiden eine ganze Liste von Maßnahmen ausgedacht, die einsetzbar wären, um jede Opposition im Land zu zerstören. Sie nannten die Liste ‚Tod der Opposition':
- Bespitzelung der oppositionellen Gruppen und Parteien, um zu wissen, was diese vorhaben.
- Besetzung wichtiger Posten der gegnerischen Opposition durch geschickte, gut trainierte Verbindungsleute, die mit viel Geld vom Staat die Posten ‚erkaufen' können.
- Mit Hilfe von V-Leuten und Geld vom Staat Gründung einer eigenen Partei mit oppositionellen Themen, die man damit selbst beherrschen kann und die bei Wahlen gegnerischen Parteien Stimmen wegnimmt, um sie alle an der Fünfprozent-Klausel scheitern zu lassen.
- Gewalt bei Demonstrationen, ausgelöst in der Regel durch verdeckte kriminelle Verbindungsleute wie den Provokateur mit dem langen Metzgermesser, der nun im Ausland lebt.
- Bedrohen, Schlagen, Terrorisieren von wichtigen Personen der Opposition.

Beim Schlafengehen erfuhr der Journalist von seiner Frau, dass sie zum 50. Geburtstag der Frau des Geheimdienstbeamten eingeladen sei, und sie einigten sich darauf, dass sie beide zur Feier erscheinen würden.

Der Journalist würdigte in einer kurzen Laudatio die Jubilarin und wies darauf hin, dass sie in zehn Jahren schon Gattin eines Ruheständlers mit guter Pension sein werde. Beim anschließenden Gespräch betonte die Gattin des Geheimdienstbeamten, dass ihr Mann eine lukrative Beförderung bekommen habe, da ihm mehr Personalverantwortung übertragen worden wäre. Wegen der vielen Häschen hätte die außerparlamentarische Opposition starken Zulauf. Diese Gruppierungen müssten durch den Einsatz von V-Leuten schnellstmöglich wieder aufgelöst werden. In ungezwungener Atmosphäre zog der Journalist seine Liste ‚Tod der Opposition' heraus, und der Beamte bestätigte, dass diese Maßnahmen zum Einsatz kämen. In einem Gewinnspiel wurden weitere Möglichkeiten ermittelt:
- Leitfiguren der Opposition können eingeschüchtert und erpresst werden.
- Wenn die Beträge hoch genug sind, lassen sich auch Oppositionelle bestechen.
- Gut ausgebildete V-Leute können in Demos eingeschleust werden, die sich als Interviewpartner für Journalisten anbieten und dann nur stammeln, nichts wissen, eben auf trottelhaft machen, um die gegnerische Opposition so in ein schlechtes Licht zu rücken.
- Auf Demonstrationen der gegnerischen Opposition kann mit starken Gegendemonstrationen reagiert werden, wobei auch gewaltbereite Personen herangeführt werden.
- Verdeckte Gewalt, auch Tötungsgewalt gegen Unbeteiligte, insbesondere regierungsfreundliche Menschen oder sanftmütige Tiere kann einsetzt werden; vor dem Attentat wird alles im Geheimen so vorbereitet, dass anschließend die Schuld am Tod der unbeteiligten Menschen der Opposition zugeschoben werden kann. Mit dem Fa-

nal werden alle stigmatisiert, die mit Regierungsgegnern sympathisieren.
- Ehrungen und Preise können an Journalisten verliehen werden, die mit den Geheimdiensten besonders gut zusammenarbeiten.
- Verbindungsleute können als Journalisten in Verlagen und Sendeanstalten einsetzt werden, die die Medien einerseits ausspionieren, und andererseits durch ‚angeworbene' teuere regierungsfreundliche Inserate auf sich aufmerksam machen, um auf Artikel bzw. Sendungen Einfluss zu nehmen oder kritische Journalisten aus dem Verlag bzw. der Sendeanstalt drängen zu können.
- Parteiinternen Verlagen und besonders regierungsfreundlichen Verlagen, Rundfunk- und Fernsehanstalten werden besonders interessante Hinweise gegeben, wenn beispielsweise Gewaltereignisse oder Brände bevorstehen.

Den Punkt ‚verdeckte Gewalt gegen unbeteiligte regierungsfreundliche Menschen oder sanftmütige Häschen' in der Liste fand die Frau des Journalisten besonders verwerflich. Der Geheimdienstbeamte lachte und stellte dann mit ernster Miene fest: „Staatsterror gegen Unbeteiligte, Verdächtigung von Unschuldigen, Beweismittelfälschung vor Gericht gehören seit alters her zu den gängigen Methoden der Geheimdienstagenten, um ihre Auftraggeber vor Gegnern zu schützen. Diese Königsklasse von Maßnahmen wird weltweit häufig praktiziert und hat für aufstrebende oppositionelle Kräfte vernichtende Wirkung."

Da sich die außerparlamentarische Opposition mittlerweile stark fühlte, kam es wöchentlich zu Demonstrationen in verschiedenen Städten des Landes. Der Journalist beobachtete intensiv, mit welchen Maßnahmen aus der Liste ‚Tod der Opposition' die Geheimdienste reagierten. Dabei merkte er sehr bald, dass es eine gute Koordination und Kooperation zwischen den Journalisten der großen regierungstreuen Verlage sowie Bildreportern der Fernsehanstalten und der Geheimdienste gab, um ein möglichst zerstörerisches Bild von der außerparlamentarischen

Opposition über die Medien an die Leser bzw. Zuschauer übermitteln zu können.

Aus seinen gesammelten Erkenntnissen erstellte der Journalist einen Bericht und ein Video. Natürlich sparte er seine Kenntnisse über das Zusammenwirken der Mainstram-Medien mit den Geheimdiensten aus, da er darauf angewiesen war, dass genau diese Medien seine Beiträge druckten bzw. als Sendungen ausstrahlten. Er versuchte nur herauszuarbeiten, welche Maßnahmen die Geheimdienste verdeckt vornahmen, um der außerparlamentarischen Opposition zu schaden. Zusätzlich erstellte er einen Flyer, mit dem er an verschiedene Verlage herantrat, um sein Vorhaben zu präsentieren.

Dort zeigte man sich wenig geneigt, das Projekt zu unterstützen. Bei einigen Verlagen blitzte er sogar mit dem Hinweis ab, er sei ein Spinner, habe Verfolgungswahn, leide an Realitätsverlust oder hänge Verschwörungstheorien nach. Dort erlaubte er sich dann schon den Hinweis, dass die Formel, ‚jemand verfolge Verschwörungstheorien' das Totschlagargument der Regierenden sei, um Geheimdienstaktionen nicht aufklären zu müssen.

Die Verleger oder Programmverantwortlichen der Sendeanstalten zuckten nur mit den Schultern, als der Journalist sie fragte, ob die Politiker keinen Anreiz hätten, diese Armada von gut ausgebildeten Beamten und Verbindungsleuten zur Erhaltung ihrer Machtbasis und damit zur Bekämpfung jeder sich entwickelnden außerparlamentarischen Opposition einzusetzen. Es wurde für ihn offensichtlich, dass die Verlage und Sendeanstalten Teil dieses politischen Systems waren, gut dabei verdienten und sich keine Änderung wünschten.

Der Journalist brauchte Geld. Er wollte natürlich bei einem auflagenstarken Blatt seine Story unterbringen und dafür dann richtig Geld kassieren. Wegen der drohenden Pleite wandte er sich an ein eher oppositionelles Magazin, das dann seine Geschichte verkürzt abdruckte und dafür ein Honorar zahlte, das ihm ein Weiterkommen sicherte.

Nachdem die Geschichte publiziert war und gut bei den Lesern ankam, meinten einige Macher der Mainstream-Medien, auch ihre Verlage bzw. Sender sollten das Thema aufgreifen. So konnten sie den Sachverhalt in ihrem Sinne selbst gestalten, die Leser bzw. Zuschauer mit neuen Rätseln und unbestätigten Recherchen vollpumpen und ihnen vor Augen führen, dass der außerparlamentarischen Opposition nahestehende Magazine Verschwörungstheorien nachhingen. Sie hatten damit zwei Fliegen mit einer Klappe geschlagen, zum einen hatten sie das Thema auch aufgegriffen und konnten damit eigene Leser, die der Opposition zuneigten, im Abo halten und andererseits der gegnerischen Presse, deren Auflage stieg, ein negatives Image anheften.

Der Journalist Schröder entschloss sich, ein Buch zu schreiben.

Invasion

Der Krisenstab der Regierung hatte vermeldet, dass jetzt im Sommer die Zahl der nachwachsenden Häschen einen absoluten Rekord erreicht habe. Doch die Regierung blieb untätig. Da wachten die Menschen in der Kleinstadt Hoyfeld sehr früh am Morgen auf, weil die Sirene heulte. Die Leute liefen auf die Straße und sahen, dass überall Häschen umherhoppelten. Die Feuerwehr war zum nahen Zaun des staatlichen Häschengeheges ausgerückt und gerade dabei, dort ein großes Loch zu verschließen.

Wie die Feuerwehrleute anschließend berichteten, waren in die zwei hintereinander liegenden Zäune geradezu fachmännisch große Löcher hineingeschnitten worden. Tausende der irritierten Tiere hüpften wild umher, von den Menschen getrieben, die ihr Eigentum verteidigen wollten. In einem entlegenen leerstehenden Aussiedlerhof sammelten sich viele Tiere. Dort war Tierfutter gelagert. Die Menschen der Stadt waren wütend und schimpften lautstark am Marktplatz der Stadt. Die Polizei sah, dass sich hier Ungemach zusammenbraute und bat bei der überregionalen Gehegeverwaltung, die Tiere einfangen und sie wieder in das Gehege zurückbringen zu dürfen. Das lehnte die Verwaltung ab.

Die Bürger wandten sich an den Bürgermeister und die örtlich zuständigen Abgeordneten der Parteien. Der Bürgermeister versprach zwar, alles Menschenmögliche zu tun, um die sanftmütigen Tiere wieder in ihre Gehege zu bringen, aber er machte deutlich, dass er erst mit den Verantwortlichen von der Regierung sprechen müsse. Die Abgeordneten waren im Moment nicht zu sprechen. So staute sich die Wut der Bürger auf. Ein mittlerweile angereister Bildreporter des Fernsehens fragte einen besonders laut schreienden Demonstranten in häschenfeindlicher Kluft, was er denn erreichen wolle. Der Mann, der bisher so laut schrie, sagte in die Kamera nur: „Äää, äää". Dann drehte er dem Bildreporter noch eine lange Nase und verzog das Gesicht. Diese Reaktion war dem Bildreporter so wichtig, dass er sie eiligst zur Sendeanstalt schickte, wo sie als Beispiel für die dumpfen Häschengegner ausgestrahlt wurde.

Am Abend merkten die Einwohner der Stadt, dass sich die Häschen auf Nahrungssuche begaben und geradezu aggressiv überall einzudringen versuchten. Die Menschen bildeten eine örtliche Wache, die die Kaninchen zumindest aus der Stadt vertrieb. Die Polizei konnte gegen die Tiere nichts unternehmen, da ihr das offiziell untersagt war.

Am dritten Tage nach der Invasion war es dann soweit, dass die Bürger ihrem Unmut freien Lauf ließen. Mittlerweile waren viele Demonstranten, leicht als Häschengegner zu erkennen, auch aus anderen Städten angereist. Gegen Abend, kurz bevor die Häschen wieder auf Beutesuche gingen, zogen die Menschen zu dem Aussiedlerhof. Die Häschen waren erschrocken und zogen sich in die Gebäude zurück. Viele Journalisten und Bildreporter waren auch anwesend. Sie filmten und fotografierten die Szene. Als es dunkel wurde, zündeten Burschen einige Fackeln an. Plötzlich wurden Fackeln gegen die Gebäude geschleudert, und diese gingen in Flammen auf. Brennende Häschen rannten heraus und Menschen johlten. Die Polizei stand daneben und schaute zu. Als große Teile abgebrannt waren, kam die Feuerwehr und löschte den Brand.

Mit dem Ausbruch des Feuers schaltete das Fernsehen eine direkte Leitung nach Hoyfeld. Jetzt konnten die Fernsehzuschauer die gruselige und spektakuläre Szene live erleben. Die Reporter beschimpften dabei die Einwohner von Hoyfeld als Häschenfeinde, als Häschenvernichter und sprachen von Unmenschlichkeit, mit der hier gegen die sanftmütigen Tiere vorgegangen wurde. Politiker kamen zu Wort, und sie verurteilten das brutale Vorgehen der Bürger gegen die Häschen. Natürlich fiel kein Wort darüber, dass die Tiere in die Stadt eingefallen waren, jede Gelegenheit nutzten, um in Parks und Gärten einzudringen, ja selbst in die Supermärkte, und dort alles Fressbare anknabberten, den Menschen Angst machten und große Schäden verursachten.

Als die Menschen von Hoyfeld wieder in ihre Wohnungen zurückgekehrt waren und dort über die Fernsehgeräte erfuhren, was die Bildreporter und ihre Fernsehanstalten aus der Geschichte gemacht hatten, waren sie sehr erschrocken, da sie vor Ort dies ganz anders erlebt hatten. Die Reporter hatten der ganzen Stadt und speziell ihren Bürgern ein Kainsmal aufgedrückt und die Bevölkerung des ganzen Landes dazu aufgefordert, die Stadt und die Bürger mit Verachtung zu strafen. Aus den Kommentaren der Zeitungen spürte man förmlich, wie die Journalisten die Bürger von Hoyfeld bespuckten.

Ein V-Mann-Führer rechnete mit seinen drei V-Leuten den Großeinsatz von Hoyfeld ab. Er betonte, dass der Einsatz der anderen sechzehn

V-Leute von ihren eigenen Betreuern abgerechnet werde. Die Verbindungsmänner waren mit der Entlohnung unzufrieden. Sie betonten, dass der Einsatz sehr aufwendig gewesen sei. Man habe mit Nachtsichtgeräten arbeiten müssen, um mit Erfolg die großen Löcher in die Gehege schneiden zu können. Dabei hätten zehn V-Männer die Sicherung des Einsatzes übernommen. Sie konnten sich auch nicht richtig verstellen, als sie zum Einödhof marschiert waren und dort mit Fackeln den Hof anzündeten. Sie müssten davon ausgehen, enttarnt zu werden, da viele Fernsehsender Bilder von ihnen als Häschengegner gesendet hatten. Der V-Mann-Führer war bereit, ihnen Sonderprämien zu zahlen, da im Ergebnis zufriedenstellend die Bürger von Hoyfeld stigmatisiert und alle Oppositionellen im Land ruhiggestellt worden waren.

Am Ende wollte der Beamte noch von seinen guten Leuten wissen, ob sie den Mann kannten, der in die Kamera ‚ÄÄÄ' sagte und dem Bildreporter eine lange Nase gezeigt hatte. Der Schauspieler sei wohl von der Fernsehanstalt angeheuert worden, meinten die Verbindungsleute.

Polizeigewerkschaft

Der Chef der Polizeigewerkschaft besuchte den Regierungschef und klagte über das Leid seiner Mitglieder: „Da gab es beispielsweise einen stark angetrunkenen Gastarbeiter, der in einer Kneipe randalierte. Zwei Polizisten kamen und wollten ihn festnehmen. Schon als die Polizisten erschienen, standen vier Jugendliche auf, zogen ihre Smartphones und begannen den Vorgang zu filmen. Der Betrunkene schlug um sich, und nur mit hartem Einsatz konnten die Schutzleute ihm Handschellen anlegen. Jetzt bespuckte er die Einsatzkräfte. Die sanftmütigen Polizisten schoben den Mann mit sanfter Gewalt in ihr Auto, ständig begleitet von den vier Jugendlichen, die den Vorgang filmten. Die sanftmütigen Männer brachten den Randalierer in eine Ausnüchterungszelle. Sie erstatteten Strafanzeige. Da der Mann einen festen Wohnsitz hatte und zum Tatzeitpunkt betrunken war, hat die sanftmütige Richterin den brutalen Randalierer am nächsten Morgen wieder freigelassen.

Wären die sanftmütigen Polizisten gegen den Spucker tätlich vorgegangen, wären die Videos der jungen Leute bei den Fernsehanstalten Tausende Taler wert. Dort könnten mit solchen Videos und einem Interview mit dem Ersteller des Videos die Sendezeiten gefüllt werden, und viele Zuschauer ergötzten sich an solchen Szenen. Die Polizisten wären wohl als Schläger wegen Körperverletzung im Amt zu Gefängnisstrafen verurteilt worden und hätten ihren Beamtenstatus verloren. Wie kann man hier den sanftmütigen Polizisten helfen? Bald werden sie nicht mehr in Schlägerkneipen gehen." Der einzige Kommentar des Regierungschefs war: „Bald werden die Mäuse auf dem Tisch tanzen."

Auch das zweite Beispiel des Gewerkschafters erregte den Regierungschef kaum: „In einigen Gegenden des Landes wurden Löcher in die Gehege geschnitten, und Schweine sind in großer Zahl geflohen. Eine junge Mutter schob ihren Kinderwagen vom Einkaufen nach Hause, da kam eine Sau auf sie zugerannt und warf den Kinderwagen um. Eine andere Sau suchte gleich die Lebensmittel, die die Frau auf dem Kinderwagen nach Hause transportieren wollte. Die junge Mutter stürzte sich auf ihr Kind, um es zu schützen. Arbeiter liefen herbei und vertrieben die Schweine mit ihren Schaufeln. Auch hier stand ein junger Mann daneben, half der Mutter nicht, machte aber ein Video von dem Vorgang. Die Mutter war aber nicht irgendeine Mutter, sondern die Tochter des Polizeichefs. Der ließ sich sofort mit dem Dienstwagen zu seiner Tochter bringen."

Opposition im Parlament

Trotz der immer drängenderen Problematik, gegen die Häschen-Schwemme vorzugehen, hatten die Geheimdienste es nach einigen Wochen geschafft, mit Unterstützung der Medien und der Raffer die außerparlamentarische Opposition so stark zu spalten, zu diskreditieren, als dumm und gewaltbereit hinzustellen, dass die Unterstützung bei den Bürgern zurückging und damit die außerparlamentarische Opposition erlahmte. Die Menschen, die mit viel Engagement für eine bessere Zukunft ihres Landes bereit waren mit friedlichen Mitteln zu kämpfen, fühlten sich plötzlich alleine gelassen. Und sie fragten sich, für wen soll ich mich einsetzen, wenn die Leute lieber den Kopf in den Sand stecken.

Die außerparlamentarische Opposition bestand zwar unterschwellig fort, und den Bürgern wurde längst klar, dass es so nicht weitergehen konnte, aber die regierenden Politiker mit ihren Zigtausenden Geheimdienstmitarbeitern in Verbindung mit den Medien konnten verhindern, dass sich eine breite Oppositionsbasis im Volk etablierte, aus der politisch fähige Leute hervorgehen konnten, die eine Alternative zu den herrschenden Politikern darstellen hätten können. So fand sich keine Gruppe, die stark genug war, die Regierung und die sie tragenden Parteien im Parlament abzulösen. Das gesamte Parlament hielt in einer Schicksalsgemeinschaft zusammen. Raffer, Kirchen, Presse, Film, Hörfunk und Fernsehen fühlten sich von dieser Konstellation gut bedient und wollten an der Politik des Staates nichts ändern. So trieb das Staatsschiff auf immer stärkere Strudel zu.

Da die Ausgaben für die Unterbringung und Betreuung der sanftmütigen Tiere in den Gehegen und die Kosten für die Schäden bei den Bauern und Gartenbesitzern die Haushaltsansätze der Gemeinden und des Staates zu überschreiten drohten, entschloss sich das Parlament, durch Neuverschuldung die Voraussetzung für die Weiterführung des Lebensrechts der sanftmütigen Tiere zu schaffen. Dabei kam es zu heftigen Diskussionen im Parlament. Immer mehr Abgeordnete erhoben Einwände gegen die Haltung der Regierung. Raffer und die anderen Profiteure, die Gewerkschaften und Nichtregierungsorganisationen, Presse, Rundfunk und Fernsehen verurteilten die Haltung dieser Abweichler.

Der Abgeordnete Denker sprach sich dafür aus, den Kindern des Landes keine weiteren Schulden mehr aufzubürden, nur um die sich stark vermehrenden ‚Nager' in Gehegen unterzubringen und zu füttern. Er forderte, wieder den Regeln der Natur zu folgen, nach der alle Lebewesen primär für ihr eigenes Fortkommen und Wohl zu sorgen hätten. Nur bei Naturkatastrophen sollten zeitlich begrenzt unterstützende Maßnahmen eingesetzt werden. Die Tiere hätten über Jahrmillionen in gegenseitiger Harmonie miteinander zusammengelebt. Der staatlich angeordnete Schutz, die medizinische Betreuung und das Füttern verstärkten nur die ausfernde Vermehrung der aggressiven Tiere. Er nannte sie eine Plage.

Die Tierlebensschützer hielten den Atem an. So etwas konnte doch nicht in einem Parlament ausgesprochen werden. Die Medien erhoben ihre Moralfinger und sprachen von ‚Killer', die sich im Land mehr und mehr breitmachten. Der Abgeordnete Denker bestand jedoch darauf, die Meinung wiederzugeben, die seine Wähler in seinem Wahlkreis ihm unmissverständlich kundtaten. Dieser demokratische Prozess interessierte aber die anderen Abgeordneten nicht. Sie beriefen sich darauf, dass sie vor zwei Jahren gewählt worden waren und jetzt im Parlament die Entscheidungen nach ihrem eigenen Gewissen trafen.

Sie stimmten mit Herrn Denker überein, dass sich die Stimmung der Bürger im Land geändert habe. Sie schlossen aber daraus, dass sie insbesondere deshalb alles tun müssten, um die launischen Bürger auf Linie zu bringen. Im Parlament müsse deshalb dafür gesorgt werden, dass keine abweichenden Meinungen geäußert würden. Sie hätten jetzt fünf Jahre lang für das Lebensrecht der sanftmütigen Tiere gekämpft und würden völlig unglaubwürdig, wenn sie jetzt eine andere Haltung einnähmen. Umfaller würden nicht mehr gewählt werden, und sie wollten doch in zwei Jahren wieder ins Parlament einziehen, ihre Macht ausüben und ihre Diäten einstreichen.

Der Fraktionsvorsitzende bat deshalb den Abgeordneten Denker beim Mittagstisch, seinen Widerstand gegen die Erhöhung der Staatsschulden zur Finanzierung der zusätzlichen Häschen-Projekte aufzugeben. Selbst als der Fraktionskollege Herrn Denker ernste Maßnahmen androhte, bestand Denker auf seiner Haltung. Das führte dazu, dass der Abgeordnete Denker im Haushaltsausschuss ausgewechselt wurde und man ihn mit einem Redeverbot belegte. Das Redeverbot konnte der Abgeordnete jedoch rückgängig machen, da ihm dies die Verfassung garantierte.

Der Abgeordnete Spitzer von einer anderen Fraktion, der nicht nur die Verteidigung des Lebensrechts der sanftmütigen Tiere beenden wollte, sondern sich auch stark dafür interessierte, welche kriminellen Aktionen der Geheimdienst unternahm, musste mit wesentlich härteren Zugriffen richtig mundtot gemacht werden.

Die Geheimdienste, die natürlich über jeden Abgeordneten ein Dossier führten, mussten nur einmal genauer recherchieren, um bei den Abweichlern im Parlament Schwächen zu finden. Niemand ist perfekt. Und so stellten sie im Auftrag des Regierungschefs für alle Abweichler suspekte Details in ihrer Lebensführung, zu ihren Sex-Praktiken, Geschäftsbeziehungen usw. zusammen.

Im Koordinierungsbüro der Geheimdienste beim Regierungschef wurden dann die Details zu den einzelnen Abweichlern näher untersucht, und man entschloss sich, an dem stark in der Öffentlichkeit stehenden, von der Regierungshaltung abweichenden Parlamentarier Spitzer ein Exempel zu statuieren und anderen anzudeuten, dass ihnen Ähnliches passieren könne.

Der auserwählte Abweichler im Parlament war unverheiratet, engagierte sich als Ersatz für Familie sehr stark für seine Partei, hatte aber einen Hang zur sexuellen Übersteigerung, die ihm jetzt zum Verhängnis werden sollte. Natürlich wussten die Geheimdienste seit Jahren von dieser perversen Praxis, aber niemand wäre auf die Idee gekommen, das für seine Partei so wichtige Parteimitglied ernsthaft in Verlegenheit zu bringen. Jetzt, da er die Machenschaften der Geheimdienste näher untersuchen wollte, wurden ihm seine sexuellen Praktiken zum Verhängnis.

Seine Vorliebe zur sexuellen Übersteigerung wurde in den Gängen des Parlaments von Mann zu Frau, von Frau zu Mann flüsternd weitergegeben. Bald wussten die Medien davon, und die hatten wieder einen Aufmacher, mit dem sie die Bevölkerung schockieren und ihre Einnahmen steigern konnten. Das Thema wurde in aller Öffentlichkeit breitgetreten, der Abgeordnete Spitzer legte sein Amt nieder und zog sich aus der Regierungshauptstadt zurück. Seine Partei distanzierte sich von ihm und konnte sich so von dem Makel, einen Sexisten in ihren Reihen zu haben, reinwaschen.

Der beim Geheimdienst beschäftigte Lauscher hatte es seinem Freund, dem Journalisten Schröder, gegenüber auf den Punkt gebracht: „Jetzt verstehst du, dass meine Arbeit auch Spaß machen kann. Du siehst, welche Macht wir über alle Bürger und sogar über die Abgeordneten und die Regierungsmitglieder haben. Wenn wir wollen, stolpert oder stürzt jeder Abgeordnete, jede Regierung. Jetzt verstehst du vielleicht, was der vorherige Geheimdienstkoordinator sagte: ‚Geheimnisse dürfen nicht publik werden, da sie die Regierung aushebeln könnten.' Wir haben von allen wichtigen Persönlichkeiten des Landes Dossiers, insbesondere von allen Regierungsmitgliedern und allen Abgeordneten. Die Ordner werden dreifach versiegelt aufbewahrt, so brisant sind sie. Natürlich haben wir auch Aufzeichnungen von allen Journalisten, also auch von dir. Wir wissen, mit wem und wie häufig du kommunizierst, auch was du kommunizierst, im Inland und im Ausland. Wir arbeiten mit ausländischen Geheimdiensten zusammen. Wir kennen dich in vielen Bereichen besser als du dich kennst, da wir von deinen Kommunikationspartnern und Freunden Informationen haben, die du nicht hast.'

„Und Lauscher fuhr nach einer Denkpause fort: „Die Beamten und V-Leute des Geheimdienstes arbeiten nur im Auftrag des Regierungschefs und der Minister. In den Akten des Geheimdienstes sind auch die Anweisungen der Minister und Präsidenten verzeichnet, die zwar allgemein abgefasst sind, aber oft nur mit Staatsterror, Mord, Beweismittelfälschung, Eingriff in Persönlichkeitsrechte, Verleumdung und dergleichen umgesetzt werden können. Da die regierenden Politiker diese im Geheimen begangenen Verbrechen genau kennen und die Verbrecher nicht zur Anklage bringen, sind sie als Auftraggeber nicht besser als die geheimen Täter. Man sagt, Politik sei ein schmutziges Geschäft. Wenn die Bürger in unsere Akten schauen könnten, wüssten sie, dass es nicht nur schmutzig, sondern insbesondere hinterhältig, verleumderisch, auch zerstörerisch und sehr blutig zugeht. James Bond tötet im Film im Auftrag Ihrer Majestät für die vermeintlich gute Sache, bei uns wird zur Machterhaltung der führenden Politiker getötet."

Die Diskussion über Sexismus hatte natürlich auch anderen geschadet, insbesondere Parteien mit einem Hang zur sexuellen Übersteigerung, die viele Jahre lang eine gesetzliche Regelung angestrebt hatten, dass richtig leiblicher Sex mit Minderjährigen nicht strafrechtlich verfolgt werden dürfe. Auch die Kirche geriet in ein schiefes Licht, weil sie über Jahrzehnte Priester und Ordensleute gedeckt hatte, die sich an Kindern, die ihnen als Lehrer oder Seelsorger anvertraut waren, vergriffen hatten. Die Kirchenfürsten hatten alles getan, um zu vermeiden, dass dies publik wurde. Das Lebensrecht der Häschen war den Vertretern der Kirche und den Abgeordneten einiger Parteien viel wichtiger als das Leben, die sexuell ungestörte Entwicklung und die Würde der Kinder sowie jungen Frauen des Landes.

Mütter im Griff

Mit großen Werbefeldzügen wurde den Müttern schmackhaft gemacht, ihre Kinder in Krippen zu bringen, damit ihre Arbeitskraft für die Mammutaufgabe, das Lebensrecht der sanftmütigen Tiere zu erhalten, eingesetzt werden konnte. Damit erreichten die Regierung und die Raffer zusätzlich, dass die Löhne der Männer immer weiter abgesenkt werden konnten. Der Egoismus in der Gesellschaft nahm ständig zu. Der Sinn für Familie, insbesondere für Familien mit Kindern, verlor an Bedeutung. Die Frauen erwarben nach ihrer Ausbildung eigenes Einkommen und wollten auch in ihrer Familie ein unabhängiges Einkommen haben. Da der Staat die Erziehungsleistung der Eltern nicht honorierte, nur die täglich kurze Erziehungsleistung von fremden Personen, von Erzieherinnen, sahen sich die Mütter veranlasst, eine bezahlte Arbeit zu suchen und die Doppelbelastung im Job und in der Familie auf sich zu nehmen. Wenn die Mütter fremde Kinder als Erzieherin einige Stunden am Tag betreuten, bekamen sie dafür Tariflohn, wenn sie eigene Kinder den ganzen Tag erzogen, bekamen sie dafür nichts.

Die Mütter mussten auch für ihr Alter vorsorgen, da sie zwar die Kinder in die Welt setzten und erzogen, die als Erwachsene die Renten finanzieren mussten, aber die Mütter sollten nur ein Almosen für ihre Erziehungsleistung erhalten. Das Geld verschenkten die herrschenden Parteien lieber an das Ausland oder gaben es für die Betreuung von sanftmütigen Tieren aus.

Durch den Einsatz von staatlichen Erzieherinnen in Horten wurden die Kinder nach den Wünschen der herrschenden Politikerklasse einheitlich und konform erzogen. Bei Erzieherinnen konnte die Erziehungsleistung einerseits und die Verdienste der Mütter in Betrieben andererseits versteuert werden, was die Einnahmen des Staates deutlich steigerte. Ob die Kinder zu freien mündigen Staatsbürgern mit gefestigtem Sozialbezug erzogen wurden und die Menschen in ihrem Staat glücklich lebten, war der Regierung und den Parteien gleichgültig. Sie sahen sich geschützt durch ihre Geheimdienste, durch die Raffer und durch ihre auf Gegenseitigkeit beruhende enge Verbindung zu den Mainstream-Medien.

Sie alle wussten, nur eine Revolution könnte sie aus ihren Positionen vertreiben. Doch dazu waren die Menschen zu alt, und das Heer der Heiligen hatte sie mit ihren Moralkeulen hinreichend stigmatisiert.

Außerparlamentarische Opposition (APO) lädt zu einem Symposium ein

Die APO hatte einen großen Saal angemietet und lud die Bürger unter dem Motto ‚Kinder oder Häschen' zu einer politischen Veranstaltung ein. Mehr als 1000 Bürger waren gekommen, viele hatten nur auf Notsitzen Platz gefunden.

Der Moderator der Veranstaltung ging davon aus, dass Geheimdienstbeamte und Verbindungsleute anwesend wären. Er bat sie dringend, nicht wie beim letzten Mal die Veranstaltung provozierend zu stören, sondern mit der außerparlamentarischen Opposition für ein besseres Menistan einzutreten. Auch die vielen Vertreter von Zeitungen und Fernsehsendern ersuchte er um ihre Unterstützung, da gerade die Journalisten und Bildreporter wesentlich dazu beitragen könnten, dass wieder Lebensfreude, Zuversicht, Sicherheit und Frieden bei den Bürgern von Menistan einkehre. Er lud alle Anwesenden ein, nach den Vorträgen ihre Haltung kundzutun, aber insbesondere im Internet in die schon laufenden Diskussionen einzusteigen, wie die Zukunft von Menistan gestaltet werden sollte.

Der Hauptredner des Abends war ein Bevölkerungswissenschaftler. Der skizzierte die aktuelle Bevölkerungsstruktur und betonte, dass der

Mangel an Kindern für das Menistaner Volk katastrophal sei. Er zeigte an Schautafeln, dass die Altersarmut sowie die Armut von schlecht ausgebildeten Bürgern drastisch steigen würden. Der geringe Nachwuchs würde dazu führen, dass das Volk sich in wenigen Jahren auflösen werde.

Ganz anders sehe das bei den sanftmütigen Tieren aus. Die vermehrten sich triebhaft schnell. Der Drang einiger Menistaner, andere auszubeuten einerseits sowie die Barmherzigkeitsausbrüche und das Helfer-Syndrom von gutmütigen Menschen andererseits, hätten zu den wissenschaftlich gesehen fundamentalen Fehlern geführt, in das Zusammenleben der Tiere und der Tiere mit den Menschen einzugreifen. Damit würde den Tieren und den Menschen tausendfaches Leid zugefügt. Zusätzlich würden die Tiere mehr und mehr in die Lebensbereiche der Menschen vordringen und dort die Haltung gegenüber eigenen Kindern nachhaltig verschlechtern.

In einer Gegenüberstellung der Bevölkerungsentwicklung eines Nachbarlandes mit ausgeglichenem Bevölkerungswachstum und der Situation von Menistan zeigte der Bevölkerungsexperte, wie vorteilhaft für das Volk und dessen Zukunft eine ausgeglichene Bevölkerungsstruktur sei. Die Zukunft des Nachbarvolkes sei gesichert, während die Menistaner wohl untergehen würden.

Ein wesentlicher Grund dafür sei, dass Politik und Mainstream-Medien die Mütter verhöhnt hätten, ihre Arbeit für die Familie, ihre Erziehung der Kinder ihnen nichts wert sei. Die Raffer und die von ihnen geschmierten Politiker sähen die Kindererziehung als Hemmschuh, die Mütter ganztägig auszubeuten. Deshalb seien Kinder ihnen eine Last, ihnen nicht willkommen.

Dies zeige sich besonders an der politisch gewollten, gesetzlich geregelten, staatlich organisierten und weitgehend staatlich finanzierten Abtreibung von Kindern. Es seien die Kinder getötet worden, die Menistan so notwendig bräuchte, um die Wirtschaft, die Altersversorgung, das kulturelle Zusammenleben zu stabilisieren. Doch die Kinder wurden verbrannt. Die Politiker hätten die werdenden Mütter in Not nicht unterstützt, ihnen nur die Tötung ihrer Kinder finanziert.

Der Bevölkerungswissenschaftler bat alle Anwesenden, zu einer Gedenkminute für die Millionen Opfer aufzustehen. Zunächst etwas zögerlich, aber dann standen doch nahezu alle Menschen im Raum auf. Nach der Gedenkminute dankte er den Anwesenden für diese Haltung. Er betonte, dass er schon an Veranstaltungen teilgenommen hatte, bei der nur wenige Leute zur Gedenkminute aufgestanden waren.

Er verwies auf die Geschichte. Es gab immer wieder finstere Zeiten, wo das Leben der Anderen, insbesondere der schwachen Anderen nichts wert war und die Politiker und die sie unterstützenden Kreise sich einen Vorteil davon versprachen, auch Millionen Menschen zu töten. Offenbar lebten die Menistaner wieder in einer solch finsteren Zeit.

Anders als bei den Häschen dauere es bei den Menschen einige Jahrzehnte, bis die volle Wucht des Frevels an den Kindern sichtbar werde. Dann lasse sich das Rad aber nicht mehr zurückdrehen. Unsere wenigen Kinder werden die Leidtragenden dieser Ausgrenzung der Mütter und der Tötungswut in Menistan sein.

Der Moderator übernahm wieder das Wort und dankte unter Applaus dem Wissenschaftler. Nach einer kurzen Diskussion bat er die Anwesenden, seine Partei zu unterstützen: „In den nächsten Jahren werden die sanftmütigen Tiere jeden Einkommensempfänger mehr als 1000 Taler jährlich kosten. Spenden Sie uns die vielen 1000 Taler, die ihnen die Regierung in den nächsten Jahren wegnehmen will. Geld regiert die Welt. Wenn Sie uns entscheidend helfen, werden wir es schaffen, die Altparteien abzulösen.

Dann werden wir die sanftmütigen Tiere wieder dorthin bringen, wo sie hergekommen sind und ihnen ihre natürliche, selbstverantwortliche Lebensweise im Einklang mit anderen Lebewesen zurückgeben. Wir werden unseren Menschenkindern ‚Willkommen' zurufen und ihr Leben in unserem Volk fördern. Unsere Kinder sind uns keine Last, sie sind unsere Zukunft. Wir werden die Mütter unseres Volkes nicht verhöhnen und sie sozial gerecht behandeln. Wir werden keine Völker überfallen, dort unsere Soldaten opfern, Zigtausende unschuldige Menschen töten oder verletzten, die Städte unbewohnbar zerbomben und die Menschen in die Flucht schlagen. Wir werden Ihnen, den Bürgerinnen und Bürgern, nicht Ihr Geld aus der Tasche ziehen, nur um sanftmütige Tiere zu vermehren und anderen Völkern Ihr Geld zu schenken. Die Menschen können sich in ihren Ländern selbst helfen. Wir werden den Menistanern wieder ihre Lebensbereiche und ihr Lebensglück zurückgeben. Wenn Sie die Altparteien weiter regieren lassen, lösen die unser Volk auf.

Geben Sie uns Ihre politische Kraft und Ihre Stimme, damit wir zusammen so viel Macht entwickeln können, um die Finsternis zu überwinden und Licht und Lebensfreude in unser Leben einkehren zu lassen."

Der Moderator erhielt für seine Rede stehenden Applaus. Er verabschiedete sich von den Teilnehmern der Veranstaltung und bat sie, doch einmal darüber nachzudenken, ob 1000 Taler für die Opposition nicht besser angelegt wären als ein Vielfaches davon zur Auflösung des eigenen Volkes. Noch einmal richtete er die Bitte an die Geheimdienstmitarbeiter, auch am Ende der Veranstaltung nicht zu provozieren.

Stammtisch: Aggression und Barmherzigkeit

Der Stammtisch im Vorstadtviertel traf sich wieder. Der Ladenbesitzer meinte, dass es doch noch gut sei, dass sie sich im kleinen Rahmen hier in der Kneipe treffen könnten. Die Turnhallen, die Sportplätze, die Vereinsräume, alles sei bereits für die Unterbringung und die Versorgung der eingedrungenen Tiere beschlagnahmt und belegt worden, alles verdrecke. Was einmal Lebensfreude, Geselligkeit, kulturelles Treiben, Brauchtum und Lebensart war, sei aus den Städten und Dörfern verschwunden. Nur noch Angst und Niedergeschlagenheit bestimmten das Zusammenleben der Menschen.

Der Landwirt fragte: „Warum lassen wir uns das gefallen? Warum protestieren wir nicht?"

Der Priester abwehrend: „Mit den Protestierern, die da rumlaufen, will ich nichts zu tun haben. Das sind doch alles Asoziale und Extremisten."

Der Landwirt entgegnete: „Die Radikalsten sind die herrschenden Politiker. Sie nehmen uns unsere Lebensfreude, unsere Geselligkeit, unser Brauchtum, unser Geld weg und zerstören unser Volk."

Der Mann der Lehrerin haute auf den Tisch: „So kann es einfach nicht weitergehen. Schauen wir uns doch einmal die außerparlamentarische Opposition an. Die macht laufend Veranstaltungen mit immer größer werdendem Zulauf."

Der Landwirt ganz trocken: „Du organisierst das. Aber wie gehen wir generell mit den sanftmütigen Tieren um? Die Kirchen, Medien und Politiker verlangen Barmherzigkeit von den Menschen."

Der Priester fühlte sich angesprochen und erläuterte: „Nur Gott hat die Eigenschaft der Barmherzigkeit. Wir Menschen können nur Gott nacheifern. Die Barmherzigkeit Gottes kann man sich vorstellen wie eine Mutter, die bedingungslos ihren gefallenen Sohn wieder aufnimmt."

Die Lehrerin widersprach: „Ich habe im Religionsunterricht gelernt, dass das nicht so sei. Bei Gott kommt die Eigenschaft der Gerechtigkeit vor der Barmherzigkeit. Gott ist nur zu denen barmherzig, die Reue zeigen, umkehren und Gutes tun. Für die anderen gibt es die Gerechtigkeit. Und hier straft Gott."

Der Priester bestätigte die Auffassung der Lehrerin, betonte aber, dass die Kirche von den Menschen Barmherzigkeit fordere, ohne zu fragen, wie es zu dem Leid, der Not gekommen sei. Die Durstigen seien zu tränken, die Hungrigen zu nähren, die Fremden aufzunehmen und so weiter.

Die Lehrerin wollte das noch einmal bestätigt wissen: „Wir müssen also alle Häschen, die aus den Gehegen kommen, bei uns aufnehmen, sie nähren, sie tränken, ihnen einen guten Unterschlupf bieten und ihre Wunden, die sie sich in Kämpfen beigebracht haben, heilen? Nach dem Willen der mächtigen Heiligen in diesem Land dürfen wir also nur sagen, kommt alle zu uns, die ihr mühselig und beladen seid, wir werden euch erquicken."

Der Priester nickte mit dem Kopf und sagte: „Wir leben in einem reichen Land, wir schützen das Leben der sanftmütigen Tiere, wir können uns das schon leisten."

Der Ehemann der Lehrerin war irritiert: „Ich frage schon ‚warum'. Wenn sich die Tiere karnickelartig vermehren, die starken Rammler in ihren Revieren nicht bereit sind, ihre Reviere mit anderen Rammlern zu teilen, Angreifer bekämpfen und sie verletzen, dann kommen die verlierenden Rammler zu uns und lassen sich von uns versorgen. Das kann doch nicht richtig sein. Warum sagen wir nicht einfach, ihr Karnickel seid an eurer Not und eurem Leid selbst schuld, vermehrt euch nicht so stark, geht friedlich miteinander um und schert euch zum Teufel."

„Wenn der Star-Rammler sechs Weibchen beansprucht, so können fünf Rammler keine Häsin bekommen. Da könnten wir jetzt unseren Priester zum Missionar machen, der diesen fünf Rammlern die Keuschheitsverpflichtung abnimmt und sie in ein Kloster steckt. Dann würden die ewigen Kämpfe zwischen den Rammlern um die Gunst der Häsinnen aufhören", legte der Ladenbesitzern nach.

Alle lachten.

„In der Natur gibt es keine Lebewesen, die mit anderen teilen. Dort gibt es das Individuum, die Familie, den Familienverband und den Schwarm. Die Verbände stützen sich gegenseitig zum Vorteil des Einzelnen oder der Jungen, aber es würde keinem Lebewesen einfallen, mit anderen zu teilen. Die kirchliche Barmherzigkeit gibt es in der Natur nicht", stellte der Landwirt fest.

Der Priester kommentierte: „Umso wichtiger ist es, dass wir Menschen Barmherzigkeit zeigen."

Der Ladenbesitzer schüttelte den Kopf: „Das kann kein Geschäftsmodell sein. Die einen vermehren sich karnickelartig, streiten um Raum, Futter und Sex, und die Unterlegenen kommen zu uns und fordern von uns Hilfe. Nur Narren können das unterstützen. Schaut doch mal in unsere Straßen. Hoppelt eine nicht gebundene Häsin durch die Gegend, sind die Rammler hinter ihr her. Die beginnen sich zu beißen, zu kratzen und natürlich zu verletzen. Wie das Spiel auch ausgeht, erwarten die Heiligen des Landes von uns, dass wir die Wunden der Raufbolde und vielleicht auch noch der Häsin heilen, sie bei uns aufnehmen, sie füttern und versorgen. Wenn das generell so einfach ist, dann fördern wir geradezu die Streitigkeiten. Das Risiko der Streithähne wird minimal. Der Unterlegene kann immer zu uns kommen, und wir versorgen ihn. Wir sollten Gott nacheifern und die notorischen Raufbolde und Bettler bestrafen."

Der Landwirt wies darauf hin, dass in den Gehegen jährlich mehr als 100 Millionen Häschen heranwüchsen. Wenn wir alle nach diesem Barmherzigkeitsprinzip aufnähmen, dann könnten wir nur untergehen: „Die sich stark vermehrenden, unproduktiven, aggressiven Tiere erobern mit Unterstützung unserer korrupten Politiker das Land der fleißigen, friedliebenden, barmherzigen Menschen."

Manisch überlegen

Der Präsident von Fernland war am Flughafen angekommen und fuhr anschließend mit seinem Freund, dem Präsidenten von Nahland, über die Autobahn in dessen Hauptstadt.

Der Fernländer bewunderte die parkähnlichen Anlagen am Rande der Autobahn, und der Nahländer erklärte ihm, dass das Land mittlerweile so viel Geld von Menistan erhalte, dass sie beschlossen hätten, neben der Finanzierung ihres Häschengeheges das Geld für die Verschönerung ihres Landes einzusetzen. Der Fernländer lachte und meinte, dass die Menistaner jetzt doch Nahland erwischt hätten, um einen Teil ihrer Kaninchen loszuwerden. Der Nahländer zeigte ein missmutiges Gesicht und betonte, dass er nur wegen des Drucks der Profiteure, der Kirchen, der Menschen mit Helfer-Syndrom und insbesondere der politisch korrekten Medien sich gezwungen sah, in der Häschen-Union mitzumachen und 20 000 Häschen abzunehmen. Nahland hätte einen Teil seines Nationalparks eingezäunt und dort die Raubtiere vertrieben. Die Häschen, die da einquartiert wurden, würden nur zweimal täglich maschinell gesteuert gefüttert. Damit wäre der Personalaufwand für das Gehege minimal. Die Tiere wären sich weitgehend eigenverantwortlich überlassen.

„Und was sagt die Regierung von Menistan dazu?", wollte der Fernländer wissen.

„Sie drängen darauf, dass wir eine genauso intensive Betreuung für unsere Gehege aufbauen, wie sie das praktizieren. Aber wir haben uns intern darauf geeinigt, keine Häschenzuchtanstalt in den Gehegen einzurichten. Durch Krankheiten und bei Kämpfen kommen natürlich Tiere in großer Zahl um", antwortete der Nahländer.

Der Fernländer wollte es genauer wissen und fragte: „Lasst ihr die Raffer kein Geld verdienen?"

Der Nahländer lachte: „Bei mir war Herr Raffer von Menistan auch, lobte seine Vorzüge und wollte mich schließlich bestechen, sogar mit sehr viel Geld, um einen lukrativen Auftrag zu erhalten. Aber ich habe es kategorisch abgelehnt. Und wenn die Menistaner darauf verwiesen, dass bei uns im Gehege Häschen ums Leben kämen, so reichte es, wenn ich sie daran erinnerte, dass in ihren Vermehrungsanstalten hundertmal mehr Tiere verenden als bei uns. Dann murrten sie zwar noch, waren aber wieder ruhig."

Und warum übernimmt Menistan nicht euer Konzept?", fragte der Fernländer.

„Dann könnten die Raffer nicht mehr so viel raffen, und die Medien in Verbindung mit den führenden Politikern könnten mit den sanftmütigen Tieren in den Gemeinden, insbesondere mit den Schweinen, ihr Volk nicht mehr so gut züchtigen. Die Menschenrechte bestimmen: Jeder Mensch wird frei von Schuld geboren. In Menistan gilt das nicht. Dort wird mit dem Schuldkomplex Politik gemacht", stellte der Nahländer fest.

Der Fernländer nachdenklich: „Bei uns waren im letzten Jahr auch viele Häschen aus Nachbarländern über die grüne Grenze eingedrungen.

Als wir merkten, dass mehr Häschen kommen würden, haben wir an dieser Grenze einen stabilen Zaun errichtet, und jetzt kommen keine mehr herein. Mein Volk lehnt es mit großer Mehrheit aus Sicherheits- und kulturellen Gründen kategorisch ab, viele Häschen im Lande aufzunehmen. Da ich nicht weiß, ob demnächst ein Nachbarland mit viel Geld von Menistan eine Häschenzuchtanstalt aufbauen wird, habe ich angeordnet, dass entlang unserer Landesgrenzen stabile Zäune errichtet werden."

Und der Fernländer fuhr fort: „Die politisch korrekte Presse und das politisch korrekte Fernsehen in Verbindung mit den Raffern, den Kirchen, den Politikern und den Nichtregierungsorganisationen in Menistan bauen einen derartig abscheulichen Druck auf andere Länder auf, auch so moralisch elitär zu sein wie sie und eine Häschenzuchtanstalt einzurichten, dass ich mich immer wieder frage, was wollen die damit erreichen. Menistan hat doch nur ein Prozent der Weltbevölkerung, die anderen 99 Prozent machen doch diese Heuchelei nicht mit."

Der Nahländer antwortete unterkühlt: „Der Narzissmus der Führungsclique von Menistan ist widerlich. Diese Damen und Herren fühlen sich in ihrer Selbstbespiegelung, in ihrer Grandiosität manisch allen anderen Eliten anderer Völker überlegen. Ihre Besserwisserei, ihr Drang zur Erpressung und Bestechung anderer Völker verletzt deren Würde. Ihr Zug, im Inland und im Ausland sich einen Heiligenschein umzuhängen und die Sanftmütigen zu spielen, würde von anderen Völkern ja nur belacht, wenn diese Clique nicht ständig versuchen würde, die Völker zu stigmatisieren. Die Eliten anderer Völker wollen ihr eigenes Volk nicht auflösen, so wie dies die Narzissten in Menistan offensichtlich wollen."

Der Fernländer irritiert: „Ich bin weit weg. Ich lasse mich von diesen Narzissten auch nicht stigmatisieren. Wenn ich laut verkünden würde, durch eine Häschen- und Schweineschwemme meinem Volk seinen Frieden, seine Freiheit, seine Sicherheit, seine Kultur und seinen Lebensbereich wegzunehmen, könnte ich mich nicht mehr in der Öffentlichkeit zeigen. Das halbe Volk wäre auf der Straße und würde lautstark protestieren. Ich müsste ständig Angst um mein Leben haben und würde nicht einmal dem Polizisten neben mir trauen. Wie schafft das diese Clique gegenüber ihrem Volk in Menistan?"

„Die Führungsclique ist einfach perfekt. In Menistan arbeiten die perfekten Raffer, die Medien sind perfekt und absolut politisch korrekt ausgerichtet, sie alle haben die perfekte Angst vor einem selbstdefinierten schlechten Image im Ausland im Volk etabliert. Die Führungsclique verfügt über einen perfekten Geheimdienst mit 35 000 bestens ausgebildeten Agenten und Verbindungsleuten, aus dem Parlament wurden alle kritischen Köpfe hinausgedrängt, so dass nur noch ein Abnickverein übrig blieb, und selbst in der Häschen-Union haben sie durch Erpressung und Schmiergelder die regierenden Eliten anderer Völker unter ihre Knute genommen. Ihren Bürgern bieten sie ein perfektes Schauspiel mit Denkmälern, Museen, Einrichtungen zur Indoktrination, moralischen Appellen und ständigen Schuldzuweisungen für Verbrechen, die die Leute überhaupt nicht begangen haben, um sie zu demütigen, einzuschüchtern und politisch willenlos zu machen", stellte der Nahländer fest.

Der Fernländer fragte: „Woher nimmt diese Clique die Macht, insbesondere auch gegenüber anderen Ländern so aufzutreten?"

„Sie haben die Völker und ihre Politiker gut angefüttert. Das Rauschgift der Geldgeschenke hat die Völker abhängig gemacht. Wenn die Narzissten rufen, den Geldhahn zuzudrehen, wissen die Politiker der abhängigen Völker, dass sie von ihren Bürgern nicht mehr gewählt werden, wenn ihnen das süße Gift entzogen wird. Was die Menistaner angeht, die arbeiten auch perfekt und wie die Weltmeister, um für ihre politische Clique über Spitzensteuersätze genügend Geld zur Verfügung zu stellen, da sie sich offensichtlich darüber freuen, wenn auch auf sie ein bisschen dieses Glanzes der Narzissten fällt", antwortete der Nahländer.

Der Fernländer schüttelte den Kopf und entgegnete: „Offenbar gibt es im modernen Sklaventum ganze Völker, die sich von Oligarchen und deren abhängigen Politikern sogar für andere Völker ausbeuten lassen. Was ich jedoch nicht verstehe, dass dieselben Völker auch noch zusätzlich die Zucht von sanftmütigen Tieren finanzieren und die streitsüchtigen Kaninchen, Schafe und Schweine auch noch in ihren Dörfern und Städten willkommen heißen, damit die ihnen ihren Besitz, ihre Sicherheit, ihre Freiheit, ihre Kultur und letztlich ihren Lebensraum wegnehmen. Wollen diese Menschen in einem Karnickel- und Schweinestall leben? Sollen die letzten noch intakten Zonen der menschlichen Zivilisation auch noch zerstört werden?"

Der Fernländer weiter: „Es müsste den Menistanern doch zumindest komisch vorkommen, dass kein anderes Land dieser Erde so pervers ist."

Der Nahländer hob die Arme und blickte zum Himmel: „Ich kann das alles nicht verstehen, und meine Bürger verstehen es nicht und wollen es auch nicht nachmachen. Wir freuen uns darüber, so viel Geld von den Menistanern geschenkt zu bekommen, dass wir sogar an der Autobahn entlang Blumen pflanzen können. ‚Die Menistaner zahlen alles', hatte vor kurzem ein Banker gesagt. Die Menistaner arbeiten wie die Weltmeister und bekommen 30% weniger Nettoeinkommen als unsere entspannt arbeitenden Beschäftigten, und sie besitzen nur die Hälfte dessen, was unsere Bürger besitzen. Wir haben jedoch ein Problem: Wenn die streitsüchtigen Häschen, Schafe und Schweine Menistan kahlgefressen haben werden, dann werden sie vor unserer Grenze stehen. Ich habe schon angeordnet, im Bedarfsfall doppelt und dreifach gesicherte Zäune zu errichten, um die gefräßigen und streitsüchtigen Tiere von unserem Land abzuhalten."

„Das ist eine echte Bedrohung für euch und alle Anrainer von Menistan. Ihr solltet euch mit den Oppositionskräften von Menistan verbünden, um diese lebensbedrohende Gefahr auch für euch abzuwenden. Den Menistaner Bürgern hat man offenbar Scheuklappen aus Schuldkomplexen angelegt, damit sie fast blind den Narzissten des Landes folgen. Sie alleine können sich nicht mehr wehren."

Der Nahländer schüttelte den Kopf und fragte: „Wen willst du in Menistan unterstützen, der gegen die Narzissten vorgehen könnte? Konservative Politiker, die ihr Volk erhalten wollen, die gibt es nicht mehr. Kein Vogel kann nur mit einem linken Flügel fliegen, er wird von der Katze gefressen.

Die Politiker haben über ihre Geheimdienste mit finsterer Hinterhältigkeit, Gewalt und Beweismittelfälschung, mit Infiltration von oppositionellen Parteien, ja sogar mit Parteigründungen durch Geheimdienste alle wirklich konservativen Parteien zerstört. Die korrupten Politiker mit Unterstützung durch ihre Fernsehanstalten und gleichgeschalteter Presse lobten sich insgeheim, dass sie so perfekt waren, mit dieser Parteienmanipulation ihre Demokratie zerstört zu haben, ohne dass die Bürger dagegen protestierten."

Der Fernländer unterbrach ihn: „Ich habe gelesen, dass die Medien mit den Politikern es sogar geschafft haben, dass die Bürger froh sind, dass es im Parteienspektrum keinen rechten Flügel mehr gibt, der, wie bei uns und bei euch, ihnen ihr Volk erhalten und jetzt neuen Auftrieb geben könnte."

„Was dort dazukommt, ist das Omi- und Opa-Syndrom. Politiker mit breitem Hintern und dicken Bäuchen beherrschen die Szene. Allein von ihrem Aussehen her traut man diesen Rundlingen nicht zu, dass sie gnadenlos ihre Geheimdienste gegen die oppositionellen Menschen einsetzen, gnadenlos Kriege führen, gnadenlos Mütter ausbeuten und die Tötung ungeborenen Kinder finanzieren sowie gnadenlos bereit sind, mit Millionen Häschen, Schafen und Schweinen ihr eigenes Volk zu überfluten."

Der Fernländer griff sich an den Bauch: „Fett und narzisstisch muss man als Politiker sein, dann kann man offensichtlich mit seinen Bürgern alles machen, sogar ihr Volk zerstören."

„Bald werden wir die Arroganz der Macht der Menistaner mit ihrem Narzissmus, ihrer Korruption und Erpressung nicht mehr ertragen müssen, da ihre Mütter-, Kinder- und Familienpolitik ohnedies dazu führt, dass in zwanzig Jahren nur noch alte Leute in dem Land leben werden, die keine Steuern bezahlen und damit ihren Narzissten an der Macht das Geld ausgehen wird."

„Wenn die Menistaner mit ihrem Häschen-Kult so wie bisher weitermachen, und täglich Zigtausende streitsüchtige und gefräßige Häschen und Schweine aus den Gehegen in ihre Orte und Städte eindringen, werden schon in zwei bis drei Jahren diese Eindringlinge in alle Häuser und Gärten vorgedrungen sein, und dann hat sich das Volk ohnedies aufgelöst. Dann wird es in Menistan wohl eine Art Bürgerkrieg geben, weil bis dahin die aggressiven Tiere versuchen werden, alles an sich zu reißen. Die Menistaner sitzen heute wie der Frosch vor der Schlange, strecken starr alle Viere von sich und starren die Schlange an, bis sie zuschlägt und sie auffrisst."

„Bis zu diesem Zeitpunkt wird der dortige Regierungschef in seiner Arroganz sagen, dass die Menistaner das alles schaffen, und dann wird er sich ins Ausland absetzen. Den Daheimgebliebenen wird dann die Luft ausgehen."

Talkshow ‚Der Häschenstaat'

Der Biologielehrer entnahm seiner Programmzeitschrift, dass am nächsten Samstag wieder eine Talkshow mit Häschen-Bezug stattfinden werde. Da er selbst nicht eingeladen war, schaute er sich die Sendung im Fernsehen an. Die Moderatorin hatte wieder sechs Gäste eingeladen, um mit ihnen das kritische Thema ‚Schutz des Lebensrechts der sanftmütigen Tiere' zu diskutieren. Schwerpunkt sollte sein, wie eine Katastrophe für Mensch und Tier in Menistan und in den Ländern der Häschen-Union vermieden werden könne.

Die Moderatorin erinnerte an die letzte Sitzung zu diesem Thema vor vier Wochen und hob hervor, dass sich in der Zwischenzeit Dramatisches ereignet hätte:
Aufgrund mangelnder Hygiene und schlechter medizinischer Versorgung seien viele sanftmütige Tiere ums Leben gekommen. Die Menschen demonstrierten in den Dörfern und Städten gegen das Anschwellen der Eindringlinge in ihre Städte, Dörfer, Gärten, Parks und selbst in Häuser und Geschäfte.

Die Moderatorin betonte, dass sie mittlerweile das Schlusswort ihres Gastes der letzten Sendung, des Biologielehrers, besser verstehe, der ausgeführt hatte: Wir schaffen es nicht einmal, unseren ungeborenen Kindern ein Recht auf Leben zu sichern, und töten Millionen von ihnen auf Staatskosten im Mutterleib. Warum heucheln wir Barmherzigkeit, wenn es um Tiere geht, die sich viel zu schnell vermehren, dann unter Stress leiden und sich gegenseitig bekämpfen.

Sie stellte ihre Gesprächsteilnehmer vor:
- Lilly, die ein Kind erwarte und Initiatorin des Lebensschutzes sei,
- den Journalisten Schröder, der einen Bestseller zum Thema ‚Auswirkungen des Geheimdiensteinsatzes' geschrieben habe,
- die Nonne, die den Erzbischof schützte,

- die außerparlamentarische Opposition (APO), die sich von Politik und Presse unfair behandelt fühle,
- den Innenminister, der die Regierung vertrete,
- den Polizisten, der derzeit der Prügelknabe der Nation sei,
- den Verleger, der die Medien vertrete.

Sie sagte, sie hätte natürlich noch weitere Gesprächspartner einladen müssen, wenn sie das Thema hätte umfassend behandeln wollen. Insbesondere denke sie hier an die Gewerkschaften im Hinblick auf die Gastarbeiter, Herrn Raffer und seinen Investor sowie andere unternehmerische Profiteure, die Nichtregierungsorganisationen und auch Vertreter der letzten Gesprächsrunde, insbesondere den Biologielehrer, den Verwaltungsbeamten mit Bezug zur Häschen-Union und den Richter. Aber dann wäre in der verfügbaren Zeit keine Diskussion möglich gewesen.

Die Moderatorin bat alle Gesprächsteilnehmer, ein kurzes Statement von maximal drei Sätzen abzugeben.

Lilly: „Ich war ein Kind, als ich den Schutz des Lebens der sanftmütigen Tiere forderte. Was daraus geworden ist, habe ich nicht gewollt. Besonders ärgert mich, dass die Profiteure, die Raffer und die Medienmacher die Exzesse mit der Häschenvermehrung auf die Spitze treiben, um immer mehr zu raffen."

Journalist: „Es ist beklemmend zu sehen, dass eine völlig widernatürliche Entwicklung im Lebensschutz der sanftmütigen Tiere ohne Rücksicht auf immer mehr getötete Tiere und verängstigte Menschen von Politikern, Medien, Menschen mit Helfer-Syndrom und Profiteuren aufrechtgehalten werden kann.

Die Politiker setzen ihre Geheimdienste ein, mit viel Geld vom Steuerzahler und Personal ausgestattet, die die gesamte Bevölkerung überwachen, im Geheimen schnüffeln und provozieren und damit eine normale demokratische Entwicklung in unserem Lande verhindern."

Nonne: „Ich esse kein Fleisch, um das Leben der Tiere zu schützen und mich gesund zu erhalten. Ich kämpfe für das Lebensrecht unserer Menschenkinder, die wegen fehlender Unterstützung durch unsere Gesellschaft an jedem Werktag zu Hunderten auf Staatskosten vernichtet werden. Das ist zum Himmel schreiendes millionenfaches Unrecht. Gott, gib mir die Kraft, den Menschen guten Willens mitteilen zu können, dass das Leben unserer Kinder Vorrang vor der Finanzierung der Versorgung der Häschen, Schafe, Ziegen und aggressiven Schweine bei uns haben muss."

Innenminister: „Die Parteien des Parlaments wurden vor zwei Jahren vom Volk u. a. mit dem Auftrag gewählt, das Lebensrecht der sanftmütigen Tiere zu gewährleisten. Die Regierung unseres Landes hat alles Vertretbare unternommen, um diesem Auftrag gerecht zu werden. Wir haben die Union zum Lebensschutz der sanftmütigen Tiere mit unseren Nachbarländern gegründet und einheitliche Standards vereinbart, um in allen Ländern der Union nach einheitlichen Regeln nicht das Leben eines jeden einzelnen Häschens, aber das Lebensrecht der sanftmütigen Tiere zu garantieren."

Medienvertreter: „Aufgabe der Medien ist es, über aktuelle Ereignisse im Land, in der Union und der Welt rund um das Lebensrecht der sanftmütigen Tiere kritisch zu berichten. Dabei haben wir auf die Wünsche unserer Leser, Hörer und Fernsehzuschauer Rücksicht zu nehmen. Das emotionale Thema des Lebensrechts der friedliebenden, sanftmütigen und geselligen Häschen in ihrer Verfolgung und Vernichtung durch böse Menschen nimmt eine für uns und unsere Leser wichtige Position ein."

Polizist: „Wir Polizisten sind zu Prügelknaben der Nation geworden. Zwar wurden in den letzten Jahren sehr viele neue Polizisten eingestellt, doch haben sich die Aufgaben insbesondere in ihrer Vielschichtigkeit und ihrer Emotionalität sehr stark ausgeweitet, so dass die Dinge nicht mehr zu bewältigen sind und die Aufklärungsquote bei Gesetzesverstößen stark zurückgegangen ist. Selbst starke Rechtsverstöße werden von Staats wegen geduldet bzw. sogar gefördert, so dass wir den Eindruck gewinnen, in einem Unrechtsstaat zu leben."

APO: „Die herrschenden Politiker setzen unfaire Mittel ein, um uns zu bekämpfen, die Profiteure des Häschen-Chaos nutzen ihre Kapitalmacht, um uns zu schwächen, um sich an den Milliarden des Staates weiter zu bereichern, und die Medien unterstützen symbiotisch die Politiker und die Profiteure mit stigmatisierenden Moralkeulen gegen uns, um ihre Macht über die Bevölkerung, aber auch gegenüber den Politikern auszubauen. Wir haben keine Geheimdienstmitarbeiter, wir haben nicht viele Milliarden Taler der Profiteure, die gegen uns agieren, und wir haben nicht die politisch korrekte Medienmacht, die keine abweichende Meinung zulässt, wir haben nur unseren Geist und das Wort und erwarten von unserer Demokratie, dass sie die freie Meinungsäußerung laut unserer Verfassung gewährleistet."

Die Moderatorin hatte gespannt zugehört und stellte jetzt fest: „Die Akteure in Politik, Medien und Sicherheit haben nach eigenen Angaben ihren Aufträgen gemäß gehandelt, während die außenstehenden Betrachter oder Beobachter sehr harsche Kritik an Politikern, Medien, Profiteuren und Geheimdienstkräften übten. Auch das viele Böse in unserem Land kann nicht wegdiskutiert werden. Haben wir hier wieder das Dilemma, dass alle das Gute wollen und das Böse schaffen? Herr Innenminister, können wir mehr tun, um die Kämpfe zwischen den Arten, den Familien und den einzelnen Tieren in den Gehegen zu beenden und damit den frühen Tod insbesondere von jungen Häschen und Ferkeln zu vermeiden?"

Innenminister: „Es gibt Tausend Möglichkeiten, dies zu tun. Wir könnten zu jedem Häschen einen Tierpfleger und Schutzmann stellen, jedes Häschen in einen eigenen Käfig sperren, alle eindringenden

Feinde erschießen, nur das ist keine Lösung. Wenn es eng wird in einem Gehege, der Zugang zu Wohnraum und Nahrungsmitteln fehlt, wenn Rammler aufeinander losgehen, Feinde in die Gehege eindringen, dann kommt es zu Tötungen.

Wir können die Kämpfe nicht abstellen. Bei einem Kampf siegt immer der eine, und der andere verliert. Viele, insbesondere unbeteiligte Junge, kommen dabei um. Schwache bleiben aber auch übrig, und die versuchen aus dem Gehege zu fliehen. Wenn es ihnen gelingt, außerhalb der Gehege zu überleben, wachsen sie heran und beginnen auch in unserer Mitte mit Kämpfen, ihren eigenen Lebensraum zu schaffen. Und das gilt für Schafe und Schweine genauso. Solange sich Tiere stark vermehren und die Lebensbedingungen sich nicht entsprechend verbessern, solange starke männliche Tiere mit mehreren weiblichen zusammenleben oder sobald Feinde in die Gehege eindringen, kommt es zwangsweise zu Kämpfen, zu Toten und Flüchtenden."

Moderatorin: „Wollen Sie damit sagen, dass Kämpfen und Töten etwas Normales ist und zum Leben gehört?"

Innenminister: „Ja, das Gute und das Böse sind Teil des Lebens. Und weil das so ist, bemühen wir uns als Menschen, bemühen wir uns als Regierung dieses Landes, das Leben zu schützen."

Nonne: „Nein, die Regierung dieses Landes schützt nicht das Leben. Sie schützt nicht einmal das Leben unserer ungeborenen Kinder, sie hilft den Müttern in ihrer Not nicht. Würde die Regierung so viel Empathie, so viel Geld zur Erhaltung des Lebens unserer ungeborenen Kinder aufwenden wie sie für die Häschen zahlt, wäre kein Kind wegen der Not seiner Mutter in den mehr als zweitausend Tötungseinrichtungen zerquetscht, zerfetzt und vergiftet worden. Helfen statt Töten. Wir Menschenlebensschützer haben gezeigt, dass das geht und haben viele Kinder vor dem Tod gerettet. Gott, gib mir die Kraft, den Menschen guten

Willens mitteilen zu können, dass das Leben unserer Kinder Vorrang vor der Ausbreitung der Häschen, Schafe und Schweine bei uns haben muss."

Innenminister: „Abtreibung gab es schon immer. Wie Sie wissen, ist Abtreibung in unserem Lande Unrecht. Dieses Unrecht wird nur unter gewissen Bedingungen strafrechtlich nicht verfolgt. Die Eltern der Ungeborenen haben selbst dafür zu sorgen, dass sie ihre Kinder weiterbringen können. Wir haben kein Geld, und es gehört nicht zu unserem staatlichen Hilfsangebot, auch den werdenden Mütter und ihren ungeborenen Kindern großzügig zu helfen."

Nonne: „Das Geld reicht nur dafür, die Vernichtung der Kinder armer Mütter zu zahlen, den Profiteuren bei der Vermehrung der Häschen die Taschen vollzustopfen und das Geld ans Ausland zu verschenken. Schmieren die werdenden Mütter die Politiker unseres Landes nicht so gut wie die Raffer?"

Der Innenminister bekam einen roten Kopf und schrie: „Was wollen Sie denn mit Ihren Embryonen?".

Lilly sehr laut: „Ich trage ein Menschenkind unter meinem Herzen, meine Mutter hat mich als Menschenkind in ihrem Bauch getragen. Wenn Ihre Mutter Sie abgetrieben hätte, dann wäre wohl kein Mensch, sondern nur ein Unmensch ums Leben gekommen?"

Moderatorin: „Ich bitte um Mäßigung. Wir wollten hier nicht das Thema Abtreibung diskutieren, sondern den Schutz des Lebens von friedliebenden, sanftmütigen und geselligen Tieren, die, wie wir wissen, nicht teilen, sondern viel kämpfen und sich gegenseitig umbringen. Hier ist das Stichwort von den Profiteuren gefallen. Wer hat dazu einen Beitrag?"

Mehrere meldeten sich. Die Moderatorin gab der APO das Wort.

APO: „Um den Steuerzahler anzuzapfen, brauchten die Raffer die Mitwirkung der Regierung. Um die zu bekommen, erwarb beispielsweise Herr Raffer das richtige Parteibuch, das der Regierungspartei. Und dieses Parteibuch war offenbar so viel wert, dass er dafür hohe Summen bezahlte und spendete. Natürlich bekam die Opposition im Parlament, die das Lebensrecht unterstützte, auch Spenden von Herrn Raffer. Schließlich muss man sich breit absichern."

Moderatorin: „Das lassen wir einfach im Raum stehen und vertiefen es nicht. Mir geht es um die Frage, wird das Lebensrecht der sanftmütigen Tiere hauptsächlich deshalb weitergeführt, weil die Profiteure daraus einen Nutzen ziehen? Wer profitiert?"

Lilly: „Früher habe ich auch viel Geld aufgrund meines Einsatzes für das Lebensrecht der sanftmütigen Tiere verdient. Ich weiß, wie sich das anfühlt. Ich war naiv und habe viel davon in mein Gehege gesteckt, um sanftmütigen Tieren paradiesische Zustände zu bieten. Bald musste ich erkennen, dass das Leben anders tickt. Ich sah, dass die Raffer dieses Landes das Lebensrecht für sanftmütige Tiere nur als Vorwand benötigen, um gutmütige Menschen und den Steuerzahler für private Zwecke auszubeuten. Die Raffer profitieren von der Häschenzucht am meisten."

Journalist: „Ich habe festgestellt, dass neben den finanziellen Profiteuren, also hauptsächlich Gewerbetreibenden, auch die Medien, die Kirchen, Nichtregierungsorganisationen, Gewerkschaften und vor allem die politisch Mächtigen im Land und in einigen Ländern der Häschen-Union vom Schutz des Lebensrechts der sanftmütigen Tiere profitieren. Dass Firmen aus der gegebenen wirtschaftlichen und politischen Situation heraus Geld verdienen und auch weiterhin verdienen wollen, ist absolut verständlich und überhaupt nichts Verwerfliches. Auch die anderen Profiteure haben in einer liberalen Welt das Recht, ihre Interessen zu vertreten.

Verwerflich ist, wenn sie zur Durchsetzung ihrer Interessen unfaire Mittel verwenden. Die sehe ich insbesondere in der Korruption, im Einsatz der Geheimdienste, in der Stigmatisierung der Menschen und der Nutzung der eigenen Macht- und Kapitalpotentiale, um andere Meinungen zu unterdrücken."

Moderatorin: „Werden Sie konkreter."

Journalist: „Menistan verfügt über ca. 15 000 Geheimdienstagenten und 20 000 V-Leute, also über einen Spitzel und Provokateur für ca. 2000 erwachsene Einwohner des Landes. Dieses Heer von Menschen hat nur eine Aufgabe: die Menschen im Geheimen zu überwachen, im Finstern zu schnüffeln, verdeckt zu provozieren, und das vornehmlich, um den Mächtigen des Landes ihre Macht zu erhalten."

Innenminister: „Die vornehmste Aufgabe des Geheimdienstes ist es, für Sicherheit im Land zu sorgen, und nur im Geheimen können wir potentielle Straftäter, insbesondere terroristische Straftäter, vor einer Straftat ausfindig machen."

Journalist: „Das ist immer das Alibi der Politiker. Für die Sicherheit im Land haben wir doch 300 000 Polizisten und Überwachungspersonal in den Städten, V-Leute bei der Polizei und 40 000 Beamte und Angestellte bei der Justiz, deren Aufgabe es auch ist, für Sicherheit im Land zu sorgen. Dazu kommen noch Zigtausende private Sheriffs, die für Firmen und Institutionen Sicherheitsaufgaben übernehmen. Herr Innenminister, haben Sie mittlerweile aus unserem schönen Land einen Verbrecherstaat gemacht? Vor wenigen Jahren gab es nur halb so viele Sicherheitsleute und weniger Verbrechen. Oder beschäftigen Sie mittlerweile so viele Sicherheitskräfte, nur um sich an der Macht halten zu können? Ihre Statistiken sind falsch, da viele Verbrechen nicht mehr verfolgt werden."

Moderatorin: „Wir wollen auch zu diesem Thema keine Dialoge führen. Wie sehen die Medien das Thema Überwachungsstaat, und was hat das mit den sanftmütigen Tieren zu tun?"

Medienvertreter: „Presse und Fernsehen haben mehrfach über die Zunahme des Sicherheitspersonals in Menistan berichtet. Offenbar kommen hier zwei Faktoren zusammen, zum einen ist es die internationale Verflechtung, und zum anderen sind es die ‚Straftaten' der Häschen, Schweine und Schafe, die immer mehr Polizeieinsätze erfordern."

APO: „Wir sollten dieses Thema an den ganz praktischen Beispielen erläutern. Unser anwesender Journalist hat dazu einen Bestseller geschrieben. Betrachten wir den ‚Metzger', der die Nonnen und den Bischof bedrohte. Wen hatte der 17 mal vorbestrafte Hugo Schlechter, mit Tarnnamen Tanne, als Metzger verkleidet in diesem Moment überwacht, da er sich mit seinem langen Messer wie ein Straftäter benahm?"

Innenminister: „Zu Geheimdienstangelegenheiten spricht kein Mitglied der Regierung. Ich beteilige mich nicht an Spekulationen eines Journalisten."

Moderatorin: „Dies ist eine Haltung, die ich in einer Talkshow nicht billigen kann."

Innenminister: „Die Geheimdienste können dann am besten arbeiten, wenn nicht über sie gesprochen wird. Wir sollten uns glücklich schätzen, einen so ausgezeichneten Geheimdienst zu haben."

Journalist: „Das ‚Wir' beziehen Sie wohl ausschließlich auf die Regierung und die Parlamentsparteien. Die Beamten der Geheimdienste sind weisungsgebunden und arbeiten ausschließlich im Auftrag der Regierung. Ich habe die Liste ‚Tod der Opposition' in meinem Buch veröffentlicht. Mittlerweile sind zu allen Punkten dieser Liste im Internet kriminelle und stigmatisierende Handlungen der Geheimdienste zugeordnet, die in den letzten Jahren öffentlich bekannt wurden. Diese Handlungen sind natürlich nur die Spitze des Eisbergs. Diese Spitze lässt aber erahnen, mit welch krimineller Energie und mit welchen Vernichtungsmitteln versucht wurde, jede außerparlamentarische Opposition zu unterdrücken. Mitarbeiter der Geheimdienste erkennen auch, dass sie von korrupten Politikern dazu missbraucht wurden, deren Macht zu erhalten. Sie helfen mit, die Liste ‚Tod der Opposition' zu vervollständigen."

Nonne: „Ich war schockiert, als der ‚Metzger' mit seinem langen Messer auf mich zuschritt. Ich bekam Angst, er würde mich wie ein Karnickel totstechen. Als ich hörte, dass der ‚Metzger' ein Geheimdienstmann der Regierung war, habe ich den Glauben an die Demokratie in Menistan verloren. Ich habe auch recherchiert und Einträge in die Liste ‚Tod der Opposition' gemacht. Ich schäme mich, dass ich vor zwei Jahren die Regierungspartei gewählt habe."

Polizist: „Wir wurden von unserem Chef angewiesen, bei der Demonstration des Erzbischofs nicht einzugreifen, solange es nicht zu einer Rauferei der Gegendemonstranten kommen würde. Damit konnte der V-Mann seine Show abziehen. Die vom Regierungschef geforderte Festnahme des ‚Metzgers' war nur eine Irreführung der gutgläubigen Bevölkerung. V-Leute sind von den Mächtigen des Landes gut geschützt und dürfen von uns nicht festgenommen werden."

Alle schauten den Innenminister an und erwarteten Antworten von ihm. Schließlich hatte ein Polizist, sein unmittelbar Untergebener und Mitarbeiter, den Regierungschef massiv angegriffen.

Innenminister: „Ich habe schon gesagt, dass ich mich nicht an Spekulationen über Geheimdienste beteilige oder gar Verschwörungstheorien nachhänge."

Das war für Lilly zu viel, und sie meldete sich zu Wort: „Mein Vater hatte einmal in der Familie das Wort Verschwörungstheorie gebraucht, und meine Mutter war darüber sehr erregt. Sie stellte fest, dass mit dem Wort Verschwörungstheorie jegliche sachliche Diskussion abgewürgt werde, und mein Vater versprach, das Wort in der Familie nicht mehr zu gebrauchen. Ich meine, wir sollten es auch hier aus unserem Vokabular streichen."

Moderatorin: „Dem kann ich nur zustimmen."

APO: „Die Menschen werden am meisten verwirrt, wenn sie hören, dass die Geheimdienste im Auftrag der herrschenden Politiker über ihre V-Leute in oppositionelle Parteien eindringen und durch Einsatz von viel Geld der Steuerzahler mit gut ausgebildeten V-Leuten verdeckt wichtige Ämter der Oppositionsparteien besetzen, ja sogar eigene Verlage unterhalten, um dort Bücher herauszubringen, die in normalen Verlagen niemals das Licht der Öffentlichkeit erblickt hätten. Und warum tun sie das?"

Moderatorin: „Sie wissen es, erzählen Sie es uns."

APO: „Mit ihren V-Leuten spionierten sie die Oppositionsparteien aus. In manchen Ortsverbänden übernahmen sie sogar den Vorsitz der Parteien und haben in Reden und im Wahlkampf den Parteien erheblich geschadet. Sie gründeten eine eigene Partei und besetzten natürlich alle wichtigen Positionen mit V-Leuten. Sie gestalteten damit die Parteiinhalte so, dass ihr Programm sich nur wenig vom Programm einer tatsächlichen Oppositionspartei unterschied. Bei Wahlen nahmen die Parteien der Geheimdienste damit verdeckt und unter Einsatz von Steuermitteln der eigentlich oppositionellen Partei viele Stimmen weg, so dass die Regierungsparteien es häufig geschafft haben, die Parteien unter der Fünfprozenthürde zu halten und ihnen damit den Einzug ins Parlament zu verwehren. Waren die Regierungsparteien der Meinung, dass eine parallele Partei nicht reicht, so gründeten die Geheimdienste in ihrem Auftrag einfach zu Lasten der Steuerzahler mit ihren V-Leuten weitere Parteien mit ähnlichem Inhalt der Partei, der sie den Einzug ins Parlament versperren wollten."

Lilly: „Unglaublich, was die mit unseren Steuergeldern machen. Die Regierung verletzt die elementaren Regeln der Demokratie."

APO: „Über Verlage der Geheimdienste wurden Publikationen mit fragwürdigem Inhalt an oppositionelle Personen geschickt, um diese Personen zum Abonnieren der Zeitungen oder dgl. zu animieren. In diesen Presseorganen wurde dann auch zu Gewalt gegen Häschen, Schweine und Menschen aufgerufen. Natürlich veröffentlichten dort auch V-Leute, die Mitglieder oder sogar Vorsitzende von Oppositionsparteien waren, ihre Pamphlete. Die große Presse und das staatseigene Fernsehen konnten dann auf die Instinktlosigkeit der Oppositionsparteien hinweisen. Damit wurden die Bürger in Gute eingeteilt, die die Regierungsparteien wählten, und in Schlechte, die zur Opposition neigten, von denen einige die hasserfüllten Pamphlete der V-Leute lasen. Reichte das alles noch nicht, so dienten Publikationen der V-Leute, herausgegeben über die Geheimdienst-Verlage, als Quelle für Zitate, um Anträge an das Oberste Gericht zu schicken, eine Oppositionspartei zu verbieten. Das ist die Zerstörung der Demokratie, das ist der Demokratie-Gau."

Lautes Klatschen kam von den Zuschauerrängen. Alle schauten den Innenminister an. Der lächelte nur mitleidig und deutete durch Handbewegungen an, dass er dazu keinen Kommentar abgeben wolle.

Die Moderatorin fragte, ob dazu nähere Erläuterungen im Internet auf der Liste ‚Tod der Opposition' zu finden seien. Das bejahte der Journalist.

Nonne: „Da waren ja alle Wahlen ungültig. Warum hat das Oberste Gericht die Regierungsparteien nicht verboten, die so viel lügen, so viel betrügen und unsere Demokratie zerstören?"

Journalist: „Das ist ganz einfach. Die Obersten Richter können doch die Parteien nicht verbieten, denen sie selbst angehören."

Lilly: „Von der Liste ‚Tod der Opposition' habe ich noch gar nichts gehört. Dass die Politiker korrupt sind, davon bin ich immer ausgegangen und habe das auch mehrfach gelesen. Dass sie aber sogar so korrupt sind, dass sie das Geld der Steuerzahler nutzen und Beamte anweisen, mit kriminellen Handlungen ihre Pfründe zu sichern, das ist wohl der Gipfel der Korruptheit."

APO: „Auch zu dieser Korruption gehören Zwei: Geber und Nehmer. Die Geber, die Steuerzahler und Wähler in Verbindung mit dem regierungseigenen Dienstleister Geheimdienst, haben sich von den Regierungen und den Parlamentsparteien sowie den sie tragenden Medien hinters Licht führen lassen bzw. Anweisungen bedingungslos ausgeführt. Die führenden Politiker haben genommen, was sie konnten. Sagen Sie doch den Steuerzahlern und Wählern, sie sollen die Korruption beenden und die korrupten Parteien nicht mehr wählen. Was mich besonders bekümmert, das sind die Beamten bei den Geheimdiensten, die das alles wissen müssten und sich dennoch von diesen korrupten Politikern gegen ihr eigenes Volk einspannen ließen."

Innenminister: „Ich verbitte mir diese Äußerungen. Frau Moderatorin, weisen Sie umgehend diese Äußerungen zurück und bestehen Sie darauf, dass solche unverschämten Anklagen hier fehl am Platze sind. Sollten solche Äußerungen noch einmal fallen, werde ich umgehend die Runde verlassen."

Von der Zuschauerseite kam Johlen und Zischen. Jemand rief: „Schickt die Politiker ins Gefängnis!".

Moderatorin: „Ich bin entsetzt über diese Töne. Wir sind in einem kultivierten Land und unterhalten uns hier vor der ganzen Öffentlichkeit von Menistan und der Welt. Wenn der Ton in ähnlicher Form fortgeführt wird, beende ich die Talkshow. Ich bitte insbesondere auch die Zuschauer, das Johlen, Zischen und Dreinreden zu unterlassen, was Teil unserer Vereinbarung ist, der Sie als Besucher dieser Veranstaltung zugestimmt haben."

Versteinerte Gesichter, heruntergezogene Mundwinkel, bleierne Stille.

Medienvertreter: „Das hatte bis jetzt wenig mit dem Lebensschutz der sanftmütigen Tiere zu tun. Kommen wir doch zum Thema."

Journalist: „Das sehe ich nicht so. Nur weil die Regierung ihrer Verantwortung nicht gerecht wird, endlich Lösungsvorschläge zu unterbreiten, wie sie die Katastrophe beenden will, findet das ansteigende Sterben in den Gehegen statt und erleben wir die Invasion der sanftmütigen Tiere in unsere Städte, unsere Dörfer, unsere Gärten, unsere Straßen und Parks. Offenbar glaubt die Regierung, mit Einsatz ihrer Geheimdienste das alles aussitzen zu können. Bis jetzt hat das ja auch gut geklappt."

Innenminister: „Der Parlamentsausschuss hat vor einem halben Jahr konstruktive Vorschläge für eine Lösung des Problems unterbreitet. Ich habe niemanden von Ihnen gesehen, der den Parlamentsausschuss unterstützt hätte, den Weg in die Katastrophe zu stoppen. Die Öffentlichkeit hat die Mitglieder des Parlamentsausschusses für verrückt erklärt."

Journalist: „Herr Innenminister, Sie kannten diejenigen doch genau, denen die Lösungsvorschläge Nachteile, insbesondere keine weiteren und steigenden Einnahmen und Vermögen gesichert hätten: Da waren Herr Raffer, für den ein gigantisches Geschäft zu Ende gegangen wäre, sowie die anderen Raffer, die im gewerblichen Bereich tätig sind. Dann gab es die Gewerkschaften, bei denen viele Gastarbeiter Mitglieder sind. Die hätten Mitglieder verloren. Die Menschen in den

Nichtregierungsorganisationen hätten ihre Lebensgrundlage, die Betreuung der Häschen, eingebüßt und hätten sich einen anderen Job suchen müssen. Die Kirchen hätten nicht mehr gewusst, wie sie ihren Gläubigen die Barmherzigkeit Gottes hätten erklären sollen, nachdem sie die wirkende Hand Gottes an das Lebensrecht der friedliebenden, sanftmütigen und geselligen Tiere gekoppelt hatten. Nicht zu vergessen ist die Presse, die davon lebt, den ständigen Fluss von schlechten Nachrichten den Leuten im Land verkaufen zu können. Auch die anderen Länder der Häschen-Union sind an einer Weiterführung der Gehege interessiert, da sie mittlerweile hierfür hohe Beträge aus der Staatskasse von Menistan erhalten. Herr Innenminister, Sie hätten das Primat der Politik durchsetzen und sich auf ein Konzept im Parlament verständigen müssen, die Bürger von Menistan zu schützen, dann wären diese Ihnen bei zielgenauer Argumentation auch gefolgt."

Innenminister: „Sie machen sich das sehr einfach. Wir leben in einer Demokratie, und wir sind auf den Konsens in der Bevölkerung angewiesen. Das generelle Medienecho hat den Parlamentsausschuss und seine Mitglieder abgestraft. Nur wenn die Medien hinter uns stehen, haben wir eine Chance, wiedergewählt zu werden. Sie haben vom legitimen Interesse verschiedener Gruppen gesprochen, wir als Politiker haben auch ein Interesse daran, wiedergewählt zu werden."

Moderatorin: „Ich bitte darum, das Thema von unfairen Praktiken insbesondere mit Einsatz der Geheimdienste nicht wieder aufzuwärmen, nur weil der Minister von einem legitimen Recht sprach, dass sich Politiker um ihre Wiederwahl bemühen. Bleiben wir bei den sanftmütigen Tieren."

„Noch eine Bemerkung dazu", bat der Journalist: „Wenn das Volk durch die Invasion der Tiere in wenigen Jahren untergeht, so macht das offensichtlich nichts, Hauptsache die Politiker werden wiedergewählt."

Polizist: „Ich kann die Mär von den sanftmütigen Tieren, von den sanftmütigen Karnickeln, den sanftmütigen Schafen, den sanftmütigen Schweinen nicht mehr hören. Die Tiere sind kämpferisch, aggressiv, jederzeit bereit, über Verletzte oder Leichen zu steigen, sie untergraben und durchbrechen alle Zäune und verlassen sich mittlerweile voll darauf, von uns Menschen gefüttert und geschützt zu werden."

Nonne: „Ich bin sehr enttäuscht von den sogenannten friedfertigen, sanftmütigen und geselligen Tieren. Aber dafür gibt die Regierung beliebig viel Geld aus. Für unsere Mütter in Not, für Millionen unserer ungeborenen Kinder hatten sie nur die Tötungsprämien an die Ärzte, die auf Verlangen die Kinder töteten. Gott, gib mir ..."

Die Moderatorin unterbrach die Nonne: „Was kostet es denn, die gar nicht so sanftmütigen Tiere, wie unser anwesender Polizist meint, zu versorgen?"

APO: „Wohl mindestens 30 Milliarden Taler, vielleicht auch 50 Milliarden Taler im Jahr. Das lässt sich sehr schwer beziffern. Welchen Anteil am Gehalt des Innenministers rechnen Sie dem Lebensrecht für die sanftmütigen Tiere zu? Wieviel geben Bürger aus, um sich vor den Eindringlingen zu schützen? Welche Kosten fallen für die Polizisten an, die der älteren Frau halfen, immer aufmüpfigere und gewaltbereite Schweine vor ihrer Haustür zu vertreiben? Wieviel Geld fließt in die Häschen-Union, nur damit die anderen Länder der Union uns Häschen abgenommen haben und weiter bereit sind, den Häschen-Kult aufrechtzuerhalten?"

Nonne: „Mit so vielen Milliarden Talern hätten wir Lebensschützer wohl fast allen unseren durch Abtreibung vernichteten Kindern das Leben retten und den werdenden Müttern das Trauma der bestialischen Tötung ihrer Kinder in ihrem Leib ersparen können. Aber die Altparteien sind mit ihrer ‚Kultur des Todes' offensichtlich nicht an lebenden Menistaner Kindern interessiert. Werden wir von Bestien regiert?"

Stille. Alle starrten den Innenminister an. Der schwieg und richtete seinen Blick auf seine Schuhspitzen.

Lilly durchbrach die Stille: „Das scheint mir ein sehr wichtiges Stichwort zu sein: Häschen-Kult. Es ist so edel, fromm zu sein, es ist so edel, hilfsbereit zu sein, es ist so edel, sanftmütig zu sein, es ist so edel, friedfertig zu sein, auch wenn dieselben Politiker in Kriegen töten, dort Menschen aus ihrer Heimat vertreiben, unseren werdenden Müttern nicht helfen, sondern die Tötung ihrer Kinder zahlen, und die systematische Zerstörung unseres Friedens, unserer Freiheit, unseres Volkes, unserer Kultur, unserer eigenen Zukunft fortschreitet. Was halten Sie von diesem Häschen-Kult?"

Journalist: „Kult dient der Anbetung Gottes oder eines Götzen. Die Priester, die den Kult zelebrieren, tragen alles mit sehr viel Würde und Demut vor. Kult ist etwas Heiliges und darf nicht in Frage gestellt werden. Jeder, der sich gegen den Kult wehrt, ist ein Frevler und wird in unserem Land von den Kirchen, den Politikern mit Einsatz ihrer Geheimdienste, den gleichgeschalteten Medien und den anderen Profiteuren stigmatisiert. Komisch, dass nahezu alle Völker dieser Welt diesen Kult nicht benötigen."

Nonne: „Die Anbetung des Goldenen Kalbes hat Gott immer bestraft. Auch hier sehen wir, wie Gott uns zürnt, weil wir uns gegen seinen Plan entschieden und nur die Steigerung der Profite der unterschiedlichen Raffer fördern."

Moderatorin: „Lilly, du wirst dein Kind nicht abtreiben."

Lilly: „Mein Mann und ich, wir lieben unser Kind. Ich lebe nicht in Not und brauche deshalb keine Unterstützung von diesem kinderfeindlichen Staat. Ich weiß nicht, was ich tun würde, wenn ich auch an Not leiden würde und meine Familie mir aus Zukunftsangst raten würde, mein Kind zu töten. Es krampft sich mein Herz zusammen, wenn ich auch nur daran denke, einen Menschen, mein Kind, nur aus Not, aus Zukunftsangst vernichten zu müssen."

Innenminister: „Menistan gibt sehr viel Geld für die Erziehung der Kinder aus und unterstützt damit die Eltern. Insbesondere erhalten Eltern Kindergeld, Mutterschutz, Krankenversorgung usw."

APO: „Von dem vielen Geld, das die Eltern an Steuern und Sozialabgaben leisten, erhalten sie ein paar Brosamen vom Staat zurück. Sie wissen ganz genau, dass die Erziehung eines Kindes die Eltern 250 000 Taler kostet, und da sind bereits die staatlichen Leistungen berücksichtigt. Gerade die Eltern, die Kinder erziehen oder erzogen haben, zahlen die höchsten Steuern und Sozialbeiträge, und als Dank dafür, dass ihre Kinder die Staatseinnahmen, die Alters- und Krankenversicherung aufrecht erhalten, bekommen die Mütter die niedrigsten Renten in diesem Land. Das ist himmelschreiendes Unrecht."

Innenminister: „Wir können nicht alles finanzieren. Das Volk hat uns gewählt, das Lebensrecht der sanftmütigen Tiere zu gewährleisten. Das kostet so viel Geld, dass wir dafür sogar hohe Schulden machen müssen."

Lilly: „Und diese gewaltigen Schulden türmt die Regierung von Menistan mir, meiner Familie, meinem Kind, den vielen jungen Menschen mit ihren Kindern zusätzlich zur Steuer- und Rentenlast auf. Wer gibt der Regierung das Recht dazu, unser Geld in der Welt zu verteilen, die beliebige Vermehrung der Kaninchen, Schafe und Schweine zuzulassen, damit immer höhere Ausgaben dafür in Kauf zu nehmen und, obwohl wir die höchsten Steuer- und Sozialbelastungen der Welt haben, auch noch Schulden zu machen?"

Medienvertreter: „Aber Lilly, es geht Ihnen doch gut, Sie leben in einem reichen Land. Da sollten wir schon mit anderen teilen, die nicht so viel haben wie wir, da sollten wir schon das Lebensrecht der sanftmütigen Tiere weiter pflegen."

Lilly: „Ich lebe nicht in einem reichen Land. Unser Land ist arm an Bodenschätzen und wegen des Winters arm an natürlicher Fruchtbarkeit der Felder. Ich lebe in einem reichen Volk. Die Menschen hier sind nur reich, weil sie einfallsreich und geschäftstüchtig sind, weil sie mehr leisten als die meisten anderen Menschen dieser Erde. Wenn hier immer weniger Menschenkinder geboren werden, weil sie unseren Politikern und Raffern eine Last sind, dann werden die wenigen jungen Menschen immer noch mehr arbeiten müssen, nur um die Häschen-, Schaf-, und Schweineinvasion bei immer mehr Vermehrung finanzieren zu können. Das ist nicht die Zukunft, die ich haben will und die ich für mein Kind wünsche."

Journalist: „Ich möchte das unterstreichen. Die UNO und alle politisch korrekten Medienmacher stellen fest, dass alle Völker, alle Menschen in ihren Kulturen, alle Menschen, unabhängig von Hautfarbe und Körperwuchs, im Durchschnitt gleich intelligent sind. Da es keinen Kolonialismus mehr gibt und alle Völker frei sind, kann es nur an Streitsucht, geistiger Verbohrtheit, Tradition, Bequemlichkeit, Mangel an Leistungsbereitschaft, vielleicht an Faulheit, also an den Menschen selber liegen, wenn andere Völker, deren Länder oft über reiche Bodenschätze verfügen und deren Felder zwei oder drei Ernten pro Jahr hervorbringen, arm sind und uns anbetteln.

Sollten wir uns wirklich abrackern, damit andere auf der Straße tanzen, in Kaffeehäusern sitzen, mit 45 Jahren in Rente gehen, ihre Streitigkeiten gewaltsam austragen oder ihre Hauptbeschäftigung in ihrer Vermehrung sehen? Nein, das sehe ich nicht ein. Das Geld, das wir verdienen, sollte zuallererst demjenigen gehören, der es verdient. Dazu sind niedrigere Steuersätze und Sozialabgaben einzuführen. Aus Solidarität sollten wir, anstatt mit Streitsüchtigen oder Faulen zu teilen, bevorzugt unsere sehr stark beanspruchten Mütter insbesondere auch im Alter unterstützen und dafür sorgen, dass die werdenden Mütter unseres Volkes nicht aus Not zur Abtreibung gezwungen werden. Der nächsten Generation auch noch Schulden aufzubürden, kann nur korrupten Politikern einfallen, die auch linken Gleichmachern Honig um den Mund streichen wollen. Gleich kann doch nicht heißen, dass die Faulen genauso viel bekommen müssen wie die Fleißigen, die Streitsüchigen genauso viel wie die Friedlichen."

Moderatorin: „Genug des Monologs. Das war Ihre Meinung. Manche sehen das anders. Wenn es beispielsweise zu religiösem Streit kommt und ganze Landstriche verwüstet werden, kann man nicht zusehen, wie unbeteiligte Dritte darunter leiden."

APO: „Jetzt sind wir wieder bei den Häschen. Weil wir nicht zusehen konnten, wie die Häschen von den Füchsen gerissen und von den Jägern abgeschossen wurden, haben wir das Lebensrecht für die sanftmütigen Tiere proklamiert. Wir haben damit in die Natur des Werdens und Vergehens eingegriffen. Damit haben wir, wie wir hier alle wissen, das Leid der Tiere, den Stress, das Töten und Verletzen nur verhundertfacht.

Wie die Kriege unserer Regierung in fernen Ländern zeigen, haben wir dort nur getötet, getötet, getötet. Wir haben keinen Frieden geschaffen, nur den Terrorismus angeheizt. Als die Regierung und das Parlament unsere Soldaten in den Krieg schickten, sprachen sie auch nur von Menschlichkeit, von Menschenwürde, von Aufbau und Frauenbefreiung. Bald kamen dann die ersten Soldaten in Särgen zu uns nach Hause zurück. Nach Massakern und Gräueltaten, 100 000 Toten und Verletzten und Millionen Flüchtlingen sprechen unsere Medien und Politiker immer noch von Menschlichkeit. Kann es mehr Heuchelei und Unmenschlichkeit geben?"

Innenminister: „Sie dürfen uns zugute halten, dass wir nicht töten wollten, sondern nur helfen."

APO: „Nein, dieses Mal sind wir nicht bei den Häschen. Offenbar brauchen unsere Politiker zum menschenwürdigen Helfen Kampfflugzeuge, Panzer, Bomben, Kanonen und Gewehre. Zum Helfen haben Sie unseren Soldaten befohlen, im Zweifel zuerst zu schießen. Wenn sie die Häuser zerstört, die Straßen beschädigt, die eigenen Soldaten geopfert und die überfallenen Menschen, die sich gegen die Hilfsbereitschaft wehrten, getötet oder vertrieben hatten, dann profitierten alle Raffer zuerst an den Bomben und dann am Aufbau. Nein, so etwas kann man mit Häschen nicht machen. Zum richtigen Bomben braucht man Menschen, die man töten kann."

Moderatorin: „Bitte versuchen Sie sich wieder auf unser Thema zu konzentrieren, um in der verbleibenden halben Stunde zumindest einen Lösungsansatz herauszuarbeiten. Unser Polizist ist hautnah mit den Problemen konfrontiert. Vielleicht haben Sie sich überlegt, was Sie tun würden."

Polizist: „Wir müssen unterscheiden zwischen den sanftmütigen Tieren, die in den Gehegen sind und den freilaufenden Tieren, die mittlerweile in unsere Städte und Dörfer eingedrungen sind. Die in den Gehegen lebenden sanftmütigen Tiere brauchen viel Betreuung, und dies kostet sehr viel Geld. Aber die freilaufenden Häschen, Schafe und Schweine sind eine echte Herausforderung, eine echte Gefahr für unser Zusammenleben, für unseren Frieden, für unsere Kultur und unsere Freiheit. Millionen Tiere, die entwurzelt unterwegs sind, verträgt unser Volk nicht.

All die Probleme, die Kämpfe zwischen den Arten, den Familienverbänden und den einzelnen Tieren, die Suche nach einem Unterschlupf, die Kämpfe um Wohnraum, die Kämpfe um Futter, die wir in den Gehegen beobachten, die finden auch bei uns in den Gemeinden statt. In Stadt und Dorf richtet sich der Kampf sogar gegen die Menschen. Gerade die Schweine sind sehr aggressiv. Kinder, junge Frauen und ältere Menschen wagen sich kaum mehr auf die Straße. Wo sich die aggressiven sanftmütigen Tiere - und sie haben ihr hohes Aggressionspotential schon beim Eindringen in die Gemeinden gezeigt - in größerer Zahl niedergelassen haben, fallen die Wohnungs- und Grundstückspreise, steigt die Zahl der Eigentumsbeschädigungen, der verletzten Menschen, der toten Menschen und Tiere. Menschen, die es sich leisten können, ziehen weg. Die Gegend verdreckt und wirkt heruntergekommen. Auch für die Polizei ist es immer schwieriger, in solche Problemgegenden zu gehen und für Ordnung zu sorgen.

Vor wenigen Jahren hatten wir noch in unserem Städtchen ein sehr friedliches Zusammenleben. Mittlerweile herrscht überall Bedrücktheit, Falschheit oder sogar Angst und Schrecken. Ich sehne mich wie alle meine Kollegen und Freunde wieder nach unserer friedlichen, sicheren, freiheitlichen, wohlhabenden Geselligkeit in unserer Kultur zurück. Ich plädiere deshalb dafür, alle Eindringlinge in den Wohngebieten einzufangen und in die Gehege zurückzubringen und überall Vorrichtungen zu schaffen, dass die aggressiven sanftmütigen Tiere nicht mehr in unsere Wohngebiete eindringen können, solche Vorrichtungen, Zäune und Mauern, wie sie um das Regierungsviertel und um die Villen der Superreichen eingerichtet werden."

Medienvertreter: „Alle hier im Raum wissen, dass in den Gehegen schon viel zu viele sanftmütige Tiere leben, dass diese Tiere sich rasch vermehren und damit keine weiteren Tiere in den Gehegen untergebracht werden können. Sollen diese Tiere aufeinander sitzen?"

Journalist: „Das tun die sanftmütigen Tiere doch jetzt schon viel zu häufig. Wenn wir das Lebensrecht garantieren, dann müssen wir doch nicht deren Vermehrung garantieren. Ich plädiere, wie unser Polizist, auch dafür, alle sanftmütigen Tiere aus unseren Wohngebieten auszuschließen und sie in ihre Gehege zurückzubringen, so wie das ursprünglich konzipiert war. Bei den letzten Wahlen hat noch niemand gesagt, dass die Häschen, Schafe und Schweine bald mit einer staatlich verordneten Willkommenskultur in unsere Wohngebiete gelockt würden und wir sie hier ertragen müssten."

Medienvertreter: „Das ist brutaler Rassismus gegenüber den schwächeren Tieren."

Journalist: „Sie haben eine komische Definition von Rassismus. Offenbar waren für Sie die Indianer in Amerika auch Rassisten, weil sie sich dagegen wehrten, dass die spanischen Könige Freibeuter und Missionare nach Amerika schickten, um ihnen zuerst ihr Gold, dann immer größere Teile ihres Landes, dann ihre Kultur, ihre Freiheit und zuletzt ihr Leben wegzunehmen. Nein, die Indianer waren keine Rassisten, weil sie sich gegen die Eindringlinge wehrten. Die größten Rassisten sind die, die ein ganzes Volk mit seiner Kultur auflösen, das Volk durch Tötung ihrer Kinder vernichten.

Die Regierung und Sie unterstützen das Eindringen der sanftmütigen Tiere in unsere Städte und Dörfer. Mit Unterstützung der Regierungs- und Pressemacht, mit Unterstützung durch die Macht der Kirchen und der Profiteure werden die sanftmütigen Eindringlinge stärker als wir es sind. Mit Unterstützung der Regierung, der Medien und der vielen Raffer werden uns die sanftmütigen Tiere unseren Wohlstand und unser Land rauben, unsere Sicherheit wegnehmen. Nicht wir nehmen anderen etwas weg, mit Ihrer Unterstützung nehmen die Eindringlinge unsere Seele weg. Nicht die Tiere sind Rassisten, Sie sind Rassist."

Medienvertreter: „Ha, ha, ha! Das bisschen, das die Ihnen wegnehmen, das können Sie schon verkraften."

Journalist: „Sie haben doch vom Polizisten gehört, dass sich die Menschen nicht mehr richtig auf die Straße trauen, dass die Grundstückspreise fallen, dass unsere Freiheit und unsere Kultur zerstört werden, und ich wiederhole mich, dass Sie und die Regierung uns unsere Seele ausreißen wollen, wie es die spanischen Könige mit den Indianern gemacht haben."

Innenminister: „Die sanftmütigen Tiere leben jetzt in den Städten und Dörfern, und dort werden sie auch bleiben."

Lilly: „Sie und Ihre Regierungskollegen haben offensichtlich in den Jahrzehnten der von Ihnen befohlenen Kriege mit Tausenden Toten und Verwundeten und Millionen von Flüchtlingen im fernen Ausland, der pausenlosen Krisensitzungen im Inland und in der Häschen-Union, in Ihrer maßlosen Arroganz der Macht jegliches Gefühl für die Bedürfnisse der Bürger von Menistan verloren. Wir wollen nicht länger von solch kranken Gehirnen regiert werden. Wir haben Ihre Militäreinsätze in aller Welt, Ihre Krisen, die Sie uns in der Häschen-Union eingebrockt haben, die steigende Ausbeutung durch immer höhere Steuern und Abgaben sowie die Zerstörung unserer Freiheit satt. Gehen Sie heim oder legen Sie sich irgendwo an den Strand, lassen Sie aber bitte das Regieren sein."

Nonne: „Gott beschütze uns vor der Arroganz der Macht, die in Kriegen Menschen tötet und in unserem Land die Tötung ungeborener Kinder armer Mütter aus Steuergeldern bezahlt."

Innenminister: „Sie lebten doch nur in Frieden in der Union für sanftmütige Tiere. Sie mussten doch kein Kind abtreiben."

Nonne: „Wenn Sie über hunderttausend Soldaten in den Kampf geschickt haben, wenn unsere Soldaten andere Völker überfallen haben, wenn viele unserer Soldaten gefallen sind und unsere Soldaten viele

Menschen getötet, verletzt und aus ihrer Heimat vertrieben haben, dann war dies Kriegsterror. Aber auch Kriege befehlen Sie nur aus Menschenliebe, wie Sie immer wieder betonen. In meinen Augen war es Verbrechen, denn die getöteten Menschen hatten uns nicht bedroht, uns nichts zuleide getan. Aber Sie haben mich als Bürgerin des kriegführenden Volkes mitverantwortlich gemacht für diese sinnlosen, zerstörerischen Kriege. Sie haben die Menschen unseres Landes gezwungen, diese jahrzehntelangen Kriege zu finanzieren.

Sie betreiben den immer schlimmeren Häschen-Wahnsinn, Sie haben die Willkommenskultur zu Gunsten der aggressiven sanftmütigen Tiere in unseren Gemeinden ausgerufen und den Tieren Futter gestreut, damit sie möglichst zahlreich in unsere Städte und Dörfer eingedrungen sind. Die Menschen haben Sie über die Geheimdienste zusammen mit den Medien und den anderen Profiteuren mit Schuldzuweisungen niedergedrückt, damit die, wie gelähmt, Ihr Treiben über sich ergehen ließen. Offenbar wollen Sie mit den Invasoren uns unsere Seele ausreißen, wie unser Journalist formuliert.

Sie haben recht, ich habe nicht abgetrieben. Ich habe die Frauen bitter weinen gehört, wenn sie in unserer Klinik behandelt werden mussten, weil sie ein Kind abgetrieben hatten. Viele waren so verzweifelt, dass sie keine neue Bindung zu Männern mehr aufbauen konnten und die Gesellschaft, die sie in ihrer Not nicht unterstützt hatte, verachteten. Der tausendfache Tod, die millionenfache Vertreibung von Menschen in fremden Ländern und der millionenfache Tod unserer ungeborenen Kinder lassen Sie offenbar völlig kalt. Dafür heucheln Sie Nächstenliebe, Tierliebe und Menschlichkeit, wenn es um das Eindringen von Kaninchen, Schafen und Schweinen in unsere Gemeinden geht. Gott, gib mir ..."

Moderatorin: „Beten Sie bitte in der Kirche, hier haben wir keine Zeit dafür. Herr Minister, das war eine schwere Attacke gegen Sie und die Regierung. Was sagen Sie dazu?"

Innenminister: „Was versteht eine Nonne von internationaler Politik."

Nonne: „Von internationaler Politik verstehe ich nichts. Aber ich verstehe sehr viel von Menschlichkeit, von Nächstenliebe, von Helfen und vom Frieden. Und auf diese Werte berufen Sie sich doch immer, wenn Sie ihre Kriege führen, unsere Soldaten ins Ausland schicken, anderen Völkern unser Geld schenken, die sanftmütigen Tiere in unsere Gemeinden locken. Von diesen Werten verstehen Sie offensichtlich überhaupt nichts. Sie sollten die Worte Menschlichkeit, Nächstenliebe, Helfen, Freiheit und Frieden nicht mehr in den Mund nehmen, sie verhöhnen damit nur die Opfer Ihrer Brutalität."

Der Innenminister setzte eine böse Mine auf, meldete sich aber nicht zu Wort.

Moderatorin: „Was sagen die Medien dazu?"

Medienvertreter: „Ich verstehe Sie nicht, wie Sie nahezu während der ganzen Redezeit einen derartigen Unsinn zulassen konnten. Ich komme mir vor wie im letzten Jahrhundert in einer Kleingartenanlage. Da reden Leute über den Krieg, den Frieden und den Terrorismus und meinen eine Lösung gefunden zu haben. Da sprechen Leute über die Verhinderung von Abtreibung, und in den obersten Medienkreisen der Welt diskutiert man, die Abtreibung zum Menschenrecht zu erklären. Da meint eine Nonne, eine Frau sei behindert, wenn sie keine Beziehung mehr zu einem Mann aufbauen könne. Wo leben wir denn, dann soll sie halt eine Beziehung zu einer Frau aufbauen.

Da meinen Menschen, sie hätten eine Seele, die ihnen ausgerissen werde, wenn ein paar Millionen Häschen in ihren Städten und Dörfern herumhoppeln. Da sehen Menschen ihre Freiheit und ihren Frieden bedroht, wenn einige Lämmer auf den Wiesen in den Parks blöken. Da ängstigen sich die Leute vor ein paar Schweinen, die auf Futtersuche sind. Warum geben sie ihnen nicht einfach genug zu fressen, dann werden sie sie auch nicht angreifen.

Wir Medienmacher werden nur im Sinne des gesellschaftlichen Fortschritts über Ereignisse berichten und sie kommentieren. Das gleiche Lebensrecht von Menschen und sanftmütigen Tieren werden wir nicht aufgeben, nur um den Spießern in ihren Gärten ihre Idylle zu erhalten. Wir bleiben bei unserem Kampf gegen Einheimisch.

Zusammen mit unseren Nachbarstaaten haben wir eine Union für den Lebensschutz der sanftmütigen Tiere gegründet, die uns Frieden bringt. Wir werden diese Union verteidigen und uns bemühen, dass nicht nur die einzelnen Staaten über das Lebensrecht entscheiden dürfen, dass nicht mehr die Einzelstaaten und ihre Bürger über ihr Geld entscheiden, sondern nur noch die Kommissare der Union. So lässt sich das Geld gleichmäßiger auf alle Einwohner verteilen und das Lebensrecht der sanftmütigen Tiere als unumstößlich festschreiben. Wir wollen Fortschritt sein, Fortschritt in der Kommunikation, Fortschritt in der Internationalisierung, Fortschritt in der Gleichverteilung der erarbeiteten Güter, grenzüberschreitender Fortschritt in den Rechten der Arbeitnehmer und des Umweltschutzes. Wir werden die Gartenidyllen, wo es geht, bekämpfen und die Privilegien beseitigen, in einem reichen Land zu leben. Wir stehen für Teilen, teilen mit Mitbürgern armer Nationen und sanftmütigen Tieren."

Die Moderatorin hielt zunächst den Atem an, dann begann aber ihr Gesicht freundlich zu lächeln: „Sie haben recht, der Gesellschaftsfortschritt sollte nicht durch die Idyllen aufgehalten werden. Was Sie sagten, klang so ein wenig nach Kommunismus, den wir eigentlich glaubten überwunden zu haben. Ich habe drei Wortmeldungen. Fragen wir die Dame zuerst."

Nonne: „Ihre Verachtung gegenüber den Gefühlen der von ihrem Schicksal schwer betroffenen Frauen ist kaum verzeihlich. Sie müssen den Frauen schon überlassen, ob sie Kinder haben wollen und zu welchem Geschlecht sie sich prinzipiell hingezogen fühlen."

Medienvertreter: „Wenn man nicht kriegt, wen man liebt, muss man lieben, was oder wen man kriegt. Aber Sie dürfen da ja nicht mitreden."

Journalist: „Die Alphajournalisten stehen natürlich über den Dingen. Presse, Rundfunk und Fernsehen sprechen immer vom Frieden, dabei haben unsere Soldaten mit anderen Armeen zusammen arme und schwache Länder überfallen. Die Medien haben nahezu einmütig ihren Lesern und Zusehern sowie den herrschenden Politikern den Kampf gegen den Terrorismus empfohlen. Nach vielen Jahren Krieg und einer Generation, die in den überfallenen Ländern nur im Krieg, mit Kampf und Töten aufgewachsen war, haben sich die Terroristen verzehnfacht, verhundertfacht oder vertausendfacht.

Es scheint so, als wollten das die Verlage und das Fernsehen. Der Kampf gegen den Terrorismus liefert schreckliche Bilder. Befürworten deshalb die großen Medien weiterhin den Kampf gegen den Terrorismus, weil sie an den schrecklichen Meldungen besonders gut verdienen? Es kann wohl keinen anderen Grund geben, da sich die Terroristen schon bemühen, die Leitmedien zu nutzen, um besonders grausame Bilder und terrorisierende Sprüche zu publizieren. Sind die Medien mittlerweile in diesem Punkt der verlängerte Arm der Terroristen? Funktioniert die Zusammenarbeit zum gegenseitigen Nutzen hervorragend?

Der normale Menschenverstand, die normale Abscheu vor Krieg, die normale Menschlichkeit und Nächstenliebe hätte gereicht, um ein menschlicheres und besseres Ergebnis im Zusammenleben der Menschen zu erreichen als die Leitmedien vorgeschlagen haben."

Lilly: „Die Bagatellisierung der Vermehrung und der Invasion von sanftmütigen Tieren, verbunden mit Kampf, Raum, Futter, Sex und

Dreck haben uns in die Krise geführt, in der wir Menschen und die sanftmütigen Tiere heute stecken. Der unendliche Stress, die Kämpfe, das Töten in den Gehegen und in unseren Gemeinden nimmt ständig zu, und mittlerweile betrifft es nicht nur die Tiere, sondern auch die Menschen. Heute sind etwa zwei Millionen Schweine in unseren Gemeinden, und wenn wir sie gut füttern, werden nächstes Jahr 6 Millionen und ein Jahr später 15 Millionen in unseren Dörfern und Städten leben. Wir werden gar nicht genügend Lebensmittel beschaffen können, was die Kaninchen, Schafe und Schweine und wir Menschen zum Leben brauchen. Wir Menschen werden nur noch für die sanftmütigen Tiere arbeiten. Kultur, Schulen und dergleichen wird es nicht mehr geben. Aber Sie werden in der Zwischenzeit noch viele fette Schlagzeilen haben und gute Bilder im Fernsehen präsentieren können."

Medienvertreter: „Sie sprechen immer von unseren Gemeinden, unseren Städten. Wieso gehören die uns? Die gehören den Häschen, Schafen und Schweinen, den Menschen anderer Länder genauso. Nur weil der Staat in Menistan die Straßen gebaut hat, haben wir doch kein Recht darauf, die Städte und Dörfer für uns zu beanspruchen. Haben Sie eine Straße gebaut?"

Lilly: „Ich habe dafür Steuern gezahlt, damit sie gebaut werden konnten, und weil alle Bürger mitgeholfen haben, gehören sie uns. Wir wollen und müssen nicht für die sanftmütigen Tiere in unseren Städten arbeiten. Wenn wir ihnen nichts zu fressen geben, werden sie schon aus unseren Dörfern und Städten verschwinden."

Medienvertreter: „Die sanftmütigen Tiere haben in Menistan und in der gesamten Union für sanftmütige Tiere ein Recht auf Leben. Sie müssen sie füttern, weil die Tiere sonst verhungern. Sie müssen ihnen Raum zum Leben geben. Wenn es sein muss, müssen Sie Tag und Nacht arbeiten und Ihre Steuern und Abgaben zahlen, damit die sanftmütigen Tiere gefüttert werden können. Wenn die Tiere richtig hungrig sind, werden sie Ihnen schon Beine machen. Dann werden Sie freiwillig bis in die Nacht arbeiten, um sie zu füttern."

Polizist: „Dass insbesondere die Schweine sehr aggressiv sind, kann ich bestätigen. Meinen Kollegen und mich hat schon mal eine Rotte angefallen, und wir mussten mit Schreckschüssen die Tiere vertreiben."

Moderatorin: „Herr Innenminister, was sagen Sie dazu? Glauben Sie, dass Sie bei diesen Perspektiven in zwei Jahren wieder gewählt werden?"

Innenminister: „Wir werden sehen, wie sich die Sache in einem Jahr entwickelt hat."

APO: „Wir können doch das Problem nicht ständig vor uns herschieben. Wir brauchen heute, jetzt eine Lösung. Die Probleme werden doch jeden Tag nur größer und schwieriger zu bewältigen."

Innenminister: „Und welche Lösung schlagen Sie vor?"

APO: „Wir greifen auf einen Vorschlag des Parlamentsausschusses zurück und kombinieren ihn mit einem heute gemachten Vorschlag, bringen alle sanftmütigen Tiere wieder in ihre Gehege und sorgen dafür, dass sie sich nur noch ganz wenig vermehren."

Innenminister: „Und wie wollen Sie die Vermehrung stoppen?"

APO: „Auch das steht in den Vorschlägen des Parlamentsausschusses. Wenn es sein muss, entwickeln und verabreichen wir den sanftmütigen Tieren die Antibabypille. Und das geht am besten, wenn die Häschen im Gehege leben."

Medienvertreter: „Und das machen Sie so einfach. Sie verfügen über das Leben der Tiere!"

APO: „Sind nicht die Schweine, die Schafe und die Kaninchen bei uns eingedrungen, verfügen nicht sie über unser Leben, ohne uns zu fragen? Sie verdrehen gerne Ursache und Wirkung. Die Dörfer und Städte gehören uns. Wir haben sie mit unserem Geist und unseren Händen aufgebaut, und wir wollen auch darüber verfügen. Wir wollen uns nicht von Ihnen und Invasoren zwingen lassen, uns dem Willen der Invasoren unterzuordnen. Wir sind dabei, einen Krieg zu verlieren, einen Krieg, der nicht mit Waffen ausgetragen wird. In diesem Krieg sind die Oberbefehlshaber, Feldherrn, Kriegsberichterstatter und Quartiermacher nur Heuchler in Regierung und Medien, die mit dem sanften Tsunami unsere Freiheit, unsere Kultur, unseren Frieden und unseren Wohlstand platt machen. Wir erleben eine Invasion von sanftmütigen Tieren. Wir sind tributpflichtig gegenüber anderen Ländern der Häschen-Union. Wir haben bald in unserem Land nichts mehr zu sagen, da Politkommissare immer mehr zu sagen haben. Sie fordern unverhohlen das Recht ein, über unser erarbeitetes und verdientes Geld nach ihrem Gutdünken zu verfügen, anderen Menschen unser Geld zu schenken, weil die einfach nicht so viel leisten wollen, wie wir leisten. Unter welche Räuber, unter welche Banditen sind wir gefallen?"

Innenminister: „Die Regierung kann nichts dafür, dass hier im Land so viel gearbeitet wird und viele Leute so viel verdienen und sparen. Wir nehmen ihnen ja heute schon mehr als die Hälfte ihrer Einkommen ab, versorgen unsere sanftmütigen Tiere und verteilen viele Milliarden Taler an andere Völker und Einwanderer. Wenn das in Zukunft die Kommissare der Häschen-Union, Verzeihung, der Union für den Lebensschutz der sanftmütigen Tiere machen, so wird eine externe, eine neutrale Stelle die Steuern festsetzen und die Verteilung der Einnahmen vornehmen. Ändert sich da viel?"

APO: „Ja, es ändert sich viel. Die üblen Parteien im Land können wir, zumindest wenn die Geheimdienstbeamten dies zulassen, abwählen, die Politkommissare nicht."

Medienvertreter: „Mein lieber Vertreter der außerparlamentarischen Opposition, und Sie glauben das wirklich?"

Moderatorin: „Das Thema ist sehr spannend. Ich habe gerade von der Regie den Hinweis bekommen, dass wir noch zehn Minuten Sendezeit zusätzlich nutzen können. Das reicht gerade noch, dass jeder Teilnehmer ein kurzes Statement abgeben kann. Nutzen wir dieses Mal die umgekehrte Reihenfolge. Beginnen wir mit der außerparlamentarischen Opposition."

APO: „Die Invasion der Häschen, Schafe und Schweine und der immer stärkere Griff der Kommissare auf unserer Volk und in unsere Geldbeutel fegt wie ein Tsunami über unser Land. Wenn die Welle abebben wird, wird nichts mehr so sein, wie es einmal war. Die Gutgläubigen, all die vielen unterschiedlichen Profiteure, die Raffer zerstören unsere Demokratie, unseren Frieden, unsere Sicherheit, unseren Wohlstand, unsere Freiheit und reißen uns unsere Seele aus. Wir werden dafür kämpfen, dass uns unsere Werte von Demokratie und Freiheit und unser Wesen erhalten bleiben."

Polizist: „Und ich will meine Kollegen bei der Polizei, beim Geheimdienst, bei der Justiz und vor allem in den Ministerien bitten, mit mir dafür zu kämpfen, dass das, was wir und alle Politiker und alle anderen Beamten im Verfassungseid geschworen haben, auch eingehalten wird: Ich schwöre, dass ich mich für das Wohl meines Volkes einsetzen und Schaden von ihm abwenden werde, so wahr mir Gott helfe. Es ist unmenschlich, durch die Invasion der Tiere unsere Freiheit und unsere Sicherheit zu zerstören und das, was unser Wesen ausmacht, auszureißen. Die Tiere sollten in ihre Gehege zurückgebracht werden."

Medienvertreter: „Die Zukunft beginnt in jedem Moment. Der Moment verändert alles, was einmal war. Wir haben es in der Hand, ob es sich für uns zum Guten oder zum Bösen wendet. Gewaltige Veränderungen beginnen in einem kleinen Zeitfenster. Wenn wir Einfluss auf diese Änderung nehmen wollen und das entscheidende Zeitfenster verschlafen, lässt sich die Richtung nur mehr mit Blut, Plagen, Tränen und Schweiß ändern. Ob wir es schaffen, das Gute für uns und unsere Kinder zu erreichen, hängt von unseren Zielen und von unserer Entschlossenheit ab."

Innenminister: „Sehr pathetisch. Praktisch gesehen leben die Bürger von Menistan in der großen Union für die sanftmütigen Tiere in Frieden und Wohlstand. Wir haben auch genug Geld, um die sanftmütigen Tiere zu beschützen, zu füttern und zu tränken. Auch wenn die Tiere immer mehr werden, wird sich das schon irgendwie fügen. Wenn das Geld nicht reicht, dann können die Kommissare die Steuern und Abgaben noch um ein Stück erhöhen. Niemand kann sie daran hindern, da sie nicht gewählt werden. Die Kommissare werden bald auch eine eigene Armee haben, und dann können sie ihre Vorstellungen auch militärisch durchsetzen. Unser oberster Kommissar hat schon gesagt, wie er weitermachen will: Wir drehen verdeckt an den Schrauben, um unsere Macht zu erhöhen. Wenn die Betroffenen nicht gewalttätig dagegen protestieren, weil die Leute von der Sache nichts verstehen, und wir ihnen auch nicht sagen, worum es geht, dann machen wir einfach so weiter, bis wir den Träumern alle Macht weggenommen haben."

Nonne: „Die Medienbarone und die Politiker spielen mit den Bildern und den Gefühlen der Menschen, sie spielen mit dem Leben, sie spielen mit dem Tod, sie kennen nur ihren Narzissmus, und der führt zu Lüge, Heuchelei, finsteren Geheimnissen, Korruption, Raffertum, Krieg und Unmenschlichkeit. Um sich an der Macht zu halten, neigen sie zur Vernichtung von allem, was sich gegen sie stellt oder stellen kann, auch wenn es das eigene Volk ist.

Nur wer gut zahlt, wer hohen Druck auf die Politiker aufbauen kann, kann seine Position durchsetzen. Die Mütter, ihre Kinder, die Menschenlebensschützer, die normalen Bürger und Wähler können es offensichtlich nicht."

Journalist: „Der von den Regierungen angeordnete intensive Einsatz der Geheimdienste hat die Meinungsfreiheit in Menistan unterdrückt, die Bevölkerung stigmatisiert, die Demokratie beschädigt. Seit vielen Jahren wurden Wahlen durch Infiltration von Parteien und Gründung geheimdiensteigener Parteien manipuliert, waren die Wahlen damit eigentlich ungültig. Die herrschenden Politiker haben nicht davor zurückgeschreckt, Verbindungsleute selbst in verbrecherischer Absicht einzusetzen.

Nur wenn die Geheimdienste dem Souverän, dem Volk gegenüber parteipolitisch unabhängig transparent sind, kann eine Demokratie funktionieren. Der Geheimdienst ist das stärkste Machtinstrument der herrschenden Politiker und wird von ihnen bedingungslos zum Machterhalt genutzt. Insbesondere wird über die Geheimdienste auch das Zusammenspiel mit den Medien betrieben. Die Medien in Symbiose mit den Regierenden profitieren mittelbar und unmittelbar vom Einsatz der Geheimdienste. Dies ist der Gipfel der Korruption.

Nur so war es möglich, die Invasion der aggressiven und gefräßigen sanftmütigen Tiere in die Städte und Dörfer der Menschen durchzusetzen. Jede Demonstration, jede Meinungsbildung, jede Oppositionspartei wurde von den Tausenden gut ausgebildeter und mit Steuergeldern finanzierter Verbindungsleute mit verdeckten Anschlägen, gefälschten Anschuldigungen und mit Beweismittelfälschungen vor Gericht unterdrückt. Mit dem Ermittlungsmonopol und der Anklagehoheit haben die herrschenden Politiker ihre Geheimdienstmitarbeiter und sich selbst vor Ermittlungen, Anklagen und Verurteilungen geschützt."

Lilly: „Ich bin schwanger und erlebe in der Schwangerschaftsgymnastik nahezu wöchentlich, dass die werdenden Mütter berufliche und gesellschaftliche, häufig sogar familiäre Angriffe erleiden, nur weil es an Geld fehlt, weil die Steuern und Abgaben so hoch sind oder die Raffer gerade jungen Menschen schlechte Anstellungen bieten, sehr geringe Löhne bezahlen. Es ist schäbig von dieser Gesellschaft und noch schäbiger von den herrschenden Politikern, dass in einem reichen Volk Mütter unter solchen Angriffen leiden müssen. Die vielen Häschen, aber wenigen Kinder unseres Volkes und die Tötungsrate von ungeborenen Kindern sind ein Menetekel unserer Gesellschaft. Ich werde für unsere Kinder kämpfen. Ich werde für die Zukunft meines Kindes, für die Zukunft meiner Familie in unserem schönen Land kämpfen und schließe mich den Ausführungen unseres Polizisten an, mich zum Wohl meines Volkes einzusetzen und Schaden von ihm abzuwenden."

Moderatorin: „Kämpferische Worte. Ich beende damit die Talkshow und danke Ihnen für Ihre Teilnahme und Ihre Beiträge."

Die Zukunft hat begonnen

Als die Scheinwerfer und die Kameras abgeschaltet waren, verabschiedete sich der Innenminister sofort, da er noch einen wichtigen Termin habe. Die anderen Gesprächsteilnehmer rückten zusammen und waren noch erregt von der Diskussion. Die Moderatorin schenkte noch einmal Wasser und Wein aus.

Der Medienvertreter wandte sich der Moderatorin zu und meinte schmunzelnd: „Der Innenminister wird heute Abend schwer bestraft, da er zu spät zu seinem Liebchen kommt. Es ist unverzeihlich, dass Sie die Sendung um zehn Minuten verlängert haben."

Die Strenge auf den Gesichtern der Anwesenden wich, es folgte ein mitleidiges Lächeln. Das Eis war gebrochen. Es konnte eine lockere Unterhaltung folgen.

Die Moderatorin fragte den Medienvertreter: „Dürfen Sie das in aller Öffentlichkeit sagen?"

Medienvertreter: „Jetzt sind die Kameras abgeschaltet, jetzt bin ich nicht mehr Medienvertreter. Jetzt bin ich privat bei Ihnen."

Der Vertreter der außerparlamentarischen Opposition wandte sich an den Medienmacher und sagte: „Ihr Abschlussstatement hat mich sehr überrascht, es hat mir aber auch gut gefallen. Was wollten Sie uns damit konkret sagen?"

Medienmacher: „Die immer perfekter vorgetragene Heuchelei, Scheinheiligkeit und Lüge, das offene Unrecht, die im Hintergrund laufende Korruption und der Betrug sowie die Ausbeutung der Menschen sind die alles beherrschenden Kennzeichen der Politik in Menistan geworden. Die Täuschung der Bürger durch die Raffer, Politiker, Kirchen und Medienbosse lassen die Bürger den rechten Zeitpunkt versäumen, für ihre gute Zukunft und die ihrer Kinder vorzusorgen.

Wenn, wie jetzt, beispielsweise die Notenbank frisches Geld ‚druckt' und jeder Bürger, bildlich gesprochen, zu jedem seiner Hunderttalerscheine, die er regulär verdient bzw. als Sozialleistung erhält, noch einen Fünftalerschein der Notenbank zum Ausgeben zusätzlich bekommt, dann geht es den Bürgern plötzlich besser, weil sie fünf Prozent mehr ausgeben können. Sie zahlen auch höhere Steuern an den Staat."

APO: „Die Politiker nutzen das viele Geld, um dafür das Vordringen der sanftmütigen Tiere in die Lebensräume der Bürger zu finanzieren und deren Sicherheit sowie inneren Frieden zu zerstören, die Bildung der Kinder zu behindern, den Bürgern ihre Sicherheit, die Freiheit und ihren Lebensraum wegzunehmen."

Medienmachern weiter: „Das Gelddrucken ist jedoch eine Notmaßnahme für kurze Zeit, da die Währung des Landes im internationalen Vergleich darunter leidet. Das Geld, mit dem die Bürger Güter in anderen Ländern einkaufen, wird nicht mehr erwirtschaftet, es ist nur noch Papier, es steht kein wirtschaftlicher Wert mehr dahinter, und die Währung ist deshalb im Ausland weniger wert."

APO: „Wenn die Notenbank die Notmaßnahme beendet und kein Geld mehr druckt, entsteht der jetzt vorprogrammierte wirtschaftliche Niedergang in Menistan, weil dann den Bürgern die Fünftalerscheine und dem Staat Steuern fehlen, beispielsweise um die vielen sanftmütigen, dann aber auch aggressiven Tiere zu versorgen. Mit ihrem Gelddrucken täuschen die Mächtigen wirtschaftlichen Fortschritt vor. Eine Gelddruckmaschine im Keller macht reich. Die Bürger fühlen sich gut und lassen die Häschen-Invasion geschehen."

Medienmacher: „Aber die ständige Täuschung geht viel weiter. Es tut weh, wenn immer nur die sichtbare Oberfläche erörtert und behandelt wird. Nichts geschieht ohne Ursache. Die Triebkräfte hinter der Oberfläche bleiben gerne im Verborgenen. Unser Journalist hat zur Aufklärung von Geheimdienstaktionen sehr tief gebohrt und über das Internet, das heute aus sehr vielen guten Quellen gespeist wird, erstaunliche Details herausgearbeitet. Natürlich wussten wir als Medienmacher von den hintergründigen, finsteren, im Geheimen ablaufenden Prozessen, mit denen die Geheimdienste die Mächtigen dieser Welt schützen, insbesondere ihre Wiederwahl sicherstellen. Aber die Zusammenstellung in der Liste ‚Tod der Opposition' hat mich doch erstaunt.

Wenn mehr als 30 000 gut ausgebildete Menschen nichts weiter tun als nachzudenken, wie andere Menschen am besten vollständig überwacht werden können, wie ihre Zielobjekte in ihren Handlungen ausgeschaltet und ihre Auftraggeber glorifiziert werden können, dann kommen erstaunliche Possen, Blendwerk und Verbrechen heraus, die nur möglich sind, weil die Politiker das Ermittlungsmonopol haben und sich und ihre Geheimdienste niemals anklagen werden. Zur Untermauerung seiner Aussagen verweist unser Journalist dabei auf die Worte eines mir gut bekannten Expolitikers, der sogar blutige Attentate hinter den Aktionen der Politiker sieht: ‚Ich weise ausdrücklich darauf hin, dass Politiker nicht zurückschrecken, grauenvollste Anschläge im Geheimen gegen unbeteiligte Menschen durchzuführen, um ihren Willen, ihre Staatsziele verwirklichen zu können.'"

Polizist: „Wir werden bei diesen Aktionen der Geheimdienste als Polizei auch häufig mit eingebunden. Wir müssen bei bestimmten Aktionen der Verbindungsleute der Geheimdienste wegschauen, dürfen nicht eingreifen, auch wenn das strafrechtlich geboten wäre, finden die Verbindungsleute vorinformiert, wenn wir bei ihnen Hausdurchsuchungen machen, usw."

Medienmacher: „Das ist jetzt ein Aspekt, der das Verhältnis zwischen der Politik, dem Geheimdienst, den Medien, der Polizei, der Justiz und den Bürgern betrifft. Wir sehen, wie dieses Machtinstrument Geheimdienst genutzt werden kann, um Bürger in die Irre zu führen, sie bei abweichender Haltung zu stigmatisieren und die Demokratie auszuhöhlen, insbesondere um Wahlen zu gewinnen.

Aber es gibt noch viel tiefere Ebenen. Dort verfolgen Damen und Herren mit sehr, sehr viel Geld und besten Verbindungen nahezu unsichtbar, aber nichtsdestotrotz zielstrebig und durchsetzungsfähig ihre politischen und gesellschaftlichen Ziele. Jetzt würde unser Innenminister bereits prophylaktisch warnen, dass wir Verschwörungstheorien nachhängen. Aber mittlerweile können wir im Internet darüber auch Konkretes nachlesen, denn die Damen und Herren, die hier mit unendlich viel Kapitaleinsatz an den ganz großen Schrauben drehen, rühmen sich immer häufiger ihrer zurückliegenden Erfolge bei ihren anthroposophischen Einsätzen."

Nonne: „Wie kommen denn diese Mächtigen an so viel Geld?"

Medienmacher: „Sie nutzen nicht selten in krimineller Absicht die Schwächen der mächtigen Politiker bei politischen Umbrüchen oder wirtschaftlichen Krisen. Da gab es den Säufer, dort den geilen Bock, den tiefgründig Korrupten und die gut Erpressbaren. Mit Bestechung, mit Drohungen, mit richtig krimineller Energie schaffen es Cliquen, in das Umfeld dieser Mächtigen vorzudringen. Der Säufer wurde dann unter Alkohol gehalten, dem Sexisten legten sie Knaben und junge Frauen ins Bett, und der Korrupte erhielt für seine Frau eine große Dose besten Kaviars und in die Hand ein Kuvert mit hunderttausend Talern, Schwarzkonten der Partei wurden kräftig gefüllt, oder er bzw. sie erhielten hohe Orden und Auszeichnungen, die seinen bzw. ihren Narzissmus steigerten.

Wenn die Clique den Regierungschef im Griff hatte, dann betrieben die Eindringlinge die Politik zu ihren Gunsten, und das häufig über Landesgrenzen hinweg. Dann gab es zwar noch den Präsidenten, denn man brauchte ihn noch zum Unterschreiben der Gesetze, Verordnungen und Verträge, die man ihm vorlegte und die nur mit seiner Unterschrift Rechtsgültigkeit erlangten. Als Mitarbeiter des Präsidenten konnten die jetzt Mächtigen ganze Länder ausplündern oder sich beispielsweise Steuervorteile verschaffen. Man nennt diese Personen heute häufig Oligarchen, um damit anzudeuten, dass sie einen wesentlichen Teil der Macht des Landes in ihrer Hand halten. Hintergründig wird damit auch angedeutet, dass sie ihren Reichtum nicht auf normalem Wege verdient haben und ihre Macht unrechtmäßig ausüben.

Natürlich gab es auch andere, die durch Erben, mit einem geschickten Trick, skrupellosen Machenschaften als Immobilienhaie oder als Technikfreak oder Tricks an den Börsen reich wurden."

APO: „Und wie wirken die auf die Politik ein?"

Medienmacher: „Sie schließen sich zu Vereinigungen Gleichgesinnter zusammen. Damit steigern sie die Kapitalbasis und bringen in den Verbund auch Medienmacht, Wirtschafts- und Bankenmacht ein. Sie bauen Informationsimperien auf, haben ihre eigenen ‚Geheimdienste' und nutzen ihre Verbindungen zu Politikern, um an Informationen staatlicher Geheimdienste zu kommen. Frühe Information ist Macht, frühe Information ist Geld.

Verschiedene solcher Verbünde rivalisieren durchaus bei gewissen gesellschaftlichen und politischen Zielen, daneben ist ihnen jedoch generell wichtig, ihre Kapitalbasis, ihre Machtbasis zu halten und auszubauen, was sie generell verbindet.

Diese Verbünde legen fest, was allgemein politisch korrekt ist. Sie haben unseren Mainstream-Politikern und den Mainstream-Medien den Politisch-korrekt-Roboter eingepflanzt, und seitdem können die nur noch politisch korrekt denken, fühlen, sprechen, schreiben, Bilder und Videos zeigen und lügen. Dazu kommen natürlich noch nationale Besonderheiten. Diese betreffen beispielsweise in Menistan den Häschen-Kult, der sich in den Politisch-korrekt-Konsens problemlos einfügt. Damit ist für jeden einzelnen Bürger in unserer Gemeinschaft festgelegt, was er denken soll, was er schreiben, zeigen und sagen darf. Abweichungen von der politischen Korrektheit werden bestraft. Der Täter wird aus der Gemeinschaft ‚ausgeschlossen', ein Journalist wird in den Mainstream-Verlagen und bei Fernsehanstalten praktisch mit einem Berufsverbot belegt, und Politiker werden aus ihren Parteien ausgeschlossen, die es wagen, nicht politisch korrekt zu sein. Damit wird praktisch die gesamte Bevölkerung nur noch von einer ‚Wahrheit' heimgesucht.

Was die Wirkung der meinungsbildenden und machtpolitisch aktiven Oligarchen und Verbünde von Oligarchen angeht, so ist die sehr unterschiedlich. Die Harmlosen verlangen nur spezielle Rechtsformulierungen, um darüber Steuern zu sparen oder in Aufsichtsräte oder Vorstände von großen Unternehmen zu kommen. Die Schwergewichte beeinflussen die Besetzung wichtiger Ämter bis zur Besetzung der Posten der Obersten Richter oder verlangen Krieg gegen ein Land zu führen, weil ihnen beispielsweise der Präsident eines Landes nicht gefällt. Natürlich gibt es auch leicht zu durchschauende Machenschaften. Dort gründet ein Oligarch einen Verlag und verschenkt seine gedruckten Zeitungen, die natürlich genau das enthalten, was für ihn wichtig ist."

Journalist: „Das ist doch bei allen Zeitungen und Sendern so. Der Eigentümer des Verlags oder des Senders bestimmt durch Auswahl seiner Journalisten und Redakteure sowie durch Ausrichtung der Themen und Inhalte, was und in welcher Form berichtet und kommentiert in den Zeitungen erscheinen bzw. gesendet werden darf. Die Medienbarone wollen nicht berichten, sie wollen Politik machen. Als Leser müssen Sie ja nur einen Sachverhalt authentisch kennen und dann in der Presse nachlesen oder im Fernsehen anschauen, was daraus gemacht wurde."

Medienmacher: „Alle Oligarchen investieren in Wertpapiere. Wenn sie dabei Verluste erleiden, müssen die Verluste die Steuerzahler übernehmen. Ein Oligarch träumte von einer Weltregierung und veranlasste seinen Präsidenten, Bündnisse mit anderen Ländern einzugehen, um auch auf die Bündnisländer Einfluss nehmen zu können.

Aber der kleine Mann, der meint, mit seinem Kreuzchen auf einem Stimmzettel könne er Politik machen, wurde vorher schon so getäuscht, dass er nur an den Stellen ein Kreuzchen machen kann, die für die im Hintergrund agierenden Machthaber von Interesse sind. Wenn von Demokratie gesprochen wird, muss ich immer öfter lachen. Die gibt es noch in wenigen kleinen Ländern mit Volksabstimmungen zu praktischen Themen oder in solchen, die keine wirtschaftliche oder politische Bedeutung haben. Welches große bedeutende Land hat eine

Demokratie? Das volkreichste Land der Erde? Nein! Das größte Land der Erde? Nein! Das mächtigste Land der Erde? Nein, dort herrschen auch nur wenige Familien, und es gibt trotz der vielen Kulturen nur zwei Parteien. Man bezeichnet das als Oligarchie - wenige teilen sich die Macht. Und wie schaut es bei uns aus? Wir werden von fremden Politkommissaren und ihren Bürokraten sowie von Politrobotern mit angeschlossenem Abnickverein regiert."

Lilly: „Wie sehen Sie die Entwicklungen unserer Häschen-Union?"

Medienmacher: „Ich habe es schon vorher in der Diskussion ausgedrückt. Die Nationalstaaten, die Demokratien, das Einheimische soll verschwinden. Solange es ein Volk mit einer Kultur in einem Land gibt, ist dies für viele Menschen dort ein verbindendes und stärkendes Element, das die weltweit operierenden Oligarchen nicht brauchen können. Eine multikulturelle Gesellschaft zerfällt und lässt sich von den Oligarchen wesentlich leichter steuern und ausbeuten, da sie die einzelnen Kulturen in einem Gebiet gegeneinander richten können. Nach dem römischen Grundsatz ‚teile und herrsche' wird auch hier verfahren.

Natürlich geht es bei den Kommissaren der Union, aber auch bei den einzelnen Mitgliedsstaaten um Geld und Macht. Was so einfach anfing, den anderen Ländern, die uns Karnickel abgenommen haben, Geld zum Aufbau ihrer Gehege zur Verfügung zu stellen, hat mittlerweile dazu geführt, dass viele andere Politikbereiche ihre Wünsche und Forderungen an Menistan gerichtet haben und mit Hilferufen und erpresserischem Druck auch Geldtransfers durchgesetzt haben. Das Schwert der Barmherzigkeit lässt sich überall schwingen, und es zersticht, es zerschlägt und es zerschneidet die Völker, den wirtschaftlich gebotenen Fortschritt und unseren gesellschaftlichen Konsens, indem es die Faulen und Streitsüchtigen belohnt und die Leistungswilligen, die Friedlichen bestraft."

APO: „Womit wir wieder bei der Barmherzigkeit sind. Die Masche ‚Barmherzigkeit', gegen die Vernunftargumente stumpfe Waffen sind, lässt sich offenbar sehr gut nutzen, um die Bürger immer stärker zu unterdrücken. Nur so ist es wohl zu erklären, dass trotz der Eskalation der Auseinandersetzungen der aggressiven sanftmütigen Tiere mit den Menschen in unseren Städten der Deckel auf dem Pulverfass gehalten werden kann.

Journalist: Manche Politiker tun so, als seien sie ratlos. Nein, die Politroboter und die anderen Scheinheiligen wollen die Invasion der Tiere, sonst hätten sie längst die Notbremse gezogen. Sie wollen mit der Flut von Eindringlingen vollendete Tatsachen schaffen."

APO: „Viele Bürger sind wie gelähmt. Die ‚Schläge' mit den Moralkeulen der Politiker, Raffer und Medien in Verbindung mit Geheimdienstaktionen auf die Köpfe der Bürger haben ihre Wirkung voll entfaltet. Obwohl die meisten Bürger ihr Volk erhalten wollen, wagen viele nicht, sich der außerparlamentarischen Opposition anzuschließen oder sie zumindest zu wählen. Dabei sollten sich die Bürger doch nur einmal fragen, ob sie wirklich eine der Altparteien wählen können.

Nonne: „Was für einen gigantischen Unrechtsstaat haben die Altparteien errichtet!"

Medienmacher: „Wir haben bereits mehrfach darüber gesprochen. Aber diese Politroboter haben doch viele für sie vorteilhafte Fertigkeiten im Laufe der Zeit entwickelt:

- Politroboter beherrschen die Korruption perfekt: Der eine hatte sich hunderttausend Taler von einem Raffer zustecken lassen, die anderen sorgten dafür, dass die Schwarzgeldkonten gut gefüllt wurden, und alle arbeiten in dem Korruptionskartell gut zusammen. Um ihre Macht über die Bürger zu festigen, setzen sie auf Kosten der

Steuerzahler mehr als 30 000 Mitarbeitern der Geheimdienste zum eigenen Vorteil ein.

- Jeder Mensch wird frei von Schuld geboren. Es gibt keine Erbschuld. Die Politroboter haben es geschafft, mit ihrem Häschen-Kult den Menistanern in sozialrassistischen Attacken eine immerwährende Tötungsschuld an sanftmütigen Tieren aufzudrücken, die Bürger zu stigmatisieren, ihnen ihre Würde zu rauben. Sie nutzen den Schuldkomplex, um die Bürger niederzudrücken und ihre Politik durchzusetzen.

- Die Bürger unseres Landes sind einfallsreich, eifrig bei der Arbeit, geschäftstüchtig und damit leistungsstark. Um all die Ausgaben für die Häschen, Schafe und Schweine, den Häschen-Kult, die Raffer und Oligarchen, die Häschen-Union finanzieren zu können, werden immer mehr Bürger dieses Landes durch Steuern und Abgaben immer stärker ausgequetscht, junge und wenig gebildete Beschäftigte mehr und mehr ‚versklavt'.

- Das reicht unseren Politrobotern aber noch nicht. Sie haben auch noch gewaltige Schuldenberge aufgehäuft, die sie den nächsten Generationen vor die Füße werfen.

- Die Politroboter wissen alles besser. Sie begegnen anderen Völkern und anderen Kulturen nicht auf gleicher Augenhöhe. Ihre Schulmeisterei wird von vielen Völkern beklagt.

- Politroboter haben unseren Soldaten befohlen, arme und schwache Länder zu überfallen, keine Gnade zu zeigen und zuerst zu schießen. Um stärkeren Völkern zu gefallen, leben sie mit diesen ihre Machtgelüste aus.

- Politroboter haben die Häschen-Union gegründet. Wieder haben sie ihre Barmherzigkeit entdeckt, um anderen Staaten, die mehr verbrauchen als sie bereit sind zu erwirtschaften, alternativlos unser Geld zu schenken. Dafür erhalten sie Ansehen, aber auch Macht über andere Politiker, ja über ganze Völker.

- Politroboter verspotten Mütter, finanzieren die Tötung von Kindern und grenzen Lebensschützer aus, um in ihrer Zeit zusammen mit den Raffern das Volk noch besser ausbeuten zu können."

Nonne: „Die herrschenden Politiker und ihre Parteien haben den Behörden ausdrücklich verboten, uns Menschenlebensschützern Geld für unsere Hilfe an werdende Mütter zu geben, weil wir den werdenden Müttern nur Hilfe zum Leben ihrer Kinder und nicht Hilfe zum Töten ihrer Kinder anbieten. Dennoch haben wir mit bescheidenen privaten Spenden Tausenden unserer Kinder das Leben gerettet und deren Müttern ein Trauma erspart. Wir waren vor einer Abtreibungsklinik mit unseren bescheidenen Hilfestellungen für werdende Mütter kurz vor der Tötung ihrer Kinder sogar so erfolgreich, dass uns der Chef der Tötungsfabrik wegen Geschäftsschädigung anklagte und teilweise vor Gericht recht bekam. Das Geschäft dieses Tötungsraffers ist die politisch gewollte, gesetzlich geregelte, staatlich organisierte und finanzierte Tötung von Menschen, von völlig unschuldigen Kindern. Nein, die Politiker sorgen sich nicht um das Leben unserer Kinder. Weil wir es tun, verfolgen sie uns.

Die Politiker wissen, dass nahezu alle Mütter arm sind, die in ihrer Verzweiflung ihre Kinder abtreiben lassen. Doch anstatt den Müttern in ihrer Not zu helfen, Barmherzigkeit zu zeigen, ihnen eine gute Perspektive für ein Leben mit ihrem Kind zu bieten, sagen sie ihnen nur zu, die Tötung ihrer Kinder zu finanzieren. Hat jemand schon einmal dort, wo Tausende unserer Kinder vernichtet wurden, einen Politiker gesehen, der einer werdenden Mutter Mut und wirkliche Hilfe zugesagt hätte und sie bat, das Leben ihres Kindes zu erhalten?

Ist nicht schon unterlassene Hilfestellung bei der Tötung von Menschen ein Verbrechen? Was ist dann die vorsätzlich angeordnete Finanzierung der Tötung von Millionen unschuldiger, wehrloser Kinder? Sind unsere ach ‚so menschlich edlen' Politiker in ihrer ‚Kultur des Todes' Massenverbrecher?

Offenbar wollen die herrschenden Politiker unsere Kinder nicht. An jedem Werktag werden Hunderte unserer Kinder getötet, gestern, heute, ..."

Lilly: „Brauchen wir keine Kinder mehr? Unser Volk altert."

Journalist: „Wenn man ein Volk vernichten will, tötet man seine Kinder. Menistan, wo treibst du hin?"

Nonne: „Ich frage noch einmal, wie kann es Menschen geben, die diese Politroboter sympathisch finden, die sie mit Parteimitgliedsbeiträgen und Spenden unterstützen?"

Polizist: „Was hatten wir für ein schönes, friedliches, wohlhabendes und geselliges Zusammenleben in unserem Land, das jetzt die Raffer, Medien und Politiker ohne Sinn und Verstand einfach zerstört haben - und ich weiß, wovon ich rede."

APO: „Ja, es ist erschreckend, wohin die Politik der Politroboter geführt hat. Sie haben kein Herz im Leib, nur kalten Stahl.

Die Bürger unseres Landes erwarten doch nicht viel von der Politik. Wir Bürger wollen doch nur das Menschenleben und die Gesundheit der Bürger in unserem Lande erhalten, in Frieden, Freiheit und Sicherheit leben, unsere Kultur pflegen, fleißig und ideenreich sein, um uns Wohlstand zu erarbeiten. Die Unternehmen sollen in die Lage versetzt werden, gute Arbeitsplätze zu schaffen und zu erhalten. Sie sollen befreit werden von sachfremden sozialen Leistungen, die bisher gerade das Verhältnis zu Müttern vergiftet haben. Wir wollen Lebensfreude in unserem Land genießen. Wir wollen frei von Erbschuld leben. Wir wollen nicht ständig von Politik und Medien niedergedrückt werden, nicht rassistisch von unseren Politrobotern, Medienmachern und Profiteuren wegen Verbrechen, die wir nicht begangen haben, stigmatisiert werden. Wir wollen über unser Zusammenleben im eigenen Land selbst bestimmen und nicht ‚häschenhörig' werden.

Wir wollen eine soziale Gesellschaft sein, in der die Einkommen beziehenden Menschen durch ihre Steuern und Beiträge dafür sorgen, dass Kranke, Invalide, werdende Mütter und Kinder ihrem Bedarf gemäß, Arbeitslose, Alte und Kinder erziehende Eltern nach ihren Leistungen für die Gesellschaft unterstützt werden. Die angemessene Förderung des Lebens unserer Kinder und der Leistungen ihrer Mütter haben Vorrang vor anderen Ausgaben. Wir wollen unseren Kindern die bestmögliche Ausbildung zukommen lassen, sie in unserer Kultur unterrichten und damit Identität schaffen. Unsere Kinder sind unsere Zukunft. Nicht die Raffer sollten die Politik bestimmen, sondern die Verfassung, das Wohlergehen des eigenen Volkes und der Staatsbürger sollen entscheidend sein. Ausländer neigen dazu, Forderungen an uns zu richten, die sie und ihr Heimatland Ausländern nicht erfüllen. Um allen gerecht zu werden, erhalten Ausländer bei uns die Rechte, Pflichten und Zuwendungen, die ihr Heimatland Einwanderwilligen gewährt.

Wir wollen so normal sein wie alle anderen Völker dieser Erde, mit allen Völkern fairen Handel treiben. Wir wollen weltoffen sein und freuen uns über jeden Gast, der uns besucht, genauso wie wir gerne in andere Staaten und Kulturen reisen. Gerne können bedarfsgerecht Menschen anderer Völker bei uns arbeiten. Doch wir wollen unsere nationale und kulturelle Identität behalten, unsere Grenzen schützen, um nicht durch ausländische Gauner und Gangster belästigt und ausgebeutet zu werden. Es reichen die Kriminellen, die wir im eigenen Land haben.

Wir wollen Menschen mit anderen Kulturen und Gesellschaftsmodellen auf gleicher Augenhöhe begegnen und nicht überheblich anderen Menschen und Völkern vorschreiben, wie sie zu leben und zu wirtschaften haben, mit wem sie Handel treiben und wie sie miteinander umgehen sollen. Wir wollen keine Angriffskriege gegen andere Völker führen.

Wir wollen nicht Sklaven von Oligarchen, Politkommissaren, Raffern und staatlichen oder mafiösen Bettlern sein. Unsere Verfassung ist so gut und so vollkommen, dass wir gut danach leben können. Auch die Politiker sollten sich daran halten und insbesondere ihren Verfassungseid erfüllen. Ein Verstoß gegen den Verfassungseid sollte schwer bestraft werden.

Geheimdienste müssen transparenter werden.
Die Häschen-Union in der jetzigen Form wird nicht mehr benötigt, da insbesondere in Menistan der Häschen-Kult nicht weitergeführt wird. Die undemokratischen Politkommissare der Häschen-Union mit ihrem gewaltigen und teuren Beamtenapparat werden in dieser Form nicht mehr benötigt. Stattdessen überwacht eine kleine Mannschaft die Verträge zur gutnachbarschaftlichen Zusammenarbeit."

Moderatorin: „Wie kann es weitergehen?"

Nonne: „Wir sehen nicht mehr nur sanftmütige Tiere, wir besinnen uns wieder auf uns Menschen, auf uns Menistaner."

APO: „Das wird nicht reichen."

Medienmacher: „Bei dieser Machtkonstellation bleiben nur drei Szenarien übrig:

Erstens: Wie in den großen Revolutionen und richtigen Kriegen schauen das Militär, die Polizei und die Geheimdienste der Stigmatisierung der

Bevölkerung einerseits und der Invasion, der Zerstörung des Volkes, der Demokratie und Identität so lange zu, bis alles zerstört ist, und eine Gegenrevolution diese Staatsform mit Bürgerkrieg beendet oder das Volk untergeht.

Zweitens: Die Polizei, die Geheimdienste und die anderen Staatsdiener sehen sich zuerst als Bürger dieses Staates, folgen den Worten des Verfassungseids, das Wohl des Volkes und seiner Bürger zu mehren und Schaden von ihm bzw. von ihnen abzuwenden, und machen den Regierenden klar, dass sie nicht mehr bereit sind, deren Weisungen zu befolgen und jede nationale Opposition im Land zu unterdrücken.

Der frühere Geheimdienstkoordinator hatte gesagt: ‚Keine Geheimnisse der Geheimdienste dürfen bekannt werden, da sonst die Regierung stürzen würde.' Es würde wohl reichen, wenn die Geheimdienstmitarbeiter den Bürgern die Korruption, die Vergehen, die Verbrechen, die stigmatisierenden Aktionen der führenden Politiker transparent machten. Die Bürger sähen dann schnell, dass sie von ihren smarten Politrobotern zu deren Machterhalt getäuscht, stigmatisiert und missbraucht wurden. Sie würden die Altparteien aus dem Parlament jagen.

Drittens: Die Bürger unseres Volkes werden sich bewusst, dass jeder Mensch frei von Schuld geboren wird. Sie sind nicht mehr bereit, sich von den Regierenden stigmatisieren zu lassen, und schütteln jede Erbschuld ab. In einem Generalstreik befreien sie sich von den führenden Politikern, die derzeit mit zugeschobenen Schuldkomplexen, Geheimdiensten und Raffern unsere Demokratie und unser Volk auflösen. Die Bürger besinnen sich auf ihre Verfassung, in der steht, dass alle Macht im Staat vom Volk ausgeht. Sie richten eine direkte Demokratie ein. Sie nehmen für sich das Recht in Anspruch, jeden wichtigen Sachverhalt durch Volksabstimmung selbst zu regeln. Mit den heute gegebenen Kommunikationsmöglichkeiten ist dies ohne großen Aufwand jederzeit möglich. Es kann nicht sein, dass ein einzelner Politiker über Wohl und

Wehe eines ganzen Volkes bestimmt, der leicht von den Raffern, den Oligarchen erpresst werden kann, die das ganze Volk für ihre Zwecke ausbeuten wollen."

Lilly forderte die Anwesenden auf, einen Bund, die ‚Menistaner Partner für das Leben' zu gründen und aktiv zu werden in einem

Aufruf:

„Liebe Menistanerinnen und Menistaner,
mehren Sie das Wohl unseres Volkes und wenden Sie Schaden von ihm ab, wie es unser Verfassungseid fordert. Setzen Sie sich für eine lebensfrohe und friedliche Zukunft unseres Volkes ein, für unser aller Lebensglück.

Fragen Sie sich:
Werden wir von Extremisten beherrscht?
Sind die Mächtigen des Landes Heilige oder Bestien?

Heilige,
- weil ihnen alle sanftmütigen Tiere in unseren Gemeinden willkommen sind, die sich in den Gehegen karnickelartig vermehrt und dann unter Stress und Neid um Vorherrschaft, Wohnraum, Futter und Sex gekämpft haben,
- weil sie den Tieren in unseren Städten und Dörfern ein möglichst angenehmes Leben bereiten wollen,
- weil sie andere Völker moralisch und durch Geldgeschenke finanziell nötigen, ihnen ihre Politik nachzuahmen,
- weil sie sogar dem eigenen Volk Lebensbereiche und Geld wegnehmen, damit sie die eingeladenen Tiere großzügig versorgen können.

Bestien,
- weil sie in ihrer ‚Kultur des Todes' die bestialische Tötung und Verbrennung von Millionen unserer ungeborenen Kinder gewollt, organisiert und finanziert haben und weiter finanzieren,
- weil ihnen die Kinder unseres Volkes eine Last sind, da Kinder Geld kosten und Raffer die kindererziehenden Mütter nicht uneingeschränkt ausbeuten können,
- weil Kinder ihnen nicht willkommen sind – Kinderfeinde,
- weil sie die Menistaner Mütter verhöhnt haben und sozialrassistisch während der Erziehung ihrer Kinder und im Alter ausbeuten – Mütterfeinde,
- weil die Mütter- und Kinderfeinde mit der Erniedrigung der Mütter und Finanzierung der Tötung unserer Kinder unser Volk dezimiert und gealtert haben – Feinde der Menistaner,
- weil sie Angriffskriege führen, unsere Soldaten opfern, Tausende unschuldige Menschen töteten oder verletzten, Waffen in Spannungsgebiete liefern, wo getötet und vertrieben wird, den Terror bei uns anheizen,
- weil sie den staatlichen Geheimdienst zum eigenen Machterhalt missbrauchen, mit verdeckten provozierenden kriminellen Aktionen die Bürger stigmatisieren, mit Hinterlist den Wählerwillen manipulieren – Demokratie-Gau,
- weil sie unsere Demokratie mit Geheimdienstaktionen im Inneren und Politkommissaren der Häschen-Union von außen aushöhlen,
- weil sie ihren Verfassungseid systematisch brechen. Das Menistaner Volk hat in einer Art Vertrag den herrschenden Parteien durch Stimmabgabe die Macht im Staat übertragen, und die Regierenden haben im Gegenzug in ihrem Verfassungseid geschworen, das Wohl des Menistaner Volkes zu mehren und es vor Schaden zu bewahren.

Sind die Machtpolitiker zu einer Abtreibungsklinik gegangen und haben den werdenden Müttern Mut zugesprochen, die barbarische Tötung, das Tötungsunrecht nicht zu vollziehen? Haben sie den Millionen Schwangeren, die so arm waren, dass die Altparteien ihnen nicht einmal zugemutet haben, die Tötung ihrer Kinder selbst zu bezahlen, und den Staat zwangen, die Tötung und Verbrennung der Kinder zu finanzieren, wirkliche Hilfe angeboten, damit die Mütter ohne Not und Zukunftsangst hätten ihre Kinder bekommen und erziehen können?

Jeden Werktag werden Hunderte unserer Kinder durch Abtreibung getötet, jeden Tag dringen Tausende sanftmütige Tiere in unsere Gemeinden ein. Würden die Altparteien den unter Not leidenden Müttern so viel Geld für die Erhaltung des Lebens ihrer Kinder geben, wie sie für die sanftmütigen Tiere ausgeben, würde kein Kind aus Not vernichtet werden. ‚Nicht an ihren Worten, an den Früchten ihren Taten werdet ihr sie erkennen.' Urteilen Sie über unsere herrschenden Politiker – können Heilige die Tötung von unschuldigen Kindern wollen und finanzieren?

Rufen Sie ‚Halt!' ‚Hier wird vernichtet!' Bedenken Sie unsere Zukunft. Kämpfen Sie gegen das Böse, das unsere Zukunft, unser Lebensglück und das unserer Kinder zerstört. Die Altparteien haben einen gigantischen Unrechtsstaat errichtet. Sie lösen unseren Staat, unser Volk auf. Helfen Sie mit, das Unrecht in Menistan zu beseitigen. Dies geht nur, wenn wir den Altparteien die Macht entziehen.

Es kann kein Unrecht sein, die Tiere wieder dorthin zu bringen, wo sie hergekommen sind. Die Gehege sind für viele Tiere groß genug. Wir können nichts dagegen tun, dass sich die sanftmütigen Tiere stark vermehren, ‚Vielweiberei' betreiben und dann um Wohnraum, Futter und Sex streiten und kämpfen. Das sollen sie aber besser in ihren Gehegen machen und nicht in unseren Städten.

Wenn unsere Mütter- und Kinderfeinde mit ihrem Moralfinger, herzzerreißenden Bildern von schmachtenden Häschen und der Forderung nach Barmherzigkeit gegenüber den eingedrungenen Tieren uns zu deren Aufnahme in unsere Städte und Dörfer zwingen wollen, so zeigen wir ihnen die blanken Knochen der in ihren Kriegen geopferten Soldaten und getöteten unschuldigen Menschen und die Berge von zerfetzten Leibern unserer abgetriebenen Kinder und fragen sie, ob sie ‚Killer-Barmherzige' sind.

Die Mütter- und Kinderfeinde wollen offensichtlich kein freudiges Kinderlachen, kein Familienglück ohne finanzielle Sorgen, keinen Frieden, keine Sicherheit und Freiheit der Bürger in unserem Land, sondern möglichst gut versorgte, frustrierte, aggressiv kämpfende Rammler, Böcke und Eber.

Schon Goethe forderte:
‚O laßt uns widerstehen, laßt uns tapfer,
Was uns und unser Volk erhalten kann,
Mit doppelt neu vereinter Kraft erhalten!'

Leisten Sie aktiv und passiv Widerstand. Wenn Ihnen Ihr Gewissen sagt, dass die Anweisungen der Politiker oder ihrer politisch gehätschelten Vorgesetzten gegen unseren Verfassungseid verstoßen, unserem Volk schaden, das Unrecht im Land festigen oder gar vermehren, nur dem Machterhalt der Mächtigen dienen, dann leisten Sie aktiv Widerstand, aber zumindest passiven Widerstand. Dies erbitten wir vor allem von den Staatsdienern, insbesondere den Soldaten, Polizisten, Geheimdienstbeamten und V-Leuten, Staatsanwälten, Richtern und Ministerialbeamten.

Wir, das Volk, verfügen über alle Macht, wir sind der Souverän. Nehmen wir den zerstörerischen Altparteien die Macht, und errichten wir eine direkte Demokratie. Es kann nicht länger sein, dass unsere Zukunft von korrupten und gut erpressbaren einzelnen Personen mit dem Hang zum Narzissmus und zur Besserwisserei abhängig ist. Im Zeitalter allgegenwärtiger Kommunikation kann das Volk alle grundlegenden Sachverhalte ohne großen Aufwand selbst entscheiden.

Wir, die Menistaner Partner für das Leben, bitten Sie, liebe Bürgerinnen und Bürger, uns bei der politischen Durchsetzung der folgenden Kernforderungen zu unterstützen:

1. Vorrang dem Leben, insbesondere auch dem Leben unserer ungeborenen Kinder: helfen statt töten. Unsere Kinder sind uns willkommen, sie sind unser Glück, unsere Stütze, unsere Zukunft.

2. Vorrang für unsere Mütter: Den Müttern ist mit Anerkennung und Dankbarkeit zu begegnen. Dafür, dass sie unsere Kinder zur Welt bringen und die Hauptlast bei der Erziehung der Kinder erbringen, sind ihre Leistungen für unser Volk während der Erziehungszeit und im Alter sozial angemessen zu honorieren.

3. Vorrang dem Wohl unseres Volkes (Verfassungseid): Seine Erhaltung ist Verfassungsauftrag, Sicherheit, Freiheit, Frieden, Wohlstand und Kultur sind unsere Herzensanliegen.

4. Vorrang dem Lebensglück der Bürgerinnen und Bürger, eingebettet in unser Volk: Gesundheit, Familie und andere Gemeinschaften, Pflege unserer Lebensart, Verfügung über genügend Geld, dazu prosperierende Wirtschaft sind Basis unseres Glücks.

5. Vorrang dem Frieden: Wir ächten Angriffskriege und Kriegsterror; wir setzen uns ein für einen nachhaltigen Stopp der Gewalt- und Terrorspirale; wir begegnen anderen Völkern und deren Bürgern auf gleicher Augenhöhe. Keine Besserwisserei, keine Korruption oder Erpressung; wir dulden keine Kämpfe der sanftmütigen Tiere in unseren Gemeinden.

6. Direkte Demokratie: Das Volk bestimmt über grundlegende Sachfragen.

7. Souveränität: Wir wehren uns gegen Fremdbestimmung durch Oligarchen mit Einfluss auf Politik und Medien, durch Politkommisare der Häschen-Union, durch Invasoren.

8. Wir führen die sanftmütigen Tiere in ihre Gehege zurück, befestigen die Zäune, um ein Eindringen der aggressiven Tiere in unsere Gemeinden zu verhindern.

9. Das Machtinstrument Geheimdienste darf nicht länger zum Machterhalt von Politikern und Parteien missbraucht werden, deshalb Kontrolle der Geheimdienste durch unabhängige Richter, die von Kollegen ernannt werden.

10. Wir wollen den Killer-Barmherzigen die Macht entreißen, die einerseits gnadenlos und unmenschlich die Tötung unserer Kinder finanzieren und andererseits bei der Aufnahme von Tieren Barmherzigkeit fordern und dafür beliebig viel Geld ausgeben, unser Volk auflösen.

Wählen Sie neue Parteien, die zum Wohl unseres Volkes arbeiten wollen und bestimmen Sie durch Volksabstimmungen die Richtlinien der Politik selbst."

Moderatorin: „Haben Sie nicht etwas Schöneres zum Abschluss?"

Medienmacher: „In einer Stunde beginnt ein neuer Tag!"

Alle lachten.

Dann verabschiedete die Moderatorin ihre Gäste mit den Worten: „Schlafen und träumen Sie gut in unserem schönen Menistan."

Die Erniedrigung

Auf dem Weg zum Ausgang der Fernsehanstalt verständigten sich Lilly und der Journalist Schröder, gemeinsam ein Taxi zu nehmen, da sie im selben Stadtviertel ca. eine halbe Stunde entfernt wohnten. Ein bullig wirkendes Taxi nahm sie auf, und die Fahrt ging zunächst zügig bis ins Stadtzentrum. Dort im Licht der Laternen und der noch wenigen strahlenden Leuchtreklamen waren viele Tiere unterwegs. Der Taxifahrer schimpfte und schrie die Tiere an, sie mögen die Straße verlassen, doch die verstanden ihn sicher nicht. Zur fortgeschrittenen Stunde waren nur ganz wenige Autos unterwegs. Nahezu alle Ampeln waren ausgeschaltet oder ohnedies defekt, da die Stadtverwaltung sie nicht mehr reparierte. Viele Menschen waren verarmt, sie konnten sich keine Autos mehr leisten, und deshalb war auch in den früher so stark gefürchteten Stoßzeiten nur relativ wenig Verkehr auf den Straßen. Jetzt brummten dort hauptsächlich große Lastzüge, die Futter für Tiere und Essen für Menschen transportierten.

Lilly und der Journalist saßen auf der Rückbank des Wagens und unterhielten sich. Lilly erzählte von ihrer Jugend und von ihren Eltern, die zu ihrer großen Freude ihr die Häschen Emma und Kobold zum Geburtstag geschenkt hatten. Sie beschrieb die vielen Fotos, die ihr Bruder Tom von ihr und dem ersten Wurf von Emma, den jungen Häschen, gemacht hatte. Viele Bilder mit einem Text versehen hatte sie an die Redaktion der Bezirkszeitung geschickt. Sie erzählte vom ersten selbstverdienten Geld, das ihr die Zeitung für den Abdruck der Bilder und Texte gezahlt hatte. Sie berichtete von ihrem Vater, der mit der Häschenvermehrung nicht einverstanden gewesen war, und von ihrer Mutter, die ein Freigehege auf einem neu angeschafften Grundstück hatte einrichten lassen, um die Häschen aus dem Leben der Familie stärker herauszuhalten, weil ihr Mann immer öfter in den Banker-Club gegangen war und die Familie zu zerbrechen drohte.

Der Journalist interessierte sich speziell dafür, wie Lilly es geschafft hatte, eine solche Begeisterung für das Lebensrecht der Tiere zunächst in der Hauptstadt und dann im ganzen Land auszulösen.

Lilly erzählte weiter, dass Geld in ihrer Familie schon wegen des Berufs ihres Vaters große Bedeutung gehabt habe und häufig darüber gesprochen worden war. Sie hatte schnell erkannt, dass sie mit ihren Zeitungsbeiträgen und mit ihrer Website gutes Geld verdienen konnte. Das hatte sie und ihren Bruder stark motiviert, gute Beiträge für die Presse und ihren Internetauftritt zu erstellen, die dann auch entsprechend gut honoriert worden waren. Aus den Leserbriefen und den Kommentaren, die sie über das Internet und aus den sozialen Netzwerken erhalten hatten, hatten sie schnell erkannt, dass die Menschen sich nach einer friedlichen Welt sehnten, in der auch die Tiere ein friedliches Leben führen sollten. Die Menschen hatten es satt gehabt, laufend von Kastration, vom Schlachten, vom Erschießen und dergleichen zu hören. Und sie, Tom und Lilly, hatten in den Häschen den Schlüssel zum Erfolg gesehen. Gerade an den sanftmütigen Tieren hatten sie den Widerspruch von kommerzieller Nutzung der Häschen auf der einen Seite und deren Liebkosungen auf der anderen Seite aufzeigen können. Das Image der Tierliebe, die Hilfsbereitschaft gegenüber der schwachen Kreatur und der Schutz des Lebens hatten sich hervorragend verkaufen lassen.

Der Journalist war erstaunt, dass Lillys Vater diese Geldgier seiner Kinder zugelassen hatte.

Lilly widersprach dem. Das primäre Anliegen von ihr und Tom wäre tatsächlich gewesen, den sanftmütigen Tieren ein friedliches Leben zu sichern. Dass sie dadurch auch noch gutes Geld verdienen konnten, hatte ihnen gezeigt, dass sie den Nerv der Menschen getroffen hatten.

Die Mutter der Kinder und die Kinder selbst hätten aber erkennen müssen, dass die Realität in ihrem Häschen-Gehege gegen eine Garantie des Lebensrechts der Tiere gesprochen hätte, bohrte der Journalist nach.

Das sah Lilly anders. Gerade in der Lebendigkeit, in dem Lebensfluss, in dem Willen zum Leben und zur Arterhaltung hätten sie als Kinder die Botschaft der Natur gesehen, den Tieren ihren Lebenswillen zu erhalten. Natürlich hätte es fürchterlich in dem Häschen-Gehege gestunken, und die Kämpfe hätten nach jedem Vermehrungszyklus immer weiter zugenommen, denn die jungen Häschen hätten auch Familienverbände gründen wollen, was aber in dem kleinen Gehege nicht möglich gewesen wäre. Aber das konnte geändert werden. Man hätte ja nur ein großes Gehege schaffen müssen, und das war dann eben ihr nächstes Ziel gewesen.

Der Journalist schüttelte den Kopf und fragte: „Wirklich?".

Jetzt musste Lilly zugeben, dass auch sie als Kinder natürlich gewusst hätten, auch ein sehr großes Gehege würde keine Lösung des Problems darstellen und könne zu sehr viel Leid führen. Aber angesichts ihres Erfolgs, auch ihres finanziellen Erfolgs, hatten sie versucht, sich moralisch mit Argumenten zu wappnen, die eine Weiterführung des Lebensschutzes und damit ihres Geschäftsmodells ermöglicht hatten: „Nur wenn man selbst von einer Sache überzeugt ist, findet man die richtigen Worte, hat man das richtige Auftreten, drückt durch die Körpersprache den Zuhörern Identität aus, und dies ist Grundvoraussetzung jeder Werbung und jeder politischen Karriere."

Lilly betonte aber, dass erst das professionelle Wirken von Herrn Raffer dem Lebensschutz der sanftmütigen Tiere zum Durchbruch verholfen hatte. Sie als Kinder hätten dies wohl nie geschafft, und ihre Eltern hätten sie auch nicht in dem entscheidenden Ausmaße unterstützt.

Raffer hatte es sehr gut verstanden, mit den Gefühlen der Menschen sehr viel Geld zu verdienen. Er hatte die Schwächen in der Gesellschaft, insbesondere die Koruptheit der Politiker, genutzt, um daraus Geld für sich zu generieren: „Ich war einerseits Werkzeug, aber andererseits auch Profiteurin von den schlauen Machenschaften des Herrn Raffer. Als Werbeikone habe ich sehr viel Geld verdient."

Der Journalist wollte wissen, was sie mit dem vielen Geld getan hatte.

Sie hätte gerne das Geld für Partys, Autos und schöne Reisen ausgegeben, doch hatte sie keine Zeit dazu gehabt. Ihr Vater aber hatte darauf bestanden, das Geld anzulegen, und das war ihm durch Investitionen in die Lebensmittelindustrie und Gesellschaften anderer Länder der Häschen-Union sehr gut gelungen, so dass sie sich heute auf ein kleines Vermögen stützen könne, erklärte Lilly ihrem Gesprächspartner. Die sehr hohen Einkünfte hätten aber nur wenige Jahre angehalten. Dann waren andere Sternchen am Werbehorizont aufgetaucht, und ihre Einnahmen waren geschwunden.

Lilly wurde sehr ernst und meinte: „Als ich meinen Mann und seine Familie kennenlernte, veränderte sich mein Weltbild erheblich. Mein Mann ist in der internationalen Kommunikationsbranche tätig und damit sehr weltoffen. Er ist auch jetzt auf Auslandsreisen. Seine Familie lebt aber nach dem festen Grundsatz, man müsse im Innern des Landes stabil sein, das Fundament muss tragen, wenn man innen und außen erfolgreich sein will. Alles, was die innere Ordnung und Kultur zerstört, wird abgelehnt, was gemäß unserer Verfassung unser Volk in seiner Ordnung und Kultur erhält, wird gefördert. Seine Familie wollte auch nicht wie ich an der Häschenvermehrung Geld verdienen, da sie dadurch indirekt an der Zerstörung der inneren Basis unserer Wirtschaft, unserer Kultur und unseres Volkes mitwirken würde. Sie engagiert sich für die Erhaltung des Lebens aller Menschen und für eine gute Zukunft unserer Kinder. Und diese lebensbejahende und zukunftsweisende Haltung habe ich auch selbst übernommen."

Lilly hob hervor, dass sie derzeit Kommunikationswissenschaften studiere, um vielleicht später mit ihrem Mann zusammen eine eigene Firma zu betreiben. Sie beide würden sich aber besonders auf die Geburt ihres Kindes freuen, und sie speziell auf ihre Mutterrolle.

Als Lilly zum Fenster hinaussah, fiel ihr auf, dass das Taxi bereits in ihrem Stadtviertel angekommen war. Die Straßen wurden enger, und die Gartenzäune reichten bis an die Gehsteige heran. Sie las den Straßennamen Bergstraße. Das Taxi kam nur zögerlich weiter, da immer wieder Tiere die Straße blockierten. Der Taxifahrer verriet, dass er eine Peitsche, einen Eispickel und einen Revolver im Auto habe, um ggf. Tiere von der Straße verscheuchen zu können. Da er keinen Waffenschein besäße, hätte er den Revolver nur mit Platzpatronen geladen. Er hätte aber auch scharfe Munition dabei, um sich der Schweine erwehren zu können, wenn sie ihn beispielsweise beim Ausladen des Taxis anfallen würden.

Plötzlich bremste der Fahrer das Auto ab. Er schaltete das Fernlicht ein, und alle sahen deutlich, dass eine große Menge von Schweinen auf der Straße war. Die Tiere bewegten sich langsam auf das Auto zu. Der Taxifahrer schaute in den Rückspiegel und fing an zu fluchen, da auch von einer Seitenstraße aus Schweine in die Straße strömten. Das Auto saß fest. Er konnte also nicht mehr zurückstoßen, um einen anderen Weg zu seinem Ziel zu suchen. Es dauerte nicht lange, da war der Wagen von Schweinen umzingelt. Da die von hinten kommenden Schweine auch auf das Taxi zuliefen, war nicht zu erkennen, wie sich das Knäuel auflösen könnte. Der Taxifahrer schaltete den Motor und damit die Heizung ab, legte seine Arme auf das Lenkrad und stützte seinen Kopf darauf. Er kannte offenbar solche Situationen und wusste, dass Geduld notwendig sei. Draußen war es recht kühl.

Lilly war müde und wollte nach Hause. Sie zog ihr Smartphone heraus und rief die Notrufzentrale der Polizei an. Als sie ihr Problem geschildert hatte, lachte der Taxifahrer, und Gelächter von den Beamten hörte sie auch über ihr Telefon. Ironisch meinte der Fahrer, Lilly könne sicher sein, dass bei solchen Gelegenheiten kein Polizist ausrücken würde, um hier beispielsweise die Schweine zu vertreiben.

Lilly und der Journalist wurden stumm. Sie lehnten sich zurück und schlossen die Augen. An Schlaf war natürlich nicht zu denken. Sie wollten nur nach Hause. Nach ca. einer halben Stunde bemerkten sie, dass die Schweine in eine Richtung weiterzogen, jedoch sehr langsam. Nach ca. einer Stunde sah der Taxifahrer in einigen hundert Metern Entfernung Licht aus einer Taschenlampe, das näher kam. Er machte seine Fahrgäste darauf aufmerksam.

Im Schneckentempo zogen die Schweine am Auto vorbei. In diesem Tempo kam auch das Licht näher. Als es den Lichtkegel einer Laterne erreichte, erkannten die Insassen des Taxis, dass fünf Gestalten unterwegs waren, die wohl angetrunken Flaschen und andere Requisiten in den Händen trugen und mit diesen herumfuchtelten. Sie erkannten auch, dass hinter den fünf Gestalten wieder eine Menge von Schweinen durch die Straße lief. Der Taxifahrer war entsetzt. So etwas hatte er noch nie erlebt. Er schloss daraus, dass diese Begegnung kein Zufall sein konnte, sondern wohl organisiert war. Spontan fragte er seine Fahrgäste, ob ihnen jemand Böses wolle. Lilly und der Journalist waren sich keiner Schuld bewusst. Wer sollte sie verfolgen? Sie hatten doch nur an einer Talkshow in der Fernsehanstalt teilgenommen, wo der Taxifahrer sie abgeholt hatte.

Der Journalist meinte, sie sollten sich ganz ruhig verhalten, da dies am wenigsten provozieren würde. Das sah der Taxifahrer anders: „Solche Typen kennen nur eine Sprache, die Sprache der Gewalt". Der Taxifahrer holte seine Schusswaffe unter dem Sitz hervor und lud sie mit scharfer Munition. Dann warteten die Drei im Taxi ruhig ab.

Es dauerte ewig, bis die fünf Gestalten den Lichtkegel der letzten Laterne vor ihrem Auto erreicht hatten. Kurz davor sahen Lilly, der Journalist und der Fahrer, wie sich die fünf kräftigen Männer, die Kapuzen auf dem Kopf trugen, das Gesicht mit einer scheußlichen Maske verhüllten. Den Oberkörper bedeckte eine schwarze Lederjacke. Sie trugen weiße Handschuhe und schwarze Hosen, die Enden der Hosenbeine staken in hohen Stiefeln. Einer trug eine Fahne mit einem Grillhäschensymbol. Ein anderer fuchtelte mit einem kleinen Galgen herum, an dem ein ausgestopftes Häschen hing. Ein Dritter hatte eine Flinte geschultert. Ein weiterer Vermummter trug einen kleinen Koffer bei sich, richtete einen Scheinwerfer auf das Auto und machte ein Licht an. Die Insassen im Auto mussten eine Hand vor die Augen halten, denn das Licht blendete sie sehr. In der Gruppe fühlten sich die Fünf sichtlich stark. Obwohl sie Tröten und Trommeln bei sich trugen, machten sie keinen Lärm. Sie wirkten diszipliniert.

Das veranlasste den Journalisten zu den Fragen: „Schickt uns hier der Innenminister eine Willkommensabordnung seiner V-Männer? Haben wir ihn heute Abend zu viel geärgert? Will er uns ein wenig erschrecken?" Der Fahrer reagierte gereizt. Er rief die Taxizentrale an und schilderte kurz die Situation. Die Zentrale versprach, die Polizei vom Ernst der Lage zu unterrichten und einige Taxis in Richtung Bergstraße zu schicken. Der Taxifahrer ließ den Motor an. Er gab im Leerlauf einmal kräftig Gas, so dass die Schweine neben und hinter dem Auto quiekten.

Die fünf Gestalten blieben etwa drei Meter vor dem Auto stehen und nahmen eine lässige Haltung an. Die Flinte hatte der Rechtsaußen von der Schulter genommen und hielt sie im Anschlag. Hinter ihnen strömten Schweine langsam heran. Der Taxifahrer meinte: „Wenn ich die Drei vor mir über den Haufen fahre, komme ich trotzdem nicht weiter, da ich durch die Masse der Schweine nicht durchkomme". Der Journalist entschuldige sich, dass ihm der Gedanke erst jetzt gekommen sei: Lilly hätte am nächsten Gartentor klingeln und die Leute dort bitten können, sie für die Nacht aufzunehmen. Leider sei das schon etwas spät, da die Reaktion der fünf Gestalten nicht abgeschätzt werden könne.

Lilly dachte an ihr Kind, hoffte, dass die Männer eine schwangere Frau nicht angreifen würden, und entschloss sich kurzerhand, dem Vorschlag des Journalisten auch jetzt noch zu folgen. Sie nahm ihre Handtasche, öffnete die Wagentür und stieg aus.

In diesem Moment rannten drei der finsteren Gestalten johlend auf die Frau zu, rissen ihre Handtasche weg und zerrten an ihren Kleidern. Einer hielt Lilly von hinten die Arme fest, ein anderer riss ihr von vorne die Kleider auf und entblößte ihre Brust. Lilly versuchte zu schreien, doch ein Dritter hielt ihr Mund und Nase zu. Einer der Männer begrapschte ihre Brust.

Der Journalist und der Taxifahrer wollten der Bedrängten zu Hilfe eilen. Doch die schwarzen Gestalten ließen den Fahrer nicht aussteigen. Zwei von ihnen zerrten den Journalisten aus dem Wagen. Sie warfen ihn mit dem Gesicht nach unten auf den mit Kot und Urin verdreckten Boden. Einer der Männer stellte seinen mit dickem Stiefel bekleideten Fuß auf den Kopf des Journalisten.

Der Taxifahrer hatte mittlerweile auf den Beifahrersitz gewechselt, das Fenster geöffnet und zielte mit dem Revolver auf einen der Angreifer von Lilly. Einer der schwarzen Männer schlug mit der Hand auf die Waffe, als sich ein Schuss löste. Alle Umstehenden erstarrten kurzzeitig. Die Kugel verletzte den Angreifer nur leicht am Arm. Die Männer stießen Lilly zu Boden, einer trat am Boden nach ihr. Ein Angreifer nahm dem Fahrer die Waffe ab, schlug ihm mit dem Knauf des Revolvers heftig auf den Kopf, so dass der Fahrer stark blutete. Der Maskierte entleerte das Magazin des Revolvers in seine Hosentasche und warf die Waffe unter das Auto. Auf ein Kommando wühlten sich die fünf Gestalten unter Einsatz der Tröten durch die Schweinemassen hindurch bis zur nächsten Seitenstraße, in der sie verschwinden konnten.

Lilly lag blutend am Gehsteig. Der Journalist war bei ihr, bedeckte ihre Brüste mit seiner Jacke und schrie um Hilfe. Hinter Fenstern der benachbarten Häuser brannte bereits Licht. Kurze Zeit später kamen Menschen aus den Türen gerannt, um zu helfen. Auch ein Arzt war unter den Helfenden. Er versuchte Lilly in ihrer Verletzung und Erniedrigung zu trösten und sagte ihr jede Unterstützung zu. Außerdem gab er Weisungen an seine Frau und Kinder, und diese brachten eine Trage, auf der Lilly in das Haus des Arztes gebracht werden konnte. Auch der Taxifahrer wurde von den Nachbarn erstversorgt und zum Arzt geführt.

Traum der Nonne

Der Fahrdienst des Klosters hatte die Nonne von der Fernsehanstalt nach Hause gebracht. Sie war froh, als sie durch die Eingangsschleuse wieder ins Innere ihres Klosters gelangt war, und ging unmittelbar zu Bett. Sofort fiel sie in einen unruhigen Schlaf.

Sie sah im Traum, wie Raffer den Regierungschef besucht und dieser ihn fragt, was er denn schon wieder wolle. Raffer antwortet, er bringe Geld und wolle Geld. Er zeigt dem Regierungschef einen Koffer voll der größten Banknoten. Er fordert ihn auf, die Gehege deutlich zu vergrößern. Der Regierungschef weist die Forderung von sich, da dann Hunderte Millionen Häschen das ganze Land überfluten würden. Raffer lacht. Er würde dann nicht nur Hunderte Millionen Taler, sondern viele Milliarden Taler reich werden.

Raffer droht dem Regierungschef, dass er das Geld auch der Parlamentsopposition bringen könne, und die würden ihm sicher versprechen, noch Hunderte Millionen Häschen zu züchten, wenn sie dafür mit seinem Geld die kritischen Wahlbezirke für sich entscheiden könnten. Der Regierungschef schüttelt den Kopf. Da erinnert Raffer ihn an seine verdeckten Verbrechen und seine Machtgelüste. Er betont, wenn der Politiker jetzt stürzt, dann ins Bodenlose. Ein kleines Teufelchen taucht am Ohr des Regierungschefs auf und zeigt ihm seine Strafen, die er erleiden müsse, wenn er jetzt nicht zustimme. So richtet sich der Regierungschef auf, greift nach dem Koffer, reißt das Geld an sich und verspricht, mit Unterstützung der Raffer, der Medien und der Heiligen unter Einsatz von Militär, Polizei und Geheimdiensten die Häschen in Menistan zu verzehnfachen. Das Teufelchen grinst. Raffer macht einen Luftsprung.

Der Regierungschef nennt Raffer einen Erpresser und Oligarchen. Der lacht und sagt: „Euch Politiker können wir gut lenken, mit eurer Gier nach Macht schreckt Ihr vor Korruption, vor geheimen Verbrechen und Stigmatisierung der Bürger nicht zurück. Ich nutze meine Macht, und Sie dürfen Ihre Show abziehen. Ich bin das Beständige, Sie agieren nur auf Abruf, solange Sie mir und meinem Geld dienen."

Der Geheimdienstkoordinator, der Herr über Finsternis und Geheimnisse, der Bildreporter, der Herr über die emotionalen Bilder, der Vertreter des Fernsehens, der Herr über Nachrichten und Informationen, erscheinen. Der Herr über die Geheimnisse verspricht, zu lauschen, zu schnüffeln, zu sabotieren, zu brennen, zu bomben, Grillhäschen an die Wand zu malen und mit scheußlichen Demonstrationen durch die Städte zu ziehen. Der Bildreporter verspricht, die besten Bilder von den abscheulichsten Demonstrationen, von den Wunden der sanftmütigen Tiere, von den bis zum Hals im Schlamm steckenden Lämmern und den weinenden jungen Häschen zu machen. Der Regierungschef verspricht, er werde seine Rolle gut spielen und den widerspenstigen Bürgern das Kainsmal aufdrücken. Der Fernsehmacher verspricht, den Bürgern ihre Schuld, ihre große Schuld, ihre übergroße Schuld so lange ins Gedächtnis einzuhämmern, bis ihnen jede Lebensfreude vergeht und sie nicht mehr anders können, als nur noch an Schuld zu denken und bereit sind, jedes Opfer zu bringen.

Die Anwesenden treten zusammen, sie schwören den heiligen Eid, dass sie im Kampf um Macht und Geld zusammenhalten und den Bürgern von Menistan ihre Freiheit nehmen, ihr Einheimisch austreiben und sie stärker als alle anderen Völker ausbeuten wollen. Menistaner dürfen nicht so normal werden wie alle anderen Völker der Erde.

Dann hört die Nonne den Regierungschef auf einen Geheimdienstbeamten einreden, und er brüllt "Fanal, Fanal" zur Herbeiführung des Todes der außerparlamentarischen Opposition. Der Geheimdienstler antwortet, dass die mächtigen Bomben schon explodiert seien, er Kinder und Jugendliche zu Extremisten gemacht und viele Gangster aus den Gefängnissen geholt habe, um verdeckt Blut fließen zu lassen. Die Nonne sieht, wie Baracken in Schutt und Asche versinken, Häuser brennen, Lebewesen herumliegen.

Doch dann vernimmt sie fromme Töne. Politiker, Kirchenfürsten und viele Raffer gehen in einer Prozession und singen heilige Lieder zusammen mit einer großen Menge von Menschen, die brennende Kerzen tragen. Sie ziehen zum Häschen-Opfer-Denkmal. Die Nonne spürt, dass auch sie eine Kerze trägt. Es erschallen die Stimmen der Politiker. Der Regierungschef spricht nur von unendlicher Schuld, die alle Menschen in Menistan niederdrückt. Die Menschen senken ihre Köpfe. Und als der Regierungschef noch mehr und mehr von Schmach spricht, werfen sich die Bürger in den Staub und halten ihre Kerzen hoch.

Die Nonne hebt ihren Kopf und sieht, dass Tausende Soldaten, Polizisten und Geheimdienstbeamte den Regierungschef umringen, um ihn zu schützen. Sie hebt ihre Hand und will den Soldaten, den Polizisten und Geheimdienstbeamten zurufen, sie sollten die Bürger und nicht den Vernichter schützen, da sieht sie, wie ein Bildreporter auf sie zeigt und ein Ordnungsmann in szenetypischer Kleidung auf sie zurast. Sie will den Verbindungsmann noch bitten, nicht zuzuschlagen, da trifft sie bereit sein Hieb. Der Mann schlägt besonders kräftig zu, da er nicht zu befürchten hat, bestraft zu werden. Der Staat klagt sich niemals selbst an, hatte ihm sein V-Mann-Führer oftmals erklärt. Die Nonne windet sich vor Schmerz.

Ihr Blick geht vom Denkmal weg hinaus zu den Feldern und Wäldern. Dort sieht sie, wie eine Gruppe von sanftmütigen Häschen näherkommt. Die Tiere tragen den Regierungschef als weißen Ritter auf ihren Rücken. Dahinter kommen noch mehr Häschen, schwarze, braune und gefleckte. Lilly, auf einem Stuhl sitzend, wird zum Sonnenuntergang getragen. Sie hat ein weißes Hochzeitskleid an mit einem weißen Schleier. Immer mehr Häschen kommen, und plötzlich merkt die Nonne, dass auch sie auf einer Wolke sitzt, die von Häschen getragen wird. In dem Meer von erdfarbenen Häschen sieht sie selten einen hellen Haarschopf herausleuchten.

Der Regierungschef ist schon ein großes Stück voraus. Dort sieht die Nonne im Traum stürzende Häuser und brennende Felder. Der Wind bläst schwarzen Rauch herüber, und der färbt das weiße Kleid und den Schleier von Lilly schwarz. Bald fällt der schwarze Schleier über ihr Gesicht. Die Häschen rufen so wie Mohammed ‚allahu akbar'.

In Menistan war noch finstere Nacht. Die Nonne schrie in ihrer Zelle und wachte auf. Sie war schweißgebadet, ihr Mund war ausgetrocknet und klebrig. Sie zog ihr weißes Unterkleid an, und als sie nach ihrer schwarzen Kutte greifen wollte, zuckte sie zurück.

Der Morgen danach

Am nächsten Morgen wachten die Bürger auf, und als sie ihre Fernsehgeräte einschalteten, begrüßte sie ein freundliches Häschen mit sanftmütiger Stimme: „Guten Morgen in Karnikistan. Heute Nacht hat Ihr geflohener Regierungschef angeordnet, dass die Zäune um die Gehege für die sanftmütigen Tiere zu öffnen sind. Jetzt möchte ich Sie als neuer Regierungschef begrüßen. Freuen Sie sich mit mir, Sie leben jetzt in Karnikistan".

Der neue Regierungschef ging zu einem Häschen-Chor, stellte sich in die Mitte des Chors und sang mit den Häschen die neue Nationalhymne:

„Häschen, Häschen, über alles,
über alles in der Welt,
Oh, wir teil'n zum Schutz und Nutzen
Brüderlich das viele Geld.
Schöne Wohnung, Parks und Gärten,
Häuser für uns hergestellt.
Häschen, Häschen über alles,
über alles in der Welt."